潮汐
散文丛书

茶香艺长

李伟才 著

海峡出版发行集团
海峡文艺出版社

目录

绘事情缘

海丝情谊

只为山水

人物艺评

当代艺术

序跋荟萃

光影茶魂

茶　仙

　　山不在高，有仙则名；水不在深，有龙则灵。安溪，是中国乌龙茶之乡，安溪铁观音名扬四海，誉满全球。几十年来，安溪把"形如观音，味沉似铁，七泡有余香"的茶叶发扬光大起来，使茶农脱掉贫困的帽子，走上富裕之路。

　　其实，在安溪，有一个"仙"，叫"茶仙"，听说是官方命名的。茶叶，于安溪，乃一大民生工程，110万茶乡人中有百分之八十左右的人，从事与茶叶有关的工作，难怪官方会如此重视。是否官方命名，权且不予考究，先听听"茶仙"的奇人奇事。

　　"茶仙"，真名陈水潮，安溪感德镇人士，时任安溪铁观音研究院院长。

　　因缘际会，陈水潮本来不在茶乡工作，成"仙"之路，有一个重要转折点。20世纪90年代，泉州市区流传着这样一个顺口溜："农业局长不吃鸡，文化局长不看戏，水产局长不吃鱼……"时任泉州市水产局局长的陈水潮，却对鱼不感兴趣，唯独喜爱铁观音。听说因爱茶，陈水潮请辞"鱼"官，回茶乡担任虚职，所以才有下文。

　　因分管茶叶工作，陈水潮接触茶叶的机会比别人多得多。陈水潮自己也是下了很多工夫的。学会品茶是基本功，诸如听茶响、看茶形、闻茶香、品茶汤、察叶底、会茶韵……要用到耳、眼、鼻、舌、嘴等五官。练好五官的灵敏性，是很重要的，尤其是用鼻子闻和用舌头对滋味辨别。听说，陈水潮为了训练自己的"闻"功，每天早上练习闻茶瓯盖。置三个白色盖碗，泡上三泡茶。一分钟左右，依次拈盖闻香。闻香时，人与茶碗不能靠得太近，减少香气释放时的相互干扰，所以，人一般站在距离茶瓯碗一米左右。陈水潮闻香后，杯盖即从一米左右处扔回，晃荡几下，稳稳盖上。紧接着第二碗、第三碗……第一遍、第二遍、第三遍……听说，为练习"飞盖闻香"，前三个月，陈水潮至少摔坏了 300 个茶瓯盖……

百炼成钢，成"仙"之路是充满挑战的。不仅要练好五官的灵敏度，还要经常接受别人的考验。某次茶人小聚，新茶品鉴，5 个茶样，泡到第三遍，孰优孰劣，难以取舍，最后，大家推举陈水潮发表看法。陈水潮说出了一二三四，大家基本上赞同。本想此轮茶赛结束，香烟不离口的陈水潮迫不及待地出去门外抽烟。这时，有一茶人对陈水潮的结论不是很满意，想再考考他，就把刚才排第二和第三位置的盖碗对调了一下，拟冲第四遍水，让陈水潮再辨别，如果陈水潮能辨认出来，才肯臣服。稍顿，茶人佯装说不认同刚才陈水潮的结论，要冲第四遍水再品鉴、验算一下。陈水潮不知是局，还是认真闻香、品水、看叶底，反复比较后，竟然说出第二和第三位置的盖碗被人对调了！此言一出，众人皆惊，赞曰：果然名不虚传！只见，陈水潮一脸是汗，深呼了一口气。还有一次，有人故意要考陈水潮，看是不是像大家传得那么神奇。这次三泡茶，都是好茶，品质非常接近。陈水潮从容应对。最后他说出答案时，让人惊吓，其中两泡茶是同一个茶样！提供茶样的人，傻了眼，感叹："真是神了！真是太厉害了！"

除了品茶、评茶，陈水潮还有什么厉害之处呢？一首古体诗《"茶仙"陈水潮》可以说明！"灵山秀水育芳魂，茶性谙熟万众尊。评品清茗十五度，纵横四海讲经纶。"陈水潮之所以能成为"茶仙"，诗中重点讲了"茶性谙熟""评茗十五度"两大方面。

陈水潮能谙熟茶性，关键在于他爱茶、好茶、研茶、喝茶、品茶。他在安溪三大茶叶主要产区工作过。比如在西坪镇，那里是安溪铁观音的发源地，古镇尧阳岭那独特的气候、土壤、民风、人文，深深地触动着陈水潮。一到采茶季节，业余时间，他都是在茶农家窜来窜去、喝来喝去。他在祥华乡工作时，正值铁观音受到社会热捧之际，"白水兰花香"铁观音之独特香型韵味，引起了外界的轰动和追捧。作为感德人，陈水潮可谓地地道道的茶乡人，庭前院后都种上茶，不仅绿化家园，更是为研茶之便，终日与茶为伴。而"评茗十五度"是陈水潮"独门秘籍"，是他在多年实践中总结、提炼、概括出来的。"评茗十五度"具有较强的普及性，为的是让更多茶人在品茶评茶时有理论依据，好借鉴。听说陈水潮还出版了相关的品评铁观音的书籍，真是不容易。

如果说在茶产区工作，让陈水潮对茶的了解有很深的基础，那么担任安溪茶业管理委员会主任，就是真正的"茶官"了。这一平台，让陈水潮那有关茶方面的特长充分得以发挥、展示乃至升华。为了推广铁观音，提升茶叶品质，鼓励茶农制作出好茶，提高经济收入，政府在春季、秋季都举行茶王赛。这一大赛，代表着县内最高水平，茶农、茶商以能获得此奖为最大追求。陈水潮作为"茶官"，作为组织者，同时也是评茶师，每次都亲自参与其中。说实在的，茶王赛的评茶过程是非常锻炼人的，也是非常折腾人的。你看，上百个茶样，甚至数百个茶样，要逐一品鉴，一泡茶至少要品评三遍以上，这得喝上几个小时，要喝入多少茶水，有时喝得舌头都变为绿色，喝得舌头麻木，失去味觉。

正规的茶王赛，陈水潮是裁判，而民间的很多斗茶赛，陈水潮更是经常被茶农争着抢着被拉去做裁判。某一日，厝边的几个茶农在斗茶，斗到最后，难舍难分，公说公的好，婆说婆的好，难以定夺。这时，有人说请陈水潮帮忙。陈水潮去后，闻了闻香气，喝了一遍汤水，就分辨出来了。公布名次后，为了让茶农心服口服，陈水潮逐一讲出好的好在哪里，差的差在哪里。听后，茶农报以热烈的掌声。随着名声越来越大，请陈水潮做裁判也就越来越多。由此看来，"茶官"是官方命名的，而"茶仙"之名，乃是民间茶人对陈水潮的尊称。

随着"茶仙"之名鹊起，很多人以能听到陈水潮讲茶为荣。其实，坊间把陈水潮说得更神，还有许多传奇故事呢！比如，"陈水潮用脚辨茶"，是说陈水潮能用脚来辨别茶叶质量的好坏。话说某一次陈水潮到一茶商店里，茶商刚好收购一批茶叶回来。茶商半开玩笑说："请'茶仙'目测一下这一批茶叶的好坏。"陈水潮并不在意，走过去，用脚对着装袋的茶叶踢了几下，对茶商说："靠里面那几袋，一斤收购价不超过100元；外面这几袋，一斤在180元左右。""哇！好家伙，真是神了！全对呀！"从此，"陈水潮用脚辨茶"的事，一传十，十传百，没几天，全县都知道了。之后，关于陈水潮的趣闻轶事不绝于耳，不知是真是假，总之传得沸沸扬扬、经久不息——说某年某月某日，陈水潮能辨别哪泡茶是哪个镇出产的；说某年某月某日，陈水潮能辨别哪泡茶是哪个山头茶叶制成的；说某年某月某日，陈水潮能辨别哪泡茶是哪个角落茶农生产的；说某年某月某日，陈水潮能辨别哪泡茶精准到是哪个茶农生产的……

茶之于人

草木中人，猜一个字，谜底是"茶"字。其实，茶最初只是一棵植物，一棵很普通的植物，它性喜红壤砾石之地，候好半阴半阳，喜有云雾缭绕之岭山，属矮丛灌木，若没有修剪，历经几百千年，也可长成参天大树，枝干粗壮，浓荫密布。

茶之于人，从神农氏发现其药物价值开始，便与人结下不解之缘。茶的解毒功效明显，据史料载："神农尝百草，一日遇七十二毒，得荼而解之。"荼，即茶。据说第一个提出神农氏为茶祖的人是茶圣陆羽。陆羽在《茶经》中明确指出："茶之为饮，发乎神农氏，闻于鲁周公。"在中国的文化发展史上，往往是把一切与农业、植物相关的事物起源最终都归结于神农氏。

茶之于人，是人们生活中的一部分。柴、米、油、盐、酱、醋、茶，生活中离不开它，这主要是取决于其消食之作用。当然，在物资匮乏时代，人们三顿都不能温饱时，它是不受欢迎的。很多人得胃病，经常胃痛，又认为罪魁祸首是茶。其实，这对茶来说是不公平的。引起胃痛的原因有很多。喝茶只是助于更快消化而已，痛岂与之有直接关系乎？

茶之于人，最大的好处是提神醒脑，提高工作效率。人在工作困顿时，一杯清茶下肚，睡魔常即被驱散，一下子精神倍爽，睡意全无，随之而来的是顺心顺手，效率提高。特别是夏日的下午上班时，

7

一盏清茗，一杯绿茶，便能让你度过一个好时光，惬意而轻松！

茶之于人，有一个重大作用，是人们交际的一大礼仪载体。中国是一个重视礼仪的国家，人情味较浓。"寒夜客来茶当酒""闽南人真好客，入门就泡茶"等诗句、谚语，真切地告诉我们茶礼的重要性以及其在日常生活中是广为普及的。有些地方，还会把茶礼应用在婚庆嫁娶中。如在出嫁时，女儿随带茶苗，以示在新家能繁衍生长，开枝散叶，欣欣向荣，寓意子孙后代繁荣昌盛。

茶之于人，在当今社会，已衍化为一种休闲雅性。因为物质生活已基本达到满足后，人们更注重的是生活质量。诸如肥胖、高血压、高血脂等富贵病开始缠绕在中老年一代人中，适当通过饮茶来调节生活，便成了理所当然。生活多元化，饮茶也跟着多元化，什么绿茶、红茶，什么白茶、黑茶，什么黄芽、青茶，甚至花茶、养肝茶也一度盛行。时下，一天到晚如果只喝一种茶的，会被称为没品位。那如何喝才算有品位？这当中，喝好一点的茶是最基本的要求，比如喝铁观音，上午喝浓香型的，下午是清香型的，而晚上就要陈香型的。如若多种茶类掺着喝的，上午一般是红茶，下午绿茶或青茶（乌龙茶），晚上则喝点红茶、黑茶。这样交叉着喝，有利于满足各人的口味，从而达到心清气爽、舒服自在。

破译铁观音密码

浩浩千年的华夏文明史，很多时候，是靠文字记载，才得以流传的。但是，有一些技艺，却是靠师承关系，一代一代慢慢传承的。每一种技艺的保留发展繁荣，背后蕴藏着许多汗水艰辛与精彩感动。

安溪铁观音的制作技艺，是靠制茶师传承的。制茶师，一般都是土生土长的。从小在茶丛底下长大，对茶的各种情况都比较了解，比如，如何扦插育苗，如何移植栽种，如何翻新培土，如何除草施肥，如何修剪整形，何时采摘晾青，等。这些仅是基本功。铁观音的制作技艺，关键是掌握茶青发酵情况和掌握炒茶杀青节点。从晾青到摊青，技术含量不是太高。而摇青环节，就很重要了，第一遍摇多长时间，第二遍、第三遍摇多久，很多时候是靠个人经验、直觉完成的，没有书本可以借鉴，都要根据实际情况，做出准确判断。这个时候，有师傅指点就显得很重要了！摇的时间短，不利于拔水；摇太久，枝叶容易断损。把握好每一遍摇青的间隔时间，有利于茶青的萎凋、蒸发、水循环，这样才能制作出好茶。

制茶师的成长，充满艰辛，除了自身努力，向他人学习或者参赛，也是很重要的。一些茶农，通过镇村一级或全县区域的"斗茶赛""茶王赛"等，脱颖而出，成为高手。这类斗茶赛，大大推动了铁观音茶叶制作技艺提升和铁观音成品茶品质的提高。

高手在民间。我看过一位制茶师用闽南方言写的茶叶宝典——

《铁观音秘籍》，通篇采用古老的安溪茶歌形式，七言为主，短则四句，长则数十句，押韵，吟唱起来朗朗上口。《铁观音秘籍》以一个老茶农的口吻，对铁观音的渊源、栽培、采制、品饮、销售等进行全面叙述，内容丰富，语言清新，雅俗共赏，集艺术性、知识性、趣味性为一体，散发出一股幽幽的茶香和浓浓的乡土气息。

《铁观音秘籍》的"炒茶"中这样写道："下鼎炒茶最关键，火温必须掌在先。温度加热要实现，茶菜下鼎要紧掀。茶叶热度鼎内煎，手翻茶叶如杨戬。起落闷扬自如变，叶梗熟透是该然。"茶叶品质的优劣，取决于杀青（炒茶）时间节点是否掌握得恰到好处。发酵不够，下锅炒青，制出的茶常有涩苦。发酵时间超长，错失良机，制出的茶常是平淡无味。只有在茶叶焕发或散发一股青草味，且比较明显时，下锅高温炒制，方可制成佳品。制茶师在这个过程中，动作要快，效率要高。

10　　制茶师经常会讲一些茶谚语，比如"铁观音制作四透"，即"茶性知透，摇青摇透，炒青熟透，烘焙干透"。这四句话，可谓是铁观音制作技艺的高度概括。一泡好茶的出现，是天、地、人、茶四者完美演绎的结晶，当然，这当中，人的作用是最大的，也就是制茶师。其实，这些茶谚语，是茶人们对茶性最原始的记载，也是茶人们对茶最真情的倾注。它们来自原野，散发着芳香。

一方水土养一方人，一方水土造就一方人。对于非物质文化遗产的保护和传承，需要诸多有心人为之付出努力，付出心血。从小喝着铁观音长大的茶乡人，更懂得传承先民的智慧、技艺、思想，一代又一代的制茶师，破译着铁观音的基因密码，制造着散发"七泡有余香"的饮品，让人们享受着难得的韵味悠长和惬意时光。

心清一盏茶

不同阶段的人，有不同的思维方式和生活方式，每个阶段都有该阶段的烦恼伴随，如何解愁？其实说来简单，就是调整自己的心态！因为烦由心生，急由心生，病由心生。

我个人的调节方式是通过泡茶品茶来解。不管有多么烦恼，一泡茶足以让我心静下来。烧水、洗杯、烫杯、取茶、落茶、冲水、刮沫……每一个环节都是要小心翼翼、细心无比呀！如若一急，怕是杯盏碎地，滚水烫手，不仅好茶喝不了，甚至身体受伤。这样一想，知道泡茶过程是急不得的，接下去，闻香、出水、看汤、品水……渐入佳境，五官俱动，全身而为。当汤水吮入口腔时，让其塞满牙缝、齿心、舌底、喉尖，满室盈香，真是满腔热情！逗留几秒后，让汤水轻轻滑入喉咙，渗入胸腔，钻进胃室，又经一番渗透、蒸腾、发酵、升华，最后穿肠而过，完成一道匪夷所思的香水无毒的过程。这时，你还有闲心去烦、去恼、去生气吗？你不会觉得喝茶品茶是一种人生乐趣吗？

我曾写过一首《浪淘沙·茶馆》的词："光影醉八仙，万缕云衫。成群三五自悠闲。品缀清汤喉韵漫，胜似甘泉。无事可心烦，一坐三天。知春一叶媚千般。玉宇琼楼人莫怨？思绪如烟。"其中"无事可心烦，一生三天"，这是普通茶客的真实情况。茶馆一般是在人群比较密集的地方，比如小镇区、大城区、市井弄堂中等。这里的喝茶人相对空闲，或农忙过后的农民兄弟，经常会到茶馆喝喝茶。其实，茶馆还有一个吸引人聚集的原因，那是茶馆就像一个小社会，什么花边新闻，什么大事，什么鸡鸣狗盗之事……包括三教九流之人，都会在这里露脸。在茶馆喝茶，有氛围，就会觉得时间消磨地快，甚至可交好些朋友，增长好些见识，何乐而不为？茶词最后两句："玉宇琼楼人莫怨？思绪如烟。"为什么思绪如烟呢？因为他们住别墅，住洋房，开豪车，他们很难像茶客那样随便出入普通大茶馆。他们出行需要的是前呼后拥，他们要的是"私人订制"，他们没办法拉下面子，而且"死要面子"，包括那些"金玉其外，败絮其中"的。他们如若要喝茶，很少亲自泡茶，但他们会很讲究泡茶的器具、茶叶档次以及泡茶环境。比如茶具要金的、银的，茶叶要讲究哪个树龄的、哪个山头的、哪个大师制作的，环境是要"高大上"且金碧辉煌、宽敞无比的。殊不知，大房子不宜品茶，茶具只需白瓷或紫砂的，茶叶是有喜好之分，也不一定那样讲究。

回归传统，回归本真，杯盏看人生，淡若清茶。人生路上，苦涩难免，芬芳难知，请记住：心清一盏茶。

赵 州 问 茶

"吃茶去"的典故传扬上千年了，使得禅与茶的关系难以分明，最后用"禅茶一味"或"茶禅一味"总而言之，似乎有点浅显了。

那年去了河北石家庄，听友人说，赵州桥就在附近，一个多小时的车程就到了。一听到这，我就想到小学课本的《赵州桥》，很有亲切感。友人下面一句话，让我去赵州的心情更为急切。友人说，你喜欢茶，赵州茶就是"吃茶去"典故的发源地！

第二天上午，友人便亲自开车带我前往。我们先去赵州桥附近一座有名的寺庙，也就是典故发源的寺庙——柏林禅寺。我们很虔诚地按照当地佛律，一一敬拜，一一祈祷。寺庙很大，僧人、居士很多，每个人都很虔诚。偶遇僧人，他们会很有礼貌地双手合十念道"阿弥陀佛"，便侧身离开，办他们自己的事去。寺庙设有茶亭，茶亭旁设有茶廊道，从一些文学和图片可以看出，是宣扬禅宗与茶道的内容，里面就有"吃茶去"的内容、插图。本想去讨碗茶喝喝，不巧，边门紧闭。后来我们到寺庙旁边的店铺参观，想看看是否有卖关于"吃茶去"或讲赵州茶的书籍，却也不巧，没有找到这方面的书。最后买了两个写有"吃茶去""洗碗去"的瓷茶杯，以作纪念！

到达赵州桥时已近正午，阳光照耀下的赵州桥，古朴大方、庄严肃穆地横跨两岸。桥面上的石板很多已被行人、游人的脚踩平了，光滑无比，甚至有些图案已模糊不清了。倒是桥两侧的栏杆依然壮伟结实。在桥下的岸边，找几个能人和桥共荣的角度拍照后，便开始了我寻赵州茶之旅。

研究茶、品评茶多年的我，说句惭愧的话，赵州茶是怎样一种茶，它是属于哪个茶类，到如今，我自己都不清楚。

在赵州桥的附近，我们问了很多年长的老者，哪里有卖赵州茶？有几个却回答说，赵州没有产茶呀！有几个懵懵懂懂的，手指前方店家有卖。我们寻了好些店铺，不是卖古玩，就是卖玉器；不是卖绸缎，就是卖扇子的。

在一家有点文化气息的店铺里，我发现一幅刻有"吃茶去"的拓片。拓片上画有和尚，并有一些细小的文字，我估计这就是我要找的最原始的东西。一问要近千元，我退避了几步。我后来想想这也不是原件物证，不要也罢，便偷偷照了一张留底，回家研究。

在我们寻到最后一家时，赵州茶"千呼万唤始出来"，一家不大的店面，卖着茶器具、扇子等，在一个专柜上，赫然写着"赵州茶"。我如获至宝，仔细与店家聊了起来。

我问："赵州茶是什么茶类？"

店家说："就是这种茶。"

我问："赵州茶是红茶还是黑茶？"

店家说："就是这种茶。"

我问："有没有卖赵州茶？"

店家说："就是这种茶。"

我暗自觉得好笑，这店家真会做生意，看来"吃茶去"的典故已深入平民百姓、商贾商贩。

我没办法，只好叫店家把茶叶拿来，自己细细辨别。去掉牛皮纸，我看到上面印有"七子茶饼"等字样，我才恍然大悟，七子茶饼不就是普洱茶吗？原来，普洱茶就是传说中的赵州茶！转念一想，就这么几个字，就能证明吗？我不敢肯定。

但是我想，在寺院里饮用的茶，在唐宋时期，都是僧人们自种自制、自给自足的，僧人们制作的茶，泡出来的茶汤应该是很浓的，这样，有助于提神念经作业，所以黑茶、红茶和炭火焙的乌龙茶最有可能是赵州茶！

看来，要再复习一下"吃茶去"的典故。网上是这样说的：相传赵州（唐代高僧从谂的代称）曾问新到的和尚："曾到此间？"和尚说："曾到。"赵州说："吃茶去。"又问另一个和尚，和尚说："不曾到。"赵州说："吃茶去。"院主听到后问："为甚曾到也云吃茶去，不曾到也云吃茶去？"赵州呼院主，院主应诺。赵州说："吃茶去。"赵州均以"吃茶去"一句来引导弟子领悟禅的奥义。（见《五灯会元·南泉愿禅师法嗣·赵州从谂禅师》）后遂用为典故，并以"赵州茶"指寺院招待的茶水。

网上可信吗？我有点怀疑。翻开纸质书《赵州禅师语录》，内容更翔实。唐代驻锡古观音院（今柏林禅寺所在地）的赵州禅师，以"平常心""本分事"接引学禅者。有一次，他问一位新来的僧人："你以前曾到过此间吗？"僧人回答说："到过。"赵州说："吃茶去。"他又问另一位僧人："到过此间吗？"回答是："不曾到过。"赵州说："吃茶去。"此时，站在一旁的院主问赵州："为什么到过说吃茶去，不曾到过也说吃茶去？"赵州听罢叫道："院主！"院主应了一声，赵州说："吃茶去。"

哦，原来如此。赵州，不是地名，是唐代高僧从谂的代称。赵州禅师，指的是高僧从谂。"吃茶去"，是高僧从谂以"平常心""本分事"接引学禅者的一个故事。

难怪，赵州，古之河北，位于低洼平坦、土地干燥、积水难排的华北平原，本没有茶树生长，怎么有赵州茶呢？看来，"吃茶去"引申为"禅茶一味"或"茶禅一味"概括之，并不浅显，寓意深长。真可谓，一句吃茶去，万千世事经。

龙井问茶

好山好水出好茶。杭州，一个全国著名的城市，杭州西湖更是家喻户晓的景区，而在这山清水秀、美丽怡人的地方，盛产着龙井茶，产地就在狮峰的山脚下。

那次到杭州，导游说，如果没有去品品狮峰龙井，那枉来杭州一游。其实，到龙井问茶，是我多年的梦想。时值春季，天下着大雨，雨中的狮峰山，连绵起伏的山脉云雾缭绕，若隐若现，朦朦胧胧，一种空蒙、空灵的气息扑面而来。山脚下的茶园，一垄一畦，方圆有致。雨中的茶叶，满目青翠，诱人得真想把它拥入怀中。

导游带我们来到当地一家较大的茶叶合作社。据合作社的工作人员介绍，狮峰龙井是用狮峰山腰、山下的茶叶采制成的。村里组织茶叶合作社，统一品牌，统一收购，统一包装，统一售卖，茶农个人不能私自出售产品，这样有利于规范茶叶市场，减少假冒伪劣产品，保障龙井茶品质，保护龙井茶品牌和对外形象。

合作社的墙上挂着一幅书有"龙井问茶"的书法作品。书写者据说也是爱茶人，字写得老道率真，这正合我的心境。品赏龙井茶是此次问茶的一个关键环节。合作社的茶艺人员取出淡黄偏绿色的龙井芽叶，轻轻投入高颈玻璃杯，旋即冲入开水，只见芽叶在开水的冲击下，翻滚、雀跃……水至八分时，认真赏其形是很有视觉效应的，一叶一芽在水中沉浮、升降、绽放，就像一个个仙女挥袖轻舞，那曼妙

16

的身姿、迷人的眼神、优雅的举手投足，令人心旷神怡。

随着芽叶的晶莹演绎，一缕缕茶烟在玻璃杯上方升腾、摇曳、飘扬，一股股清香扑鼻而来，润入肺腑。此时，只想马上品啜一口。满足眼观、鼻闻之后的味觉盛宴。淡绿的茶汤入口，一份清芬在口中，此时，舌根轻转，茶汤随之波澜起伏，瞬息钻入牙缝齿间，在滋牙润齿的同时，让汤汁慢慢滑入喉中。几分钟后，伴着"嗝"的一声响，喉咽生津，回甘顺势而来。此时，齿颊留香，神清气爽，不由得感叹"好茶，好茶"。

品了几种不同类型龙井茶后，买茶的欲望随之而来，利用买茶时，向茶艺人员详细询问龙井茶的历史、源流、现状等。茶艺人员说，西湖狮峰龙井茶由来已久。狮峰的地利、气候适宜茶叶生长，加上杭州旅游资源丰富，便成为一种特产。西湖群山产茶已有千百年的历史，在唐代时就享有盛名，但形成扁形的龙井茶，大约还是近百年的事。

西湖龙井茶不仅汇茶之色、香、味、形"四绝"于一身，而且集名山、名寺、名湖、名泉和名茶于一体，构成了世所罕见的独特而骄人的龙井茶文化。

一种茶的兴盛有诸多因素，其中名人效应是很重要的。相传，乾隆皇帝巡视杭州时，曾在龙井茶区的天竺作诗一首，诗名为《观采茶作歌》。"今日采茶我爱观，吴民生计勤自然。云栖取近跋山路，都非吏备清跸处。无事回避出采茶，相将男妇实劳劬。嫩荚新芽细拨挑，趁忙谷雨临明朝。雨前价贵雨后贱，民艰触目陈鸣镳。由来贵诚不贵伪，嗟哉老幼赴时意。敝衣粝食曾不敷，龙团凤饼真无味。"明代诗人高应冕著有《龙井试茶》："天风吹醉客，乘兴过山家。云泛龙沙水，春分石上花。茶新香更细，鼎小煮尤佳。若不烹松火，疑餐一片霞。"一诗一句、一词一赋，为龙井茶增添了无限内涵、诸多意境。

　　品着制工精细、外形扁平光滑、色泽翠绿、香气清馨持久、滋味甘鲜清口的龙井茶，听着龙井茶的前世今生，我仿佛看到了一种新兴生活的方式，在古朴的茶室，琴声绵绵，三五知己，围炉烧水，展示茶艺：初识仙姿，再赏甘霖，静心备具，悉心置茶，温润茶芽，悬壶高冲，甘露敬宾，辨香识韵……

问道台湾茶

一

在安溪的时候，就与台湾茶人打过交道。老李是个茶商，台湾嘉义县人，茶农出身，对茶很有研究。他租住在县城郊区临公路的一幢两层楼房中，一层是店面，二层住人，经营有台湾冻顶乌龙、东方美人、金萱、兰贵人等。

我几次到他茶店品茶，他总是拿出最好的台湾冻顶乌龙、东方美人、兰贵人来请我。让我印象最深的是冻顶乌龙。冻顶乌龙与铁观音最相似，只是区域不同，大家品茶方式不一样而已。台湾茶大多是连枝带叶卖，连枝带叶泡，连枝带叶品的。铁观音在20世纪八九十年代也是这样的，都是以毛茶出现、交易，临近21世纪时，就开始拣掉枝梗，剩下叶子，称之为"净茶"。

冻顶乌龙的颗粒紧结，形体粗大，色泽青翠，一泡品尝下来，感觉香味沉郁，汤水色沉味酽，入口略粗涩，香中带杂，不是很清香、很纯香那种感觉。我问老李："刚喝的这泡茶属什么档次？"老李说："中等吧！台湾茶就这种口味。"品完三遍，我感觉，是喝到了冻顶乌龙的原味了！

二

那年春天出访台湾，我更直观地了解了台湾茶。

阿里山是盛产茶的地方，车子在蜿蜒的山路上盘旋，前方山腰中便是一垄垄茶树，路边经常可看到一些茶场，可知道已到产茶区了。

午餐是在一农家饭店吃的，饭店兼卖茶叶。吃完饭，我们就跑到茶店中，与阿里山姑娘聊了起来。同行的人介绍说我是评茶师，很懂茶的！阿里山姑娘兴致也来了，问我："想喝什么？"我说："你泡什么，我们喝什么，也可以算考考我嘛！"阿里山姑娘欣然应允。

当阿里山姑娘端出第一次茶时，我基本可断定是什么茶了，那茶香，那茶色，似曾相识！品啜三遍后，我说是冻顶乌龙，但此茶品质一般，价位也应一般。阿里山姑娘听得哑口无言，频频点头。第二次端出的茶，我品过三巡，就确定它是高山茶——金萱，因为它香气很足，滋味粗淡，少回甘，但水路长，可冲泡 10 多遍。说得在座人人拍手称赞。大伙儿看我如此评价，把饭店兼茶庄的茶奉为正宗产品，且是原生态产品，在我的品鉴下，或叫点拨下，同行的人都买了好几款高山茶，乐得阿里山姑娘合不拢嘴。

三

入住花莲乡下酒店，已是晚上 9 点，洗漱一下，已近 10 点。看周边静静的，却也还万家灯火，觉得没事，一个人就到楼下走走，看有什么茶店没关门，好好了解当地的茶叶情况。

真巧，离酒店不到 10 米处，竟还真有一家茶叶店，灯火通明。走进店内，一阵自我介绍后，店男主人非常客气，让座泡茶。从店里的招贴画看，店主人不仅有自己的茶园、茶场，还有自己的茶品牌。

店里的摆设引起了我极大兴趣。柜台上摆满袋装茶叶，都是方形的，不是紧结的，而是松松的，看来是没有真空去氧包装。一问店家方知，台湾茶一般是四两装一袋、八两装一袋或一斤装一袋（台湾一斤是十六两），不用真空，是因为制作工艺和品茶习惯所致，一般茶叶常温下可放几个月不变味。我注意到，每袋茶叶里，店家都放有脱氧剂，一种塑料薄膜压制的，成方形的。

店家泡茶方式很独特，他是用一种茶师评茶用的专用杯，有杯耳，杯缘有篱笆状过滤出水口。每次放入一二克茶，浸泡足足两三分钟后才出水，装在瓷碗中，而闻香却是用汤匙。汤匙在茶汤中浸一下，拿起，把汤匙底部往鼻下一靠，趁热闻其香，也可搁置一会儿，变冷了再闻香。色泽较深沉的茶汤，前两遍喝起来，苦涩明显，三遍后会好一些。

几泡下来，兴致来了。我回酒店取了三种不同风格的铁观音，与店家共品。比较少喝到大陆茶叶的店家，很是细致，观外形，察颜色，闻香气，看汤色，品滋味，一环接一环，一遍又一遍。很多疑问也如同我不明白问他一样，沟通，交流，切磋，碰撞，和合，兴奋。一夜的品茗论道，增进了了解，开阔了视野，以致双方留下联系方式，方便日后更多联系、交流。

古厝茶馆

老鲤城随着城市改造步伐的加大，很多街巷房屋不复存在，只留些许记忆在照片中。后城街的古厝茶馆依然遗留着，依然保持着原来的面貌、原来的味道，这让一些老鲤城人，甚至是外来参观者，都觉得很兴奋、很惊讶。你看，四方院落，石墙灰瓦，木制构造，镂空门窗，红砖为地，三进之深，错落有致，茶香袅袅。

条石大埕，因有百年历史，石板条已被踩得很平滑了。门前的两个红灯笼，彰显着热闹喜气。室内布置很有特色，刚进门的两侧吧台上，摆放着各种茶，安溪铁观音、武夷大红袍、永春佛手、台湾冻顶乌龙、正山小种、西湖龙井……还摆放着各种紫砂壶，形式各异，各具特色。在廊道边、天井石埕角，随意置放着一些藤蔓植物，看起来一片生机，给古厝清寂的环境中注入一些活力与色彩。一些厢房已改为茶饮休闲场所，有包厢，有茶座。茶座有的是用大水缸做底座，盖着一袭黄绸布，上面放着圆形钢化玻璃，再配上四张竹制靠背椅；有的是以大石臼做底座，石臼里还养着几条鲜活好动的小鲤鱼；有的是原木老式桌椅；还有的是长石条、长木板直接作为椅子，再搭上一面凿平的石桌板，显得简朴自然。后厅是经过改造的，变成一个可容数十人聚集开会、讨论、表演等的小型活动室，竹椅、木桌排列其内，看起来很亲切，与古厝的风格很匹配。

古厝茶馆悬挂着很多与茶有关的艺术品。大厅中间挂着"静者多寿"牌匾，据说是清道光十八年（1838）的，其义为品茗、静心、长寿。供桌上方的"清其神"书法，是1998年8月著名作家王蒙到此品茗时欣然题赠的。还有诸多题咏，如"清香""经传陆羽""古厝留香""茶亦醉人何必酒，书能香我不须花""绿云朝映雪，红袍晚披岚"……茶文化氛围浓浓郁郁的。

第一次到古厝茶馆，是参加泉州茶文化研究会的一次新春茶话会活动。那时，在场尽是名流俊彦，茶叶界、文化界、艺术界名人聚集一堂。在幽雅的古厝里，品着茶香，聆听业界前辈的真知灼见，于茶、于文、于艺，都是一场茶文化的盛宴。内容是丰富的，形式是多样的，读茶文、对茶联、诵茶诗、吟茶词、唱茶歌、写茶书、绘茶画、跳茶舞……围绕茶文化，上演一个个醉人的茶话题、茶节目。

一个周末的下午，散步到古厝茶馆附近，天公不作美，忽然下起大雨，没带伞具的我，匆忙跑进古厝茶馆避雨。雨确实下得太急了，屋檐上流下的雨水，从开始的珠帘式，陡而变成小水柱式，进而泄为瀑布式，而溅起的水花，则把墙角壁沿廊道都弄湿了，所有避雨的人的脚和鞋也都溅湿。墙角的藤本植物被雨水冲着，都耷拉着脑袋，不敢直面带有闪电的天空。古厝的内庭，涵洞排水慢，雨水急，瞬间涨起，呈现一种"雨涨秋池"的雅致。一些原来洒在庭院内的枯叶片漂浮池内，不经意间，还以为是鱼儿出来觅食游荡。气温骤然下降，很多驻足路人，开始打寒战或打喷嚏……而此时，空气中，却飘来股股铁观音的茶香，茶馆的工作人员给驻足避雨的每个路人奉上一杯热茶……

爱闹中取静的我，经常光顾古厝茶馆，特别是周末假期，闲暇之日，约三五知己，包下一个厢房，带上几款茶叶，品它个一天半日，那是特惬意的。烧水烫杯，取茶冲泡，闻香品水，一遍、二遍、三遍……"七泡有余香"后，仍再续几次水，才肯换新的。清香型铁观音喝完，再泡韵香型的。比较一下，韵香型的，香气更足，水质稍淡却回甘明显。再来一泡浓香型的，满室盈香，滋味悠长，醇厚甘爽。茶过九巡，肚子已"咕咕"做响，此时，点一些茶点，也就是茶食品，什么好呢？花生糖、凤梨酥、冰青梅、橘子脯，都是上好佳配。

　　得闲之余，在古厝茶馆边喝茶边听讲古，别有一番风味。古厝茶馆每天下午都有讲古专场。讲古是用闽南方言讲故事，口口相传的民间故事通过老者手中那柄红扇的挥洒，传送的是抑扬顿挫的声调，传送的是时而激昂、时而婉转的情绪，传送的是一段段闲适悠然的心情……此时，呷着铁观音，让指头和着讲古人的节奏，敲击着桌面，任由茶味泛滥、茶香缥缈……

老舍茶馆

老舍茶馆是因为老舍写了《茶馆》而出名？还是《茶馆》和老舍都出名了，老舍茶馆也跟着出名？这是一个难以回答的问题。总之，在我记忆中，老舍茶馆已是久闻其名了。

到北京，如果不去老舍茶馆，终究会后悔的。

人力车夫把我拉到老舍茶馆前，我不禁一阵欢喜，终于见到久闻其名的老舍茶馆了！三层楼的建筑物，标准的北方风格，只见茶馆雕梁画栋，青绿大红彩绘，显得雍容华贵、大气繁华，若不是门前的"老舍茶馆"牌匾和门前"茶"字招牌旗，还真不知道这是一家茶馆呢。买了票，上楼参观。放眼望去，所见之物、所见之器都与茶有关。大小茶壶，铁的、瓷的、锡的、铜的，甚至还有金的；大小茶杯，圆的、方的、椭圆的、菱形的、荷花形的，玻璃的、紫砂的、水晶的、玛瑙的等，一应俱全，琳琅满目。

三楼，是宽敞的茶座，茶座正前方是一个小戏台，隔半个多小时，就有一场小戏可欣赏。这也是留住茶人、茶客的一个好招数。你想呀，边喝茶边欣赏小戏，何等休闲与雅趣啊！为此，我特地点了一壶68元的铁观音，等待着一场味觉与视觉共生共荣的盛宴。首先出场的是古筝表演，一曲《云水禅心》拨动着每个茶客的心弦，让品茶的氛围浓烈了不少，其中不少茶客已不自觉地随着节奏晃动着脑袋，拍打着节拍，甚至有的跟着哼唱了起来。听着、喝着，不一会

25

儿，茶壶水已见底了。好在续水不要钱，茶配也不要钱，可以放心吃、喝、看。接着演的是皮影戏和变脸，很有地方特色，虽然不是北京地道的特色，但在北京能观赏到这些绝活，也是难能可贵的！最后一首《前门情思大碗茶》，让我们真切体验到老北京特有的京腔、京味。

戏已落幕，一拨人走了，另一拨人又来了，又是品茶又是看戏，如此反复着。而此时，我还不想走，水已续了三次，桌上的茶配已一片狼藉。我忽然觉得，此时，再静静地品位一下茶馆和杯中的茶，可谓是意味深长。人生如戏，有时你在台上演，有时你在台下看，时序更迭，物是人非，每个人的舞台不一样，每个人都是匆匆过客，扮演着不同角色。人生如茶，太烫喝时伤嘴，太凉喝时伤胃，只有保持一定温度时喝，才有茶香又有茶味，甚至可以品出其中之韵。

喝　茶

　　金钥匙，是一种茶，一种武夷岩茶的茶名。

　　我到过武夷山。在茶产区，我听说了一些史书中记载的三个字的茶名，有数百个之多。可真正的实物，有的却已是难得一见！数百种茶，集中一隅，说明什么呢？我想，至少可以说明此处山地复杂，气候独特，适宜物种繁衍。

　　斗转星移，物竞天择，如今，在武夷山能见到的茶叶品种，应该不超过30种吧！在武夷山茶叶品种园里，我们能见的是大红袍、白鸡冠、水金龟、铁罗汉、水仙、肉桂、七里香、不见天、半天腰、金钥匙……

　　之前，我认为，同一茶区，茶品种不同，茶品质应该都接近。直至某次，在铁观音主产区，同时品鉴几种不同茶类时，方知茶树是否良种，关系到品质好坏的问题。就如铁观音与本山、黄金桂等相比较，区别是蛮大的。黄金桂香气长，但汤水滋味欠佳；本山，香气一般，滋味醇厚；而铁观音不仅香清味长，更重要的是回甘久，有"观音韵"。

　　金钥匙，今天一品，方知色沉味酽回甘久。一泡喝完，换一泡凤凰单枞，一饮，味道不一样，厚重感增加，滑爽度减少。差别，这就是差别！事物总是很奇怪，不比不知道，一比方知好！

　　鲁迅先生说，"有好茶喝，会喝好茶，是一种清福"。如此，我也是享了一次清福。

品　茶

又是一年秋茶上市。

每年这个时候，我都是忙得不可开交。不是采茶忙，也不是制茶忙，而是品茶忙。为了解当季最好的茶叶状态，须深入茶农、茶商、茶店中，一一细品，若能比对一泡有独特香气、独特韵味的秋茶，那高兴劲儿当是胜似新婚！

到产茶区的茶农家寻宝，说不定还真能捡到宝。几个小时一路颠簸近百公里路，到茶乡已是夜灯初放时，简单在街边饮食店吃一下，就赶紧走村串户了。如不赶早，怕是好茶早被茶商预订走了，那时你喝到的好茶，怕是有了主，你也只能望之兴叹了。走了几家，泡了几泡，都没有感觉，找不到兴奋点。同行的茶友，赶忙咨询当地的村主任，才知道，我们所去的这一地带，属新茶区，制茶处于起步阶段。难怪没有遇到好茶。我们又到盛产好茶的自然村，在村口一下车，就闻到茶香味，深深吸一口，茶香滑入口腔，钻进胸腔，满腹舒爽。

在茶农家泡茶，一般是连梗带叶一起泡。如果是捡去茶梗再泡，耗费时间，而且又没带精准到克的称重器，不好掌握。一壶水烧开之后，顺手抓一把直接放入瓯杯，用手压压，感觉不够时，再增加一点；感觉太多时，就挑几叶拿掉。冲水注满，刮沫上盖，闻香品水，环节一道道，心却在找寻好茶。可是，事与愿违，香气好的，水质不好；茶水厚重的，香气却不足。喝了好几家，品了数十泡，还是没有感觉。茶友说，不然去专搞批发的茶商处碰碰运气。

秋茶季节，乡村夜晚的茶叶街灯火通明，车流人流不息，真可谓"大车小车摩托车，车车都上；大人老人外地人，人人尽忙"，一派繁华景象。随便走进几家茶商的店铺，只见一袋袋毛茶，用透明塑料袋装着，却不见有茶老板。一问，才知道都去茶农家收购茶叶了，而想来店中批发茶叶，却也只能是第二天一大早的了。看来，在堆积如山的茶叶堆中，要找寻到一泡好茶，确实很难。

真正能品到好茶的是在茶都的品牌店里，且要在秋茶采摘上市一周后。原因是，茶没经比较，难分优劣。茶农自己经过几天的比较，知道优劣；茶商经过几天的比对，知道优劣；茶品牌店，经过几天的权衡，知道优劣。知道优劣，才能明码标价，隆重推出。如若不慎重，劣茶当好茶价卖，会失去客户；茶贱价卖了，那亏大了，殊不知，好茶有时是可遇不可求的。

因是熟人介绍，且知我是评茶师，茶品牌店一般都会把已收到认为最好的茶，拿出来一起品鉴。一家品完，到另一家品，品完三五家后，把这三五家最好的，拿出来一起品鉴，这时答案就出来了。

品茶的过程是辛苦的，可谓是眼到、手到、鼻到、嘴到，甚至还要耳到。有时干茶入瓯海时，可摇动听一下声，如若发出"当当"脆声响，一般认为好茶；若发出闷响，一般质量不好。其实，品茶最主要的是心到，只有静心品、静心喝、静心感受，静以比对，静里判断，才能品出好茶。人生，亦是如此，静心、专注方能修得正果。

品 茶 有 得

都市的生活和农村的生活，已截然不同了。都市的节奏总是飞快，体现在快餐、快递、快报、挤车、挤电梯、挤时间……俨然慢下来便不是都市生活。农村生活总体慢些，但往城里打工、求学、求医，也是跟着挤车、挤电梯、挤时间……

出差到都市的一个夜晚，想闹中取静，老朋友带我到一个茶馆喝茶。车子拐了不知几个弯，在一处似茶城的地方停下，走进一家装饰古朴的茶馆，只见两侧架上摆着琳琅满目的茶杯、茶具、茶盘。泡茶桌椅是原木的，桌面上还置一方端砚茶盘，雕工细腻，格调高雅。茶主人是位女性，四十上下，正悠闲泡着茶，接待着客人。

悠然入座，悠然品饮。只见汤色深褐，澄澈中散发阵阵浓香。一杯入口，只觉回甘较快，香气扑鼻且浓郁。二杯下肚，喉底生津，甜意绵绵。是武夷肉桂？茶主欣然点头。这时，同行的老朋友才介绍我是评茶师，专研铁观音。茶主见此情况，倒掉茶渣，重新起泡。第二泡，茶叶条索扁状，黑褐色，入瓯海时声音清脆。泥壶嘴青烟直竖，茶主轻提出水，翻滚的叶片上方泡沫串串，刮沫，倾注，深褐色的汤水在杯中旋转，绕圈。清气，不，应是香气萦绕，弥漫全室，通体氤氲。浅酌慢饮，啜口细嚼，只觉舌底醇厚，一腔花果香，满腹玉液琼浆。那种爽，只可意会，不可言传。那种爽，是对茶味一种深藏心底的坦露。

在此茶馆喝茶，新来的客人有一好待遇，那就是可以随点一种茶。本想点一泡武夷大红袍。说真的，大家熟知的六株大红袍母树，每年所产的那几两茶叶，一般人是喝不到的。听说，每年所产的茶叶，要招待贵宾时，要好几个人同意，方可启用。开启的钥匙，至少有两人……珍贵得堪比国宝。其实，茶叶是用来喝的，把茶叶奉为收藏品而深藏之，于大众来说，是无益处的。后来，听说某任长官为让大众得到实惠，就鼓励发展茶叶，整合了武夷大红袍，作为一个整体品牌对外推广。这不，短短几年，武夷大红袍重振雄风，惠泽于民。

如今的大红袍可说是一单体茶叶品种，也作为一个大范畴、一个大品牌。此中主打茶叶是肉桂和水仙。此二者叶片大，产量相对较高。武夷肉桂以香长水甘为主要特征，受人喜爱；武夷水仙以香清味酽为特色，受人众捧。

茶主说："巧了，大红袍，现没货。"无奈，在大家的建议下，我点了一泡铁罗汉。茶友戏说，铁罗汉和铁观音都是"铁"字辈，应有相同之处。茶友一说："二铁估计都色沉似铁，味接近。"茶友二说："罗汉、观音乃佛教人士，二者可奉为禅茶……"

说话之际，大伙已是茶过三巡，茶主让我们要谈谈喝完后的感受。点茶人要先发表看法。其实，品武夷茶不是我的专业，只能浅见一下："此茶真与浓香型铁观音接近，火味明显，汤如琥珀色，且锃亮，味醇厚，先苦慢回甘。"大伙或是循我话意，先入为主，大多表态与我感觉差不多。看来，此茶还是受欢迎的。茶主说："此茶喝完一泡少一泡。"

茶主最后拿出一泡号称十年的陈茶，喝时汤酸味明显，偶感有些许霉味，汤醇酽……五冲之后，味变淡。转眼间，一个晚上，喝四泡武夷岩茶，看来，胃之膏腴应是刮之殆尽。

且停且停！此时，茶主的那句"泡完一泡少一泡"让我印象颇深。一种怜惜或怜悯之情随茶烟缥缈萦绕。茶主对茶情有独钟，她每年在武夷山茶区的时间有半年以上，收集茶叶，制作茶叶，烘焙茶叶，品鉴茶叶，精选茶叶……其实，茶叶也通人性，爱茶人对茶的感情，是融入每个细节的。不同地域、气候的茶叶，制作工艺不同，制作出来的茶成品也是会不同的。好茶，可遇不可求。一泡好茶的产生，可谓是天、地、茶、人四者完美的融合和完美的演绎。想象得出，茶主对茶投入太深，甚至对每一泡好茶，如何采摘，如何制作，产量多少，品味如何，都可以一一道来，如数家珍！

看来，茶主之于茶是情注真，爱弥深。说实在的，在越来越快的生活节奏中，芸芸众生，生活压力越来越大。让心静下来，从容自在过活，已是很多人的奢求。不妨了解一下"吃茶去"的典故，与茶为伴，让茶成为知己，慢慢品位人生的真味真趣。

32

茶　味

　　离开老家 20 多年，忘不了的就是茶味。从小在茶丛下长大的我，见证了茶对深山老林里的农民的重要性。爷爷是当时村里茶场的制茶能手，负责炒青。炒青这个环节做得好不好，关系到一泡茶的好和坏。炒青也叫"杀青"，简单讲就是炒茶。什么时候炒，炒多久，炒时的火候如何，是最主要的。

　　炒茶房，黑黑暗暗的，一般在上午 11 点左右，爷爷先去凉青房转一圈，时不时抓起一把茶青，扣在鼻子下方，只听"呼哧呼哧"声响，爷爷就知道什么时候可以开始炒了。炒之前，在灶台边，爷爷会备好一大堆松木柴火。"哧"的一声，擦亮的火柴，映红了爷爷的脸庞，那如同茶园蜿蜒曲折般的皱纹，一览无余，被太阳晒得黝黑的皮肤，此时变成铜锣色。为了让火烧得更旺，爷爷鼓起腮帮子，像青蛙发声时一涨一涨的，"呼——呼——"穿透灶膛，直窜烟囱而出。

　　火已很旺，鼎已冒烟，爷爷还不急放下茶叶炒。他说，温度不够，茶叶就下锅，效果不好，一定要等到鼎已通红之时，方能动手。经过采青、晒青、晾青、凉青等环节的茶叶，变得有些枯黄，此时青草味明显。时机已到，爷爷举筐一倒，十几斤重的茶叶，发出"噼里啪啦"的响声，青烟直起……爷爷忙转动着摇柄，在环状的转器摇动下，茶叶随之翻滚、跳跃、降落，一上一下，一下一上，像山村木制水车随着转动，水就顺势溢水一样，茶叶在"涅槃"中。10 多分钟，茶叶经过高温烤炒，已由量变产生质变，叶状变成萎缩状，香气由原来的青草味，变成茶青味，再变成茶香味。

爷爷说，出锅时，速度要快，身手要敏捷，不然随着茶量的减少，越后出来的越容易被烧焦，烧焦的茶叶，会影响茶的品质。出锅的茶叶要趁热揉捻，使茶叶变成曲卷状。之后，就是塑外形。通过包揉、松解、再包揉、再松解，反复几遍，待到外形如蚵干状或条索紧结时，就可以烘焙了。

品饮是在烘干、拣梗、去末、拼配等后的最后环节，也是享用胜利果实的时候。是否有茶味，一品就知道了。铁观音茶最早是用"吃"，在闽南地方，家家户户都泡茶，在接待客人时会说"请吃茶""茶吃一盅"，后来慢慢衍化，会说"逛阵喝茶"，再后来"一起品茶"。茶到可以用"品"字时，可以管窥茶叶的发展出现较好势头。"吃""喝"字都有一个"口"，说明茶之于人来说，仅满足解渴、礼节的需要，处于初级阶段。而"品"是三个"口"组成，至少有3个人共同品赏，说明茶之于人来说，有了文化、欣赏等元素，是在品文化了。

随着社会的发展，喝茶越来越普及，也越来越多元化。虽然一天三泡铁观音，早上浓香型，下午清香型，晚上陈香型，换着不同口味喝，但是真正好茶味的，还数清香型的，传统正味，感觉好。一位曾在安溪工作一二十年的老朋友，感叹说，现在很难喝到以前的茶味了。我当时认为，这不会难呀！我当场泡了几个回合，有九泡之多吧，但是老朋友说依然没有当时的茶味。我有点失望，作为国家一级评茶师的我，平时注意收集、品饮铁观音，一个时期，只要一喝，就知道这泡茶的产地、茶的优劣，有时甚至可以知道哪家生产、何人制作、何山头的茶。怎么就没有一泡有茶味的呢？是否自己在沿海地区工作，海鲜吃多了，味觉退化了？想起这，有点觉得后怕。没办法感觉茶味，就如同没有舌头，就像歌唱家没有声带、画家没有眼睛一样。

后来，老朋友临走时，我从冰箱底部拿出半斤老家寄来的茶，送给他。没想到，第二天中午，老朋友打来电话，说，他喝到茶味了，喝到几十年前的茶味了，语气急切且激动。听到这，我甚欣慰。难得老朋友相知相念，"众里寻他千百度，那人却在灯火阑珊处"。奇怪！昨日的九泡茶，不可能比送老朋友的那茶差呀！也许是昨天风太大，泡茶的环境不太好；也许是大家心没静下来，缺乏沉淀，所以味就不对了；也许是那九泡茶不适合老朋友的口味，而那半斤茶，才是他的所爱。

　　时间，可以淡去许多记忆；时间，可以带走繁华。然而，任随时间流逝，茶味却依然留在茶人的记忆里，依然留在茶人的心里。

茶 园 风 情

"乌龙盘岭沐云霞，垄垄畦畦吐嫩芽。采得茗山三百叶，香萦凤邑一千家。"这是一首写安溪铁观音的茶诗。你看，乌龙茶山一垄接一垄，一岭接一岭，蜿蜒盘旋，高耸入云天，沐浴着霞光雾气。满山的采茶姑娘如云中的仙女，纤细的双手忙着采摘茶叶。经过几道工序，茶叶的清香萦绕着整个凤城，家家户户都可以闻到茶叶的芬芳。啊，多么醉人的茶香！

还记得 20 世纪 80 年代的茶场组织采茶的情景。采茶季节，早上八九点钟，当茶叶最后一滴露珠临近被阳光蒸发时，茶场负责人一声吆喝"采茶喽……"排在茶场石灰埕的百来号采茶姑娘，头戴竹斗笠，肩挎茶竹篓，也附和"采茶喽……"音高声长，响震四方，似乎要让寂静茶场的男人们躁动好一阵子。采茶姑娘随即分成好几组，奔向各自负责的茶山头。

满山都是穿着各色衣裳的采茶姑娘，真是一道美丽的风景。从山脚到山顶，远远看去，像一条五彩斑斓的龙，缓缓盘旋而上。到茶园后，采茶姑娘会再进行分工，小组长分配，某某采最上面几垄，某某采靠近山边那几垄，某某采中间几垄。分到茶叶长势壮的，高兴；而分到山边山脚的，会有些不高兴。因为，茶叶长势好，容易采；而长势不好的，采得慢。当然，分工是统筹兼顾的，今天你分到好采的，明天你可能就分到不好采的了。

采上个把小时，采茶姑娘的茶篓有的就满满的了。这时，需要过秤。负责过秤的人一般兼挑夫，是个男的。挑夫就是把采好的茶叶装在布袋，从茶山上挑回茶场。过秤时，双方针对秤杆的翘与没翘会发生争执，采茶姑娘想多称出点重量，而掌秤人要把握公平。其实掌秤人兼挑夫，把茶挑回茶场时，同时要再过秤，由另一负责人把关。因此，掌秤人过秤时，对采茶姑娘不会太松，甚至有时要克扣一些。面对这种情况，采茶姑娘心里不爽会说句"肖夭寿"（闽南语），过秤人回句"肖查某"（闽南语），大家一笑而过，该干吗就干吗去了。

在茶山上，有时要调动一下气氛，过秤人会挑逗性地与采茶姑娘对唱茶歌。殊不知，采茶姑娘中会唱茶歌的不在少数，只是大家腼腆、害羞，或是还没找对象，不敢太张扬。只听过秤人一句"日头出来红绸绸，姑娘采茶面忧忧"（闽南语）。这边姑娘有点不屑，不理他。过秤人再唱："今年茶园黑又幼，哪比阿娘小手幼?"被戏赞"小手幼"的采茶姑娘不甘示弱，骂了句"肖公子"后就对上了："今时日头赤艳艳，哪位肖人吵吵念？手幼摘茶也黑遍，狗眼看人乱乱骗（闽南语）!"看来此女惹不得，见状，过秤人悻悻地走开了。

37

在安溪茶叶大观园，可以真正体验一下闽南语对山歌的场景。山的这边是几个帅气小伙，离近百米的山那边是三位水灵姑娘。双方打招呼，一声"哎……"就拉开了对唱的序幕。

男唱：这季收成采好茶，来去茶都卖好价。烧酒鱼肉来配牙，请你县城吃龙虾。

女唱：烧酒喝多模西西，肥肉吃多大颗呆。好鱼好肉阮不爱，只兼清茶一杯来。

男唱：水锦开花白彩彩，树梅开花没人知。不知阿娘者厉害，打死不敢你厝来。

女唱：菊花开花黄微微，桂花开花香出来。谁知阿哥傻大呆，花好月圆哥不知。

……

一来二去，整个大观园飘荡着悦耳动听的歌声，游人听得如痴如醉，不时报以热烈的掌声。

访武夷茶博园

武夷以山水盛名，如今，应是山、水、茶齐名。山是武夷山，水是九曲溪，茶是武夷岩茶。其实，三者是息息相关的，就如"好山好水出好茶"概括的一样，共生共荣。

武夷茶博园，一个茶的世界，准确讲是茶文化的世界。一个夏日的上午，慕名前往参观。首先映入眼帘的是一个人物雕塑广场，塑有神农、彭祖、武夷君、孙樵、陆羽、卢仝、范仲淹、苏轼、蔡襄、朱熹等，都是与茶有关的人物，特别是与大红袍有关的人物。广场前方一株富有意象的雕刻大红袍，特别惹人注目。一面写着"武夷山水一壶茶"，另一面镌刻着《大红袍赋》，作者雪川。通过引言，我们知道，雪川收藏二十克六棵大红袍母树采制的茶叶，尤为珍贵。据其交代，此是其写这篇赋的缘由。说实在的，如果没有对茶的特别喜好，是难以把赋写好的。看来，雪川应是一位文人兼茶人！

漫步"岩茶史话"小道上，人物雕像和文字注解赫然刻在石头上。神农氏最早发现茶能治病。王肃生平好茗饮，是欣赏武夷茶最早的一位古代名人。彭祖是武夷山的开山鼻祖。还有一个人不得不提，那就是武夷君。《鱼茶祭祀武夷君》的故事记载："武夷君是荒蛮时代居住武夷山的部落首领，据考为越国始祖无余君。汉武帝在朝廷的郊祭盛典中，把武夷君封为十大神仙之第五位，以干鱼祭之。享郊祭达七十九年之久。此后，道教奉其为地仙。历代朝廷对武夷君亦屡祀不辍。唐徐夤《谢尚书惠腊面茶》有'武夷春暖月初圆，采焙新芽献地仙'之句，说明唐代武夷山人祭祀武夷君的祭品，除了干鱼，还有新茶。"以上这些人和事，很好说明武夷山的茶事演绎征程。

刻有"何须魏帝一丸药，且尽卢仝七碗茶"诗句下方落款为苏轼。应是苏老先生笔迹，刚劲有力，旷达酣畅。陆羽的全身坐像是在《茶经》前方。《茶经》全文刻在木条上，作为背景，远远看去像是竹简一样，形象逼真。还有卢仝、杨万里、陆游等与茶有沾边的诗人、词人、达官贵人均有席位，并被一一展示。为更好体现这些人确实与武夷岩茶有关，还特别在木板刻上一些茶文茶事。

斗茶的兴起，大大促进了茶叶的普及和发展。场景壮大、人物众多的斗茶雕塑群像，生动传神地展现了宋人的智慧与真趣。明朝时期，朱元璋改团茶为散茶，是茶叶发展的一大改革，意义重大，使武夷岩茶的制作方法得到了改良，茶叶的品质更具特色。所以茶叶生产环节的展示，也成为茶博园一道亮丽的风采。种植、采摘、晾晒、摊摇、炒制、包揉、焙干、品饮等，或个人或一簇，或群像，或静或动，或坐或立，自然、贴切、投入。

"丝绸之路"，也叫"茶叶之路""瓷器之路"。茶博园的展示中，有以浮雕的形式勾勒《郑和下西洋》的场景，有以线描的形式勾勒一幅《茶叶传入日本》，上载："茶叶是从唐代传入日本……"有外国作家、诗人关于茶方面记录的影雕，如拜伦、英国皇后等。茶博园把中国茶名人，如张天福、吴觉农、陈橼等都列入其中，也是以影雕的方式展现，彰显他们为中国茶叶做出的贡献。在一处由石板材拼就的《万里茶路大联通示意图》上，直观展现了茶叶之旅，让人看了一目了然，充满敬意。

很可惜，茶戏节目下午才有，来得不是时候。听说是一些茶叶制作过程的小片断和当地方言对唱等节目。这种形式灵活多样，可长可短，伸缩自由，以动感传播别样文化。茶歌是劳动大众在生产劳作过程中自然的产物，有点相似聊天，只是以一定的民间唱调出现，更具特色。

　　大王峰就在茶博园的对面，九曲溪就在茶博园的下方，寄情于武夷山水的茶博园，可谓特别敞亮，自然融入，博大精深。武夷茶文化在这里除了展示以外，更多的是诠释，更多的是传扬，一代一代的武夷茶人运用他们的智慧，创造创新了无数的文化元素、文化精神。今日的武夷茶博园，一片生机，满目青翠，余香袅袅。

茶山·皱纹

一看到女人的皱纹，我便想起茶山。她们之间的共性，在外形，也在内质。

女人的美，发乎于内，直观于外，关键看气质。然而，岁月终究不饶人，女人到了三四十岁，皱纹便眷顾眼角额沿。女人似乎最怕自己有皱纹，甚至连细小的鱼尾纹都不允许，特别是徐娘半老的女人，几乎天天照着镜子，看看有没有新增缺憾。如若哪一天发现眼角拉出几条鱼尾纹，接下去便是乱涂乱抹，非把皱沟填满不可。一旦不露破绽，便又摇晃身姿，信心满满。

其实，女人皱纹里隐藏着的成熟的幽美，来自其线条的集体组合，带有旺盛的生命力，如果认真审视，倒有一种别样的妖娆，一如蜿蜒盘旋、层层叠叠的茶山。远远望去，茶山犹如一道道被岁月之刀落下的深沟厚坎，顺着山势，一垄垄、一畦畦漫无天际地延伸成流线型。春天，"皱纹"长满新牙，缀满新绿。夏天，"皱纹"时而萎靡，时而粗壮。秋天，"皱纹"渗入清凉，收获幽香。冬天，"皱纹"依然健壮，孕育坚强。它们用几何线条体现了自己独特的社会优势。其展现出的动态之美，实属难求。

春水秋香，茶叶随着季节的不同，显现着不同的生命状态，绽放着不同的美。春雨绵绵时，犹如皱纹的茶山，笼罩在雨雾中，任清凉浸染山体，任水汽融入根茎芽叶，饱蘸着湿度，仿佛要借用艺术的灵

41

感洗亮身上的一切。那种朦胧润泽的美，就如晓镜前云鬟遮羞的少女。五月的茶山，阳光明煦，肥壮的芽叶翘立枝上。采茶女已是漫山遍野了，如同绿色五线谱中跳跃的或红或黄的音符，点缀在蓝天下……秋水如洗，秋香醉人。秋天，一年中最值得留恋和向往的季节。

风从山脚吹起，芽尖、叶片摇曳，几只害羞的小鸟飞向茶山的另一头，疏朗的叶尖上，有着几分成熟的欢喜。可以想见，秋收不仅仅给人带来丰收的喜悦，而其成熟本身就是一种韵味，就像三四十岁的女性，明朗、韵厚。

生态茶园的号角一吹响，茶山便迎来了新的面貌。茶垄的前后左右，根据阳光照射时长的需要，栽上豆科类树木。茶园的梯壁上，保留着杂草或种上了草皮。茶丛下植有知名或不知名的小花小草。美其名曰："头戴帽，腰系裙，脚穿绣花鞋。"这样一来，物种增多了，小动物们也跟着来了。你看，蝴蝶翩翩飞舞，蜻蜓亭然立于枝头，蜜蜂也飞来凑热闹，在茶丛中寻找着芬芳。地面上，蟋蟀奔来跳去，时而轻鸣，时而高调；大肥虫偶尔钻出土面，享受别样气息。近看的皱纹稠密，似更有生机。远看时，皱纹已见舒展，不经意间，高高的树木把上下垄的皱纹直接连接起来，纹路不再那么明显、那么单调了。

记得在一偏僻的小山村，不规则的梯田成了当地一大景观。摄影师捕捉下来的镜头是充满了天然的美、灵动的美。沿着山势开垦的田野，或大或小，或长或细，或宽或窄，水田映着天光云色，一片迷人的景象。某日，你亲临其境，放眼一望，你看到的梯田纹路更清明、更连贯，有天然的亮光，甚至还有暗部，从灰色调到深色调，层次分明。立体感，这是大自然的杰作，你会为如此鬼斧神工的皱纹美震撼不已。

人又何况不如此呢？进入不惑之年，摸摸额头，几道浅浅的皱纹告诉我，岁月不饶人。有人说："到了不惑之年，自己就应慢慢地习惯这个新阶段，而对于'不惑'的感悟，就像在一餐正午的盛宴之后，已经有些懒洋洋的，虽然心底对盛宴的绚丽回味不止，可明明白白地知道那已是一去不复返了。"洒脱地经营着自己吧，让岁月的刻刀轻轻滑过，少一些遗憾，多几分秋收。

幽壑上飘荡的那抹红

　　终于看到武夷大红袍"真身"了。多么熟悉的字眼，"大红袍"3个字，茁壮而端庄，内敛又含蓄，一如大红袍岩茶之品质，味酽醇厚，岩骨花香，韵雅情长。在岩崖高处，用石条块垒就的一垄茶园，可谓高高在上，独领风骚，自成风景。此处阳光普照，不会高处不胜寒，从那几棵大红袍母树的长势可见端倪，枝壮叶茂，真有王者风范。每日朝觐者以千万计。其实，一路走来，让人慕名而来的原因，还有这里的山山水水，这里独特的神秘的丹霞地貌。

　　没见到大红袍母树之前的夜晚，我们已领略了《印象大红袍》独特的魅力。茶文化源远流长，大红袍历史久远，传说众多，富有传奇色彩，特别是大红袍的传说，更具人文性、励志性，感人至深，传扬不息。如今，大红袍声名鹊起，受到大众的追捧。由于武夷山独特的地貌气候、独特的制作工艺，其产量已受地域影响，不可能全方位扩充，所以更显珍贵。

　　茶可消除烦恼，消食去腻，提神醒脑，利于心静处事。泡饮大红袍已成为一种时尚，听说，已发展到用茶山、茶龄、制作技师的不同，其品质、价格完全不同，很多人以能喝到正岩的茶叶为贵。听导游讲，在正岩内的茶园，一亩一年可租近百万元，一斤茶青卖到200多元。这样算，加上采工、制工费用，一斤干毛茶成本就要近2000元，难怪市面上的大红袍炒作得那么厉害。其实，价格炒得这样高，还是有较大风险的。茶主要是大众喝的，如果专定位为贵族饮品，其受众面有局限性，若某日，这流行产品不再流行时，受到打击的还是茶农。理性看待价位虚高问题是每个理性喝茶人应关注的问题。

一路上，武夷名枞一一展示，什么武夷肉桂、武夷水仙，什么白鸡冠、金锁匙、铁罗汉、半天妖、水金龟、白牡丹、白瑞香、十里香……一览无遗。一棵棵、一丛丛、一畦畦、一垄垄、一片片，绿意盎然，生机无限。每一种茶树都有一块木质牌板，上面注明此茶的起源、类别、品种、特征等，便于游人分辨了解。走到一峡谷处，天色突然暗下，抬头望见崖壁半腰中刻有"不见天"三个红色大字。再仔细看崖壁下那一垄茶园，一般人都知道这种茶树就叫"不见天"了。如果你还不信，茶园旁的木质牌板上清晰写着："不见天，原产于九龙窠，已有一百多年的历史，中叶类，晚生种，香气浓郁幽远，滋味醇厚细腻。"一路走，一路看，步动景移，斑斓画意，一路新奇。而当你行走700多米到达九龙窠时，你看到了那半崖壁的武夷大红袍，你以仰望的角度注视着茶丛时，除了感动还是感动。生命如此顽强，依附崖壁生长；生命的形式如此特别，不流于俗；生命的绽放如此高雅，香长韵雅耐思量。

在九龙窠的茶寮，竹竿上挂着"天下第一蛋——大红袍茶叶蛋"茶旗，迎风招展。茶叶蛋的香气扑鼻而来，禁不住诱惑，买一个尝尝。剥掉蛋壳，只见蛋白已渗满茶色——黑褐色的大红袍茶汁。咬一口，嫩中添香，嚼劲十足。蛋黄也已浸透茶香，酥软酥软、喷香喷香的。

于此好山好水，不好好品尝一下成品大红袍，那是会终身遗憾的。聆听天籁，得壶取水，取炉烧水，请神入宫，悬壶高冲，静候香茗。氤氲的茶水汽、香气萦绕茶寮内，伴着天然的山野风味，未品茶汤心已舒坦。当深褐色的茶汤置于你面前时，一种迫不及待的情绪使然，端盏一饮而尽，好像这一口就可使人身轻百倍，就能当场解渴，洗去旅途劳累。喝茶连程序都省了，这种状况，于我来说，还是甚少的。喝第二盏，我是注意品了，香气尚纯，但火味不够，汤水厚重，略带涩苦，回甘不明显。三遍后，总体感觉还不错！鲁迅先生说过，"有好茶喝，会喝好茶，是一种清福"。我觉得在九龙窠、在大红袍六棵母树旁品饮大红袍，这何尝不是一种清福。况且，山高路远，羁旅困顿，一滴水、一杯茶都胜似甘泉。

　　在没见到武夷大红袍"真身"前，因对武夷大红袍的景仰，写了一首《题武夷大红袍》七言绝句："九曲清溪雾笼纱，武夷深处隐人家。岩石绝壁出奇树，一垄红袍醉晚霞。"想象的成分多了一些，但对武夷大红袍除了喜欢，便是向往。终于，在这个夏暑之际，成功造访了这一方神奇的茶树。天色已晚，晚霞浮于天际，远处高大树木上的蝉鸣在催促着旅人们启程早归，近处潺潺流水声伴着人们归程欢声笑语，荡入片片茶园中。在归程的路上，蓦然回首，武夷岩崖只容一线瑰丽的天光露出，正照着六株大红袍母树，紫气氤氲，充满生机！"一垄红袍醉晚霞"得到了真实的印证。

涅 槃

我喜欢喝茶,喜欢品茶,当然也熟悉整个制茶过程。其实,茶叶从一片绿油油的叶片,到可发出清香,浸出黄绿色,吐出韵味茶粒,这个过程就是涅槃。采茶季节一到,满山满岭的采茶姑娘,头戴竹笠,腰挎茶篓,一双纤细的手在茶丛上左一下右一下采摘茶叶,远远望去,真像云中仙女在采撷芳香的花朵。采茶姑娘的茶篓装满茶叶后,就会倒入麻布袋,待到够一担挑时,一个黝黑壮汉就会随扁担一甩,一路欢欣地挑回制茶场。

从晒青开始,茶叶就可以说是开始走向涅槃了。晒青的白石灰埕,温度一般都有40℃至70℃。茶叶洒下几分钟,就要翻一遍,让茶叶两面所受温度差不多,10多分钟,在茶叶有萎凋状、发软时就要收起。收起的茶叶,温度还没散去,要马上摊开在能透气的竹制笳篱上,叫作"凉青"。到入夜时分,摇青开始,这是茶叶的第二次涅槃。每摇一次,茶叶中的嫩芽、细叶,都会随之折断、受伤,三遍摇青后,留下的大部分茶叶是经得起考验的了。经过一整夜的发酵,茶青由绿色变为黄绿色,待闻到散发青草味时,已是属杀青阶段了,这是真正的涅槃。杀青,是火的炙烤、鼎的煎熬,犹如孙悟空在八卦炉里经过高温锤炼,炼出了火眼真睛。"噼里啪啦"响声不绝于耳,热气腾腾,直窜烟囱而出。大约高温炒制10多分钟,茶叶发生质的变化后,变成枯黄色,因水分蒸发,茶叶体积也明显下降。

在揉捻、包揉、松解，再包揉再松解的塑形阶段，茶叶的变化只是形态之变。茶叶的第四次涅槃是烘焙阶段，由湿茶变成干茶。炭火微红，竹焙笼发出淡淡的竹青味，夹带着微微的炭香热气。此时，在竹筛上洒上湿茶，任其蒸腾，让空气碰撞，让热气散发……一遍、二遍、三遍，当用手一捏紧，茶叶枝梗能断折时，茶叶可出笼了。

泡茶喝，是茶叶的第五次涅槃。你看，100℃的开水，悬壶高冲，白色瓯杯中的茶叶随即翻滚、雀跃，刮沫，瓯里孕香，闻香，出水，观色，品汤。这时的涅槃就是展现自己芬芳的本性，展现齿颊留香的意味深长，展现一种忘我的醉意。

人的一生，也是要经过多次挫折、多次考验的。不管是风吹浪打，还是烈日炙烤，抑或是千辛万难，我都能淡然处之。因为，我从茶的涅槃中发现，人生如茶。

吾 爱 茶 花

记忆中，老家的茶花是一种娇小或内敛的花朵，颜色以洁白、淡黄、粉红为多。这是一种铁观音茶的茶花。一垄垄茶树，茶丛长势不错，上部的叶子青翠嫩绿，下部的叶子墨绿老到，而在这下部的茶枝中，却或隐或现地点缀朵朵茶花，白色的花瓣中间是淡黄的花蕊，散发着淡淡的清香，招致几只蜜蜂光临飞舞。有些茶枝上已结有茶籽，皮是翠绿色的，有的是一个籽的，像鹌鹑蛋大小；有的是两个籽的，连体双生，像花生状；还有的是三个籽连生，甚至还有四籽连生的……

父亲平日里，喜欢种些花花草草，点缀庭院。茶花是首选。听说父亲为了栽种茶花，走了 10 多公里路，去一个朋友家挖回一棵茶苗，大约只有 20 厘米高，栽在一个直径 40 厘米大的破水缸中。一开始，我们觉得太小题大做了，那么小的苗，那么大的缸，太不匹配了。可父亲说，养它一两年，到时还嫌缸太小呢。我们只当笑话。可是，经过父亲的精心照顾，茶苗不到一年，却长势很旺，长到 50 多厘米高，且长出很多枝丫，腰围快盖过破缸了。让我们意想不到的是，在第二年的春天，它竟然开出了茶花，粉红色的，太可爱了。

那次去台湾交流，有幸参观了神木的原始森林，品尝了有独特韵味的阿里山茶，聆听了动人幽怨的姐妹湖故事，亲眼看见了三代同堂的原树奇景……最让我欣喜的是，在原始森林里，我发现了几株开着

49

野生茶花的茶树。那是在一处石头垒就的道路旁，茶树的根脉穿梭、盘绕在石缝中，茶树的枝干瘦身颀长，分枝比较少，可谓"一枝独秀"，水红的茶花藏在薄薄的叶片后面，像一个害羞的少女躲在一片淡绿的身后，山风吹来，枝叶摇曳，茶花一漾一荡的，水灵水灵的，扑闪扑闪的，充满无尽的诱惑。拿起手机，把深山老林中独具韵味的瞬间固定为永恒。太美了，没有经过人工修剪的茶树，不像矮丛灌木那样平平整整，紧密相拥，互攀肩背，一丛丛、一簇簇的，而是韧性十足，个性张扬，一直向上挺拔生长。

　　一次在微信朋友圈中，看到一幅茶花的国画，一枝茶树，末梢处绽放一朵深红的茶花，寥寥数笔，却传神地勾勒出茶树的芳姿。耐人寻味的是那朵茶花，深红中透出几许嫣红、几多橙红，丰富的色调使花儿活灵活现。花瓣晕染出淡淡的汁绿，犹如清晨带有露气的花朵，晶莹、透气、饱满。淡黄的花蕊，令人眼前一亮，一下子使整个画面精神许多……

三 百 茶 书

总想着，什么时候有时间，停下来，静下心来，认真读读自己用心收藏 10 多年的 300 本茶书。但事与愿违，300 本茶书，至今仍束之高阁！

茫茫人生，几多摸索，几多碰撞，几多成熟。能顺着自己性子做事的，少之又少；能依着自己的兴趣爱好处事的，那是凤毛麟角；能天天快乐、时时开心的，几乎没有。哎，人呀，到底为什么活着？"终日奔波苦，一刻不得闲"才是最本真的生活箴言！

人生的不同阶段，有着不同的忙活。10 岁左右，忙着上学上课，天天向上。20 岁左右，高考前后，为大学奔忙着。30 岁左右，结婚生子，家庭负担重，人生转折期，拼搏奋斗，不知所难。40 岁左右，上有老下有小，最最烦恼。男人四十，这个坎一过，一生基本定型。奔 50 岁时，估计可以清闲了。这样一想，自己好像要再过几年才能读这 300 本茶书，岂不愧对自己？无奈，还是调整调整自己的迂腐和老态吧！

得一周末，老爸、老妈、妻子、儿子统统回老家了。关上两天，打包吃饭，闭门读书。读什么书？从何开始？打开书柜，书香茶香四溢，满室萦绕，一列一列的茶书一览无遗。如何下手？哪本先看？又恼心头。说实在的，没有选择的时候，遇到什么书都看，一遇到如此三百佳丽时，又不知拥谁入怀。看来，我此时还真有点像皇帝的感觉了，后宫佳丽无数，真是乱花渐欲迷人眼，如何是好，有点无从下手。

从喜欢的茶诗茶词开始吧。翻了翻，感觉读不下去，没有"吃茶去"那种禅意，入队。取下茶散文集，有太多名家，鲁迅、周作人、林语堂、贾平凹……写得深奥，不好懂（可能自己没有他们的修养），入队。抽出茶歌集，一览，随便哼两句，不得调，入队。看了看茶艺类书，理论多，黑白版的，美女都是非洲籍的，没雅兴，入队。

转了一圈，走马观花，不得要领，还是研究自己的专业特长吧。看了看铁观音类的书籍——《铁观音的制作与品评》，全方位了解茶叶的发现与发展、茶叶的制作与拼配、茶叶的品评与营销等。《铁观音的王国》领略了茶人茶事茶企风采。《铁观音茶事两百问》读完即可全面掌握铁观音独特的密码……

读了两天的茶书，再到客厅沏一壶清香型铁观音，看着茶香从瓯杯中慢慢溢出、升腾、摇曳、开散……香气慢慢浸入你的五脏六腑，一种坦然忘我的境界自然而生。此时，轻轻啜一口，舌尖轻转，让茶水在口腔中盛情放荡，而后，缓缓流入体腔，完成一出经典的演绎。这时，醉人的感觉写在自己的脸上，甜在心里。

茗　宴

电影《夜宴》曾经吸引很多人的眼球，惊心动魄的故事情节，让人念念不忘。中国传世名画《韩熙载夜宴图》，记录了历史的一个片段，它以连环长卷的方式描摹了南唐巨宦韩熙载家开宴行乐的场景。

而有关夜宴题材，我印象较深的是宋代《夜宴图》，此幅画作，取材于唐代十八学士夜宴的典故。在繁花似锦的庭院中，文人雅士们秉烛夜饮，别有几分洒脱和飘逸。画中的学士们有的不胜酒力，已然激情昂扬；有的酒兴未尽，犹在豪饮，神态尽现风流倜傥。

不管是充满惊心动魄的电影《夜宴》，还是充满政治色彩的南唐《韩熙载夜宴图》，抑或是展现文人雅集的宋代《夜宴图》，关于夜宴的话题，不是本文的主旨。我要谈的是茗宴。

茗宴最早称为"茶餐"。茶餐，听起来有点俗气，后来，有人改为"茗宴"，觉得听起来更典雅些，富有书卷气，与夜宴之类同，更显气派。

10多年前，偌大的"中国乌龙茶之乡"安溪，没有一家可吃茶餐的地方，这与驰名中外的"安溪铁观音"大品牌，有点格格不入。只记得在当时的华酒吃过一道叫"茶香烤田鸡"的菜肴，感觉脆脆香香的，味道还不错。听说当时政府方面也给予了一些引导，但终究延续下来的茶餐，却少之又少。

后来，茗宴作为茶叶产业链延伸的一环，由感德龙馨茶馆应时而隆重推出。感德龙馨，作为品牌茶企，其富有开拓创新精神的茶老板，认为茶时代来了，是时候延伸产业链了，于是开始尝试在饮食方面融入茶的元素，吸引顾客，增加卖点。茶馆在闹市中，交通便捷。外装饰是闽式与徽派相结合，古朴大方，自然和谐，最关键的是给人以幽雅恬淡的感觉，置身其中，超然物外，一身轻松。木制的门，带有门闩，开关时会发出"呜歪呜歪"的响声，一下子把你引到小时候农村家里生活时的场景，让乡愁在边吃边看中，勾起，升温，泛滥……

感德龙馨茶馆的茗宴，是很有名的。茶叶蛋、茶香鸡爪、水煮茶乡花生是餐前小菜，也叫"餐前三小碟"。主食可以是茶粥、茶油咸饭、茶汁鲍鱼捞面、素炒茶色米粉等。汤类，包括荤素汤和甜汤。荤素汤有茗水浴香鸡汤、河蚌氽水茶汤、老鸭孕浓香、苦茶瘦肉汤等，甜汤有浓香汤圆汤、茶香花生仁汤、清香冰银耳等。其他菜诸如茶香烤大肠、茶香炸醋肉、苦茶苦瓜煲、茶香麦包、茶色白斩鸭、茶油兔肉煲、茶油猪肚煲……

茶叶蛋可当餐前小菜，也可以当作一道菜。最早吃到的茶叶蛋，是以鸡蛋或鸭蛋为原料，用清香型铁观音浸腌的。吃时茶味不明显，而用鸡蛋或鸭蛋，量太大，一般一人吃一个，就不想再吃第二个了，甚至影响到主食的享用。后来，有人给厨师长提建议，改用鹌鹑蛋，用浓香型铁观音腌制，会更入香入味，果不其然。茶香鸡爪与市面上的鸡爪差不多，只是多些茶香味，但我注意到，鸡爪的姿色更好，略带金黄，色泽锃亮，吃时嚼劲更佳，这与茶的渗透、滋润有关。

我儿子是个吃货，可谓是吃遍天下大肠，对感德龙馨茶馆的茶香烤大肠情有独钟，他有二十字评价："黄中有脆，脆里藏嫩，嫩外飘香，不油不腻，百吃不厌。"茶粥，茶与米煮着吃，有点类似古人的煮茶，但比古人更有料，因茶粥里又加了肉沫、香菇、青菜等佐料，熬上几小时，茶、米、肉、菜互为融合、互为渗透，味道非同一般。茶汤圆，作为甜汤，养生又消食，深得食客厚爱。

由于对茶餐的特别关注，我到各地旅游时，遇见有茶方面的佳肴，总是喜欢好好尝尝。比如，我吃到了茶香鸡，与荷香鸡做法接近，它是用老茶垫底，再慢慢蒸熟，吃之，茶香明显、入味。我又吃到茶香包，与麦香包做法接近，是以茶沫为辅料，拌以面粉，再发酵蒸熟。后来，我喝到了珍珠茶香羹，像西米露那样做法，嚼劲足，口感清爽……

其实，茶叶一身都是宝，如何开发、挖掘、运用才是最重要的。茗宴，随着有心人越来越多，品种将越来越多，品质也越来越高。

酒肉穿肠过，茗香腹中留。让夜宴或茗宴成为一种悠闲典雅的集聚，让茶香回味成为一种享受。

茗宴，不见不散。

光影茶魂

旅 行 茶 具

有 30 多年茶龄的人，如果有一天不喝茶，会是什么感觉呢？

茶瘾，如烟瘾。烟瘾厉害的人，会感觉身体像缺少了什么东西似的，脑袋空空，肚子胀气，魂不守舍。

乾隆皇帝嗜茶如命，他有一句名言：君不可一日无茶。皇帝对茶，珍爱有加。这不仅因为茶具有消食去腻、提神醒脑的作用，更重要的是，茶的品饮过程，是一场休闲放松的过程，是一种身心畅快的过程。

由于对茶的热爱，居家出门配备一套旅行茶具，就顺理成章，也成为一种必然。旅行茶具，一种由软质塑料布类的东西作为外套，内装有一茶瓯，配有过滤网、茶海、茶夹和 5 个小茶杯等。有一种中型的茶具，还配有竹制或木制茶盘，更为便利。但是为便于携带，我还是喜欢小巧玲珑的。

每次出远门，在备行李时，老婆都会再叮嘱一遍，茶具有没带上。每当这时，我就会再认真地检查一下，保证有了，才锁上行李箱，高兴地出发。

入住酒店后，第一件事就是烧水，有时来不及买矿泉水，只能将就使用自来水。在烧水的同时，我会将旅行茶具重新清洗一遍。没有茶托盘怎么办？因地制宜，因材而用。酒店房间放牙杯、梳子等物件的塑料盘，可临时替代茶托盘；放水杯和烧水壶的一般也是塑料盘，也可临时替代茶托盘。要是以上都没有的话，可利用较大瓷器皿或玻璃器皿，配以垃圾桶，及时泡茶、倒水。如若真没有可利用的，可将茶具放在桌面上，充分用好茶夹，亦可腕底生风地喝茶、请茶、品茶。

旅行在外，用自带的旅行茶具泡上清茶，浅斟慢酌，茶香绕室，喝上三杯，所有的羁旅困顿，随即烟消云散，一种舒心畅快之感油然而生。

在外旅游，如遇暴雨，未能赏心悦目，怎么办？"躲进小房闲泡茶"不也是一种休闲旅游吗？窗外帘雨如注，室内热气腾腾，一瓯新茶任君品赏，话题可以天南地北，新闻可以八卦政论，偶可轻吟诗句，偶可清唱山歌，伴随着茶烟茶香茶味茶韵，醉卧杯中不犯愁，悠然自得也！

如若踏入大山深处，必得凉泉清水。那么，让茶与水，来一次完美邂逅，完美拥抱，完美演绎，会成为旅途的一大惬意之事，回忆无穷。找一空旷平地，取些枯枝干草，用石头搭个灶台，得壶，取一汪山泉，烧水。壶嘴青烟直竖时，说明水已开了。烫杯，置茶，冲水，刮沫，蕴香，出水，赏色，品啜……一阵松风，几声鸟鸣，惊却品茶人。环顾四周，尽是朗朗云天、清澈泉潭、浓郁树荫，茶香夹杂着山野的草香、树香、石香、泥土香，随风飘荡……

光影中的茶魂

山、水、茶、人，四种不同的物象，如果揉捏在一起，会有什么效果呢？张艺谋等导演的《印象大红袍》可谓是一场让人叫绝的视觉盛宴。《印象大红袍》不是单纯的歌舞，还有精彩的故事、传说，剧情以茶为主线，融历史、民俗、山水、茶文化于一体，尤其突出了茶文化，极具武夷山特质。

我看过张艺谋导演的《印象丽江》，大场景，大舞台，大手笔，大气魄，情由心生，事融理趣，理以服众，情景交融，发人深省。当时是白天观看，一个多小时的节目，从多角度展现了丽江的文化特色、民族风情、梦想展望。而观看《印象大红袍》是在夜晚。

那晚，在武夷山大王峰下，九曲溪旁，一轮圆月高悬，清晖如水，在炎热的7月时节给人一种宁静致远之感。坐在剧场旋转观赏台上，序幕从人开始。一老茶人发出了一系列问题，引出节目的主题：茶。老茶人问："你烦恼吗？你生气吗？你焦虑吗？你心能静吗？"几个看似平常的问题，却说到每个观看者的心坎上。你想，现在社会，使得每个人看起来都很忙碌，为家庭、为自己、为社会"终日奔波苦，一刻不得闲"，很多人都忙得变成"亚健康"。你说，有几个人能静静地坐下来喝喝茶、看看一场晚会。老茶人的话，既是导语，又是提挈纲领主旨的。

老茶人的一句"妹妹，把船撑起来"，使整个观赏台转了起来，全场一片哗然。这时，画面切换为闽越人与茶有关的故事演义，演员众多，场面壮观，视觉冲击力巨大。此中有树荫，有竹影，有亭台楼阁，有杯盏壶瓯，有品茶，有斗茶，有陆羽身姿，有武者风采……

月光下，大王峰和玉女峰近在咫尺，山清水秀，鸟语花香，细水轻流，帆影点点。大王和玉女的爱情故事，随着如水历史潺潺漾出优雅的线条，缥缈间似有白驹过隙，陡然地惊现万马奔腾。声声马蹄，牵动了玉女多少相思情怀；双双驰骋，又留下了多少欢歌笑语。抒情、煽情、动情，深情款款；风动、树动、水动，心动时时，好一幅令人歆羡的画面！

由一次次敬茶过渡，画面由古及今，回到现实生活场景。茶山上，满岭的茶男茶女，采青、晾青、凉青、摇青等，通过一道具——竹制筛篱来展示完成。圆形的筛篱，在舞者的手中，或颠或簸，或摇或晃，或挑或降，或转或止……茶歌对唱在阿哥粗犷、阿妹悠长的声音中拉开，特别是用当地的方言唱茶歌，更是别有一番风味。挑夫们挑着茶担，晃悠悠的，走村串户卖茶，耳边犹响彻着"卖茶咯……卖茶咯……"的吆喝声。一组组真实生活实景搬上了舞台，演绎着武夷山民的勤劳善良、智慧豪情。

在节目中穿插武夷大红袍传说是必不可少的。神秘的传说，充满着正能量。相传，若干年前，一位秀才进京赶考，行经武夷山时，突患腹疾，痛不可忍。刚好被天心寺方丈碰上，救回寺中。方丈问清秀才病况，随即从室内一小陶罐中取出一把黑乎乎的干树叶，用滚开的山泉水冲泡一大碗。秀才闻得此汤香气，人就舒服了一点，再喝下肚去，稍过片刻，便觉咕噜大响，回肠荡气，四肢百骸，毛孔偾张，很快就恢复了精神。病好后，秀才千恩万谢，辞别方丈继续前行。不久后，魁星高照，秀才中了状元。秀才功成名就，荣归故里。途经武夷山，他想起方丈救命之恩，停轿上山拜见方丈，问起当年所饮之物。方丈便带他到九龙窠，指着半壁上那一丛茶树说，就是它。秀才大喜，当即脱下身穿状元大红袍，亲手盖在茶树上。从此，那茶就被寺僧称为"大红袍"。由于剧情需要，编剧把救起秀才的方丈改为武夷山民，这点睛之笔实在厉害，让武夷大红袍更大众化、更亲民了。

　　大红袍的冲泡方法，与众不同，它是用紫砂壶冲泡的。我看过武夷大红袍茶艺表演，感觉太冗长了，总共有十八道，如焚香静气，活煮甘泉；孔雀开屏，叶嘉酬宾；大彬沐淋，乌龙入宫；高山流水，春风拂面……含英咀华，领悟岩韵；君子之交，水清味美；名茶探趣，游龙戏水；宾主起立，尽杯谢茶。再加上解说时间，真正要喝到茶，要等好长时间，有点"等到花儿都谢了"的感觉。而节目在展现武夷大红袍的泡饮过程中，可谓删繁就简，抓住要旨，突出视觉效果。画面集中在阁楼展示，或一间房或单体楼，或一层房或整栋楼，或单人或群体，或一堆或多簇，或静止或动感，或行云流水或天马行空，或素雅或靓丽，或温情或燥热，随着茶艺程序的变化，情景随之变化，灯光随之变化，影像随之切换，真是令人应接不暇、眼花缭乱，富有震撼力！

　　客来敬茶，以茶会友，是武夷山人重情好客的美德和传统礼节。演出在全体演员全场敬奉武夷大红袍茶中圆满收尾。数百名演员，每人端着一茶盘，上面置有五杯茶和一壶茶，敬奉茶时，临近的观众"近水楼台先得月"，一一细品。品着温热的大红袍，任清风吹散大红袍那浓郁的香气，借着月光、借着舞台的光影揉入大红袍深褐色的茶汤，一饮而尽。让人与山水茶的再次重逢，化为一种期待、一种向往、一种挂念！

绘事情缘

插　　图

那年腊月，在文友处看到《散文选刊》，随手翻翻，不禁被吸引住了，临走时顺手借阅。文友说："回去好好读吧，相信不久的将来能在上面看到你的大作！"我忽悠式地应允，大步回家去。

其实，那时《散文选刊》吸引我的不是文章，而是里面的插图，钢笔画插图。于文字之外的空白处，像是不经意间画出的几条线条、几处灰暗、几组造型，构成了一幅幅画面，简洁而明了，空灵而耐寻思。题头的压图，似与文章主题有关联，但又有独自的意境；尾部的纹饰，有助于点明主旨，又有增添想象的成分；边侧偶尔的几个笔触，勾勒出如山似海、像云如燕的景致；若是两个页面交叉处的画面，必是空旷如幻之境。插图形式不拘一格，或圆或方，或大或小，或纵或横，或疏朗或浓密。内容或花鸟草虫，或车马舟楫，或渔叟樵夫，或稚子佳人，或闲庭小筑，或山水丛林，或乡村小景……

其实，钢笔画插图仅是插图创作的其中一种。此外，插图还有油画插图、版画插图、水墨画插图、工笔画插图、素描插图、铅笔画插图、蜡笔画插图……这当中我还是比较喜欢黑白效果的插图。

《鲁滨孙漂流记》作为一部有百年历史的名著，据说，到19世纪末，其外国版本已达到700多种。为《鲁滨孙漂流记》画插图的画家很多，但英国画家理查德·弗洛特的作品别具一格，以木刻手法、装饰风味来表现。说实在的，由于年代久远、故事离奇，要画好《鲁滨孙漂流记》的插图是很难的。《鲁滨孙漂流记》插图简约、古朴、明快、可爱，人物景物略带夸张之感，不是逼真的描绘，而是一种大朴无华的装饰，画面疏朗透气，是对故事很好的诠释，为整本书在烘托主题、衬托主旨等方面起到了很好的作用，增强了视觉美、意境美。真是，于无声处有声，于枯燥处予爽朗，于静默处予动感。

晋江综合性文艺刊物《星光》，也很重视使用插图。《星光》的插图是用毛笔绘就的，带有中国画的艺术表现风格，除了突出线条美之外，绘画者更注重以大写意的方式来表现山川树木、河流屋舍、人物器具等。线条粗犷奔放，墨韵天然有致，构图饱满奇异。看似画得随性，实则是深思熟虑后的妙笔佳构。

一代文学巨匠鲁迅先生非常注重插图在文学作品出版中的作用，他的很多作品都有插图。他曾说过大致以下这样的话，一些作品因年代久远，或国度不同，或年代不同，时过境迁，当时的一些插图形象地记录了当时的时尚风貌……凡这些，倘使没有图画，是很难想象清楚的。那次去绍兴活动，在越城区人民西路的咸亨新天地，看到鲁迅先生的名著、名言、插图等，以不同的方块展示，富有新意，令我感触良多。在那里，我听说了这样一则轶事。20世纪30年代的时候，鲁迅先生为出版苏联小说《铁流》，拟穿插一些有特色的插图。鲁迅先生在当时的报刊上得知苏联画家毕斯凯来夫为《铁流》刻插图一事，就通过在苏联的朋友，几经周折找到画家，终于把木刻插图原版寄来。可是插图寄到时，书已印完。后来，鲁迅先生就将这些图单独印制出版，引起较好反响。

现在，很多文学刊物只是堆积文字、排列文字，枯燥无味。偶尔留出大块飞白，也是让它"空空如也"，不使"抹黑"。其实，这种状况做得好，是"惜墨如金"；做不好，那将是"死气沉沉"或叫"浪费版面"。20多年前的报刊编辑，很多是多面手，不仅是文字编辑，同时也是美术编辑。组稿排版时，有些出现豆腐块空白时，都是自己写一则寓言笑话或画一幅与文章内容有关的漫画、插图。不像现在的刊物，编辑职责分工非常清楚，文字、美编、版式等各自负责，彼此之间有默契的还好办，但如若看问题角度不同，有时文图之意差之千里，刊之会令人啼笑皆非。

随着时代的发展，电子产品、动漫产业发展迅猛，插图形式也不断翻新，如彩照插图、动漫插图、3D 插图……甚至一些插图内容的丰富性超出了文本，全彩色、重写实、太直观的插图，有时却少了让人想象的空间。真正好的插图，会使不同的读者产生不同的联想，起着扩张文本容量，调节阅读节奏，以及装饰书籍的作用。

画 家 梦

曾经，向往着自己是一名画家，留着长长的头发，穿着宽大的衣服，夹着人字拖鞋，甚至时常叼着香烟，再背上画夹，一边游山玩水，一边写生，天马行空，其乐无穷。

画家的梦想，我只是走出了一小步。读中师时，三年的假期，全部浸泡在美术的世界里，画人物，观音、关公、八仙、弥勒佛全像；画山水，什么青绿山水，什么浅绛山水，仿古的、现代的全画；画花鸟，老鹰——美其名曰"鹏程万里"，喜鹊——美其名曰"喜上眉梢"，鸽子——美其名曰"和平友爱"，牡丹花——美其名曰"花开富贵"，竹子——美其名曰"岁岁平安"，等。画着画着，全校出名了。参加市级比赛，也取得佳绩了。毕业时，老师同学都认为我将来必定是一名出色的画家。我也觉得是这样。

工作后，仍旧不忘画画，甚至还恶补古体诗词和书法学习训练。后来才发现，像我这种非美术科班出身，对画画只能说是学了一点皮毛，可以说如"井底之蛙"一样，只看到井口那么大的天空，殊不知，天有多大。后来，觉得要成为画家，那是非常之难的事。再后来，随着工作、生活压力越来越大，随着结婚生子，琐事越来越多，基本顾不上画画了。

还记得，那场似梦似幻的画家之旅，那场刻骨铭心的卖艺生涯，真正背着画夹一样大小的画桌（一种能折叠的自制木桌），到街头卖艺，是在工作五年后的暑期，那时刚好买下套房，手头紧。想不到其他挣钱快的法子，我就豁出去了。在最繁华的电影院门口，折叠桌子一展，摆上画具、颜料，铺开画纸，挂上已写好画好的花鸟字、指掌画，一下子就把人吸引过来了。这时，不急卖，重点要现场展示，或叫"现场直播"吧。让看的人不由自主地发出一片赞声："哇，太厉害了，用手指也能写字画画！""哇，太有才了。"见此情形，时机已到，广告开始，激发调动大家的购买欲："前三张打五折，一张5块钱。三张卖完不打折，一张10元钱。机不可失，时不再来。"话声未落，已超过三人要买了，这时，先到先得！开市成功，接下去就有得忙了。夜晚11点左右收工，回家数钱时，那是最兴奋之时，不管肚子有多饿，都无所谓，先数再吃！一般一天忙下来，好一点三五百，差一点也有百来块，辛苦值得！

利用假期街头卖艺，大约一年后，我就收工了。毕竟不是长久之策。

人生如棋，世事难料。几年后，工作变动，环境也随之改变，从艺之心，从有到顾不上，再到无。还好，前段时间，老家一位艺友告诉我，文化丛书美术卷经过多年努力，于近期正式出版了，上面刊登我的工笔画作品《月朦胧鸟朦胧》。

人生像个圆，20年前的起点，20年后又将是新的起点。看来，我的画家梦还是可以继续做的。

速　写

　　剪纸大家洪志标两分钟人物头像速写，在一次剪纸艺术交流活动上现场直播，观众们个个屏息静默观看，甚至好多人踮起脚尖、伸长脖颈、瞪大双眼而望，生怕两分钟瞬间而过，没有把大师的风采留下来。

　　一切从头开始，一挥笔，浓墨渲染成头发，脸庞轮廓几笔勾勒，眉毛缀点下，两汪深潭泛滥出光芒，点睛之笔赫然其上，鼻梁一竖线旋即分出左右，鼻子呈现。嘴巴乃人物之性感处，形成神现，嘴角甚为重要，笑则咧，肃则垂，静则平，唇厚唇薄亦是因人而异，形态万千。颈部几笔，衣物几画，眨眼间已是形神兼备，陡然间，观众掌声四起，赞赏有加。

　　速写，作为美术类中的一个艺术形式，其义为快速写生，快速写就，完成作品时间很短。两分钟要画好人物头像，就需要画家有深厚的基本功。除了能画好外形之余，更重要的是抓住人物的个性特征，画出人的神态，特别要展现人的精气神，甚至做到让人看了画作，就能判断这个人物的年龄、身份、喜好等。若能如此，堪为精品也。

　　由速写想到的是现在的快餐。生长在乡下的时候，一日三餐是很有规律的，炊烟袅袅曾是农村一道美丽的风景。而城里生活的人，或是生活压力大，或是工作事务多，抑或是人变懒惰了，早上稀饭已不煮了，变换的是牛奶配面包，或豆浆配面包。中午是叫外卖，盒饭里的饭少得可怜，几荤几素的菜已是闷得发黄发黄，全然没有新鲜感或光鲜感。晚饭其实是可以好好动手煮一煮的，可总是被懒得买菜、洗碗等一大堆理由推托掉，顺便到快餐店填饱再回家。快餐，顾名思义，也就是快速吃饭。生活过得如此忙碌，是真正的生活吗？

有一种与速写字义相接近的是××速成班，比如，书法速成班、钢琴速成班、篮球速成班等。艺术、体育真能速成吗？书法除了练好基本功外，还注重的是个人的天赋禀性和"功夫还在书外"的诗词联赋、国学涵养等方面。说实在，写一手工整规范的毛笔字不难，难的是写出富有艺术性的作品。学习书法是一个循序渐进的过程，不能一蹴而就，就像小学课本《拔苗助长》故事一样，没有尊重事物本来的规律，终归是不行的。

听说一些书法练习者为了能入某一级大展，一年只练习写一两幅内容相同的作品，虽然依此方法，有练习者尝到甜头，取得了光环，但是真正要叫其出手亮相，却只能是推三阻四的，不敢现场展示，似有"腹无点墨"之感，有悖于名片上众多赫赫头衔。

洪志标先生已70多岁了，从事绘画艺术50多年，特别是在人物头像速写方面，尤为下功夫。他说，两分钟人物头像速写，至今给1万多人画过，有时一天为一二十人现场作画。除了速写，人物头像剪纸也是日常功课。寥寥数语，当知速写不易。是啊，"不经一番寒彻骨，哪得梅花扑鼻香？"

雕　　塑

在一场瓷艺作品展览中，我看到了百态的观音造像，我除了震撼以外，就是敬仰。一个佛教的神话人物，在世人的手中，可以是千变万化，甚至可以说是活灵活现、栩栩如生的。这当中，雕塑家是最重要的，一堆瓷土，经过雕塑家的脑、手，竟能幻化出神奇的作品。其实，这作品的出炉，倾注了雕塑家们太多的心思。如何选土，用哪种瓷土合适，用什么颜色，都要考虑。在设计人物的形态时，是站立，是坐着，是骑虎，是御鲸，是濯足，是抱子，是盘膝，是飞天……不管是什么形态，人物的神态、服饰都要合理匹配，包括背景的衬托、烘托、点染，都是很重要的。你看，那尊盘坐的观自在菩萨，慈眉善目，神态安详，给人一种大爱无边、普度众生之感，虔诚之意油然而生。

在我看来，理发师或叫剪发师，其实就是雕塑师，也是艺术家，每个人从小到大，都与之分不开。小时候剪头，是一种例行公事的事，就是觉得头发长了应该剪短，任凭理发师傅推拉吹剪，不管是五分头、七分头、平头、刘海头，通通接受，甚至在大夏天理个光头，也无所谓。到中学阶段时，对自己的发型开始有所注意了，每次理发都事先要交代理发师傅怎么剪，比如头发留多长，头发往哪边甩。出社会工作后，对发型更重视了，这时，已会开始选择理发师了，钱贵一点也无所谓。到事业有点出息时，发型成了与自身身份相匹配的一种状态，随便剪一下，不符合自己喜欢，那出门时心情可能好几天不好，甚至影响到自己的形象。这时，选一家品牌发廊，找一个相对固定的剪发师很重要。

说实在的，剪发师的技术好坏，决定你的发型好坏，也可以说是形象好坏。技术差在哪呢？关键是看剪发师是否能因人而异、因头制宜。怎么说呢？其实每个人的头发生长都不一样，前半部的头发可能是竖着长或往前方向长，而后脑勺的头发可能是向下长、向左或向右长，甚至弯曲着长，头部两侧的头发更是没固定方向了。

我所认识的一个剪发师，男的，留着长发，大部分时间是扎着，露出一束马尾，看起来就像一位艺术家。剪了一次以后，你就会爱上他的技艺。真的，他的技艺真不错。之后，如果有一次约不到他，我会一直等，或者他休长假时，我可能等他上班后再剪。有一次店面装修，他在 10 多公里外另一店上班，我都执意搭车去找他剪。原因很简单，一个是他工作态度好，一个是他耐心细致、注重细节，最主要的是，他能根据我头发的生长方向、生长周期等情况来设计发型，该留长的长，该留短的短，该疏松的绝不浓密，该厚重的绝不明朗。甚至后脑勺有凸凹的、偏颇的，头发一遮，全看不出来，一如帅哥美女的脸面，见不到有粉饰遮掩，这才是最重要的，这才叫高手。

黑　白　诱　惑

对于美术的兴趣，是从初中开始的，但仅仅是兴趣而已。曾经，在美术课上得到老师好几次的表扬。黑板报，担任美编，参与了好多场。于中考期间，训练了几天，就匆匆参加中考美术班考试，当然，与之擦肩而过是必然的。可是，从此之后，自己对于美术的兴趣，愈发明显而热烈。

进入中师时，也是选修美术。美术，似乎已变成特殊爱好，成了自己的特长。没想到，三年时间，竟然把借来的化学实验室变成自己临时的"画室"。选修美术的我，俨然把自己当作画家看待。为了练习造型，一本黑色硬皮的速写本是随身带的。临摹也罢，现场写生也好，挥动手中的铅笔或钢笔，瞬间完成一个景物或人物造型，成就感总是满满的，虽然线条显得稚嫩，造型显得夸张，不成比例。

业精于勤，荒于嬉。几经训练，几经坚持，稍得皮毛。喜欢用铅笔，以素描的形式画人物头像。喜欢用钢笔，简单勾勒几画，展现一个缥缈的景观。也喜欢用毛笔，当场为某人造像，虽然仅用三五分钟。还喜欢拿着炭笔，随心所欲地挥洒线条，画些抽象的造型，留与别人更多想象……

速写本用了一本又一本，但总觉得画画水平没得到应有的提高，与大家的画作有天壤之别。某天，在微信上看到有人晒速写作品，作者是位台湾媒体人，线条简洁，造型生动，以景物、植物为多。寥寥数笔，就是一帧画作，与拍摄器材先进之时代有些格格不入。他画晋江的草庵，斜倾石阶上，一处独特石构房，燕尾脊斜向天空，几笔涂抹勾勒了草庵的前庭内室，凸显了几条石柱的厚重与悠然，简洁明了，一见倾心。登上草庵后山，俯瞰速写，一块大石头占据画面一半，乃一线勾成，不增一笔，不减一笔，已知其形、其质。翘脊廊道是依附在石头旁的，屋顶瓦筒、瓦片、水槽画得细腻周致，一详一略，一繁一简，一黑一白，对比明显，布局巧妙。移步草坪处，两株千年桧柏，主干粗壮老道，枝干曲转，虬臂匝枝，叶子短细，画家笔下重在描写枝干的扭转曲折、沧桑顽强，而叶子只用几个小斜点点缀其中，真是写实逼真、活灵活现、入木三分。

速写的形式如此独特，却又如此撩人心弦。我想起了自己久违的速写历程。只是可惜，世事沧桑，没用速写本记录人生的喜怒哀乐，已有好些年了。如今，虽然较少用速写本来画速写，但是用速写本画插图，是我现在常做的一件事，让笔触依然在速写本上记录我的所思所想。动笔多了，黑白的诱惑是我割舍不掉的。随意的涂抹变成一种习惯、一种淡然。用笔抒发情感，让线条说明心旅愁绪。风轻扬时，纸也会飘扬。一个圆，是一个太阳，也可以是人生一个轮回。一个点，是一粒细沙，也可以是人生的一个逗号……形式与内容，是可以相互弥补、相互帮衬的。

翻阅手中泛黄的速写本，思绪像海水般泛滥……头脑中突然闪现"黑白诱惑" 4 个字，对呀，这是一款黑与白的艺术。速写中的留白是很讲究的。留白，可以惜墨如金，也可以以静制动。留白，于无声处令人遐想，于无形处以寄意。留白，更显黑的厚重，更具对比性。当然，黑白的相互交织，是靠线条来完成的。线条的流畅美感，犹如舞者轻盈的躯体在和谐匀称中律动飞旋，光影夺目，情节起伏跌宕，声响抑扬顿挫，舞姿潇洒怡人、情意深深……

许谋清的赤岸

拿到《赤岸》画册，应算是许谋清第一批送出的时候。那晚文人小聚，小饮几杯，不胜酒力的我就醉了。因醉意，我只是翻翻而已，感觉是文人画中的小品画。

《赤岸》画册的封面印着许谋清说的话："赤，就是穷，赤人，穷人。赤，赤红，是我们的根底，红土地，红砖厝。赤是开发，赤土连天。赤是红火，财源滚滚。赤是凝重，不是土豪十足。赤是赤诚，坦坦荡荡。赤岸，直临大海，红蓝相知。"读着这些话，我有种先睹为快的欲望……

"赤岸"——晋江籍作家许谋清画展开始几天后，我突然想去看看"庐山真面目"，打电话问许谋清是否在展厅现场。他说马上到，在展厅门口等候。当两人走到图书馆门口时，大门紧闭。一问是周一，闭馆。

看画展，又约定在周二上午8点半。那天上午，许谋清挺准时的，比我早到。听他周边的朋友调侃说，许谋清有个外号叫"溪师"，意思是说，办事拖拉、不守时。奇怪，遇到怪事了。这是题外话。

我和许谋清认认真真、仔仔细细一幅一幅地看。我对红砖厝题材较感兴趣。作家画笔下的红砖厝很有特色，绿树掩映下，向天空出翘的排排燕尾脊；砖雕花草图案的骑楼墙上，升起的抹抹暖红；几只晚归的夜鸟下，一排排院落出奇的美；青山秀水下沿江而立的高低错落的红色；田园绿树旁幽居、劳作的人们……着墨不多，红绿点缀，意象空灵，乡愁缕缕。

红砖厝是让咱厝人记住乡愁的最好见证。但是，作家笔下的红砖厝，却有作家不同的注解，"听听这老墙""它们在追寻什么""看到燕尾翘角，于是我们去寻找它的翅"。这些看似调侃的话，却是作家画画与纯画家对事物不同的理解。难怪一部分画作，我们难以用章法、画法来阐述。

许谋清画人物头像，也甚为独特。他说，在他可以用宣纸的白底作为人物的高光来表现人物时，他就敢画了。一张画完，就想再画第二张。画人物头像，最主要的是要画准轮廓，刻画好皱纹以及表现出眼神。此三者，在许谋清的老人头像，确实惟妙惟肖。此外，在浓淡的处理方面，许谋清也是很有讲究，较少看到因水分太多使画面"烂""糊"了的现象，或是因用墨太浓，而出现"板""燥"等感觉。许谋清说："这画册里的十几张肖像，都是这一个月里画的，我是作家画画，用文学对人的理解来画肖像。"

许谋清是用左手写字的。我看过他写字，他先用右手拿笔醮墨，醮好后，转交左手执笔。一般人在拿好笔后，在写字画画前，笔锋会在砚台边抹一下，把笔锋抹平或抹尖，但是许谋清没有，直接下笔。这一看起来有点拙笨的举动，我感觉是一种朴实无华、天然去雕饰的表现，也可以说是一种大智若愚的展现。一位智者，从容、用心，不浮躁，不急切，稳扎稳打，胸有成竹！这是何等的难得一见、难能可贵呀！

"左手写字，右手呢？就画画。"是许谋清的名言。其实，人称"左撇子"的文人不少，个个都聪明，可能是右脑开发得比较多。基此缘由，能用好自己左手右手的人，那一定不是凡人。你看许谋清画画，作家出身，文学功底深厚，又是在首都大环境浸染过，文化涵养非同一般。加上许谋清自身的悟性，一挥笔，就是一匹黑马。抽象派的、焦墨浓墨写就的，骨骼脉络一览无余，可谓棱角分别、脚底生风，可谓删繁去简、重点突出又点到为止。你说许谋清没学过美术，特别是素描、解剖学等，谁相信呢？据许谋清自己说，他真没学过美术。但是学历史的他，阴差阳错却担任过人民美术出版社《连环画报》的编辑，应该是看多了，"近朱者赤，近墨者黑"的缘故吧。

许谋清画的竹，是我较能指出不足的地方。为什么呢？因为许谋清画竹，有点模式化或叫格式化。竹竿就是胖与瘦两种，竹叶就是一个方向长，有时连叶子的形状、大小都差不了多少。可是，我仔细看，许谋清画的竹子，还是有自己特色的。首先，不管是竖幅，还是横幅，都是鸿篇巨制，纸张均超2米。其次是，风格基本统一，晚风轻拂，枝叶摇曳，清风亮节。其实，这何尝不是许谋清的一种生活态度呢！

子智的中国画

在泉州七彩艺文会馆，许子智中国画展刚举行不久，我在作家蔡芳本的引荐下，认识了许子智。从画展的前言上，进一步了解了子智其人。此人喜琴音箫声，好游山玩水，品茗赏酒话仙，自得其乐，栖身所在号"天风阁"。好一个逍遥自在、乐山乐水的子智呀！

在认真品赏完所有画作后，我忽然有一个想法，晋江文化底蕴深厚，现在正在打造"人文之城"，何不推荐子智到晋江办巡回展呢？与子智交换想法，一拍即合。

作为晋江市文联"引进来"活动的第一场，"提供平台，促进交流"是最主要的，就是引进不同画派、不同风格的作品，让广大美术爱好者，既能开阔视野、增长见识，又能在艺术创作上，可相互借鉴、学习、促进。晋江在美术方面，突出表现在民间绘画、油画、版画、国画，而画工笔重彩的画家相对较少。在题材上，融入闽南文化元素和佛教禅意等方面还有所欠缺。子智中国画展的举行，可以对当地艺术家特别是广大美术爱好者有较大的触动，让他们直观感觉到闽南文化的独特，红砖厝那难忘的、淡之不去的乡愁记忆。

子智的山水画，我最爱闽南红砖厝。记得在赤岸——晋江籍作家许谋清画展上，也看到红砖厝。许谋清的红砖厝，重点展现燕尾脊、出砖入石、红砖墙，写意的多。而子智的山水画，以写实为主，重彩铺陈渲染，虚实互补，动静搭配，注重意境的营造。《闽台缘》是代表性最强的作品。以俯瞰的角度，展现依山而居的红砖厝民居群。你看，连排的翘脊厝一溜子过去，又一列子往后延伸，气势恢宏，场面壮观。屋前的石埕全是由条石铺设，在墙角处还可见瓦罐、石磨、农具、石桌椅、柴火堆。石埕的前面是田园，种有香蕉、芋头、白菜，还有一些不知名的野花野草点缀，一幅农家田园生活景象。屋子的后面是连绵不绝的高山，不一样的青翠，不一样的云蒸雾绕，使人如入仙境一般的感觉！相信，在这里居住、耕种的农民，应是很惬意的吧！

　　子智的土楼也画得很有特色。土楼最能体现原生态，灰白和泛黄的墙体，夹杂着斑驳的痕迹，像不经意间被雨点打湿的少妇脸庞；久经风雨洗礼的石灰墙，留满"屋漏痕"；剥壳掉落的泛黑灰墙，犹如条条青筋，暴露无遗；那皱皱却渗水的青墙，更有一种沧桑之感！而爬满绿色植物，特别是缀满藤萝状植物的石墙，却是满目青葱、一派生机！

　　子智画佛，禅意明显。子智说："佛与画，画与人，其实都从一个意念而起，就是心：以画作修行，画中有意，意中有禅，放下万念，专心一意，久而习之，一意化万佛，万佛归一心，佛心禅画，觉悟者，是何其自在，又何等快活。"《今日无鱼乎》《今日无雨乎》《今日罢酒乎》《达摩面壁坐，相视即心禅》等画作，画面简洁，寥寥数笔，勾勒一老者静坐或独处，衬以少许背景，烘托一下，点明主旨。这样的画作，寓意深远，耐人寻味。而观音造像，却突出线条美，并配以亮彩、重彩，使人物看起来活灵活现、形象逼真！

　　子智的爱人苏晓薇在《寻找远去的家园》一文中写道："子智常常痛惜在乡镇工业化的进程中，散落在乡间的那些闪烁着民族智慧光芒的古朴村落正一个一个处于损毁、消逝的边缘。""他笔下的山水、民居、庭院总渗透着一种乡愁的脉动，雕梁画栋，绿苔青石，无不散发着亲切而又熟悉的气息。"是的，在经济快速发展的今天，子智能静下心来坚持、坚守画画，能固守一方题材，为主攻之，并取得佳绩，更是难能可贵；能主动带着自己的画作，到泉州、晋江进行展览、交流，这种冲劲、勇气、自信，着实令人钦佩！

　　作为一位观者，我不敢评判子智的中国画的好与不好，但是，画如其人，子智的为人处世却是很到位，低调、沉稳、内敛、虚心、睿智、专注。我相信，人做好了，画一定也是好的！

王伯兰先生印象

王伯兰先生是安溪 20 世纪 40 年代享有盛名的诗人。现扬名的有诗文、书法等。

我是个诗、联、书、画爱好者。拜访王伯兰先生是在 1996 年冬天。第一次去，碰巧王老不在，我把几首拙诗托付其家人转交给王老。一周后的晚上，我与艺友再次登门拜访王老。只见王老满头白发，脸瘦瘦的，但精神状态很好。见我们来了，他很热情地招呼，并亲切地和我握手。一阵介绍后，边品茶边谈诗。王老说："原托之稿，已看了，感到现在写旧体诗较难，不好改。总的还不错，没有什么大毛病，意思说得过去，平仄、用韵等尚能注意。年轻人，不容易！关键是常看、常写。"我知道王老在鼓励我。之后，他拿出我的拙稿，要给我"提提"。王老先诵读七律《长征颂》："红日光辉铺大地，当年忆想路途迁。峥嵘岁月无心俱，破碎山河有手移。勇献身躯成火炬，甘流热血染国旗。英雄虽去精神励，大力发扬志不渝。"读完后，他说："意思较清楚，但缺乏诗意，似有点口号性质。"他接着说："七律诗注意第二联和第三联的锤炼，这两句必是对偶句，要对仗，平仄要相反，词性要相对，单独亦可成对联，功夫都在这上面。"他稍顿又说："作七绝比作七律来得简单，但初学者最好多作些七律，作好这颔联和颈联。"之后，王老又诵读了我其他两首诗，发现一个句子显得很造作、牵强，就问我如何解释。我把所要表达的意思说了。他指出，作诗不能这样，作诗不单单是给自己看的，只有自己清楚是不够的，还要让别人看得懂，读得通。

王老说："写诗写得越'白'越好。"他举例说，李白的《静夜思》"床前明月光，疑是地上霜。举头望明月，低头思故乡"写得最清楚明白。看似没有什么，其实很不易。诗前两句写景叙事，诗人躺在床上睡不着，看到月光洒满房间，以为是下了霜。后两句直接抒情，抬头望见明月，由明月想到了故乡。这样人家才看得懂。真正的好诗是"人人心中皆有，人人笔下皆无"。又如，"明月松间照，清泉石上流"两句，这种景色可以说常见，只有王维写出来，没有半点斧凿痕，这是诗的最高境界。因此，写诗尽量写得平实，让人看得懂。

艺友有事先起身告辞，我与王老又谈了很多。话题由王老的《澧卿诗集》引开。经过交谈得知，王老写诗鼎盛时期是青年时代。他说，那时他只专注写诗、研究诗。他在旧体诗下的功夫最大，因此，那时写的诗最好。他还读了几首给我听，如《谒安溪忠烈祠——祀抗战阵亡将士》《辛酉鲤城元宵灯会有怀台湾省同胞》等。他说，现在较少写诗，就不敢动笔——可见写诗之难。

王老最后还说："学作诗，知识面要广，要常看些诗作，最好是名诗名句，并深入理解其含义，揣摩其构思、立意、写法等，这样就会慢慢长进。"

经过那次长谈，我感受到了王老的健谈、思维的敏捷、语调的抑扬、感情的投入。临走时，他送我一本他的诗集《澧卿诗集》和一本《龙津吟》。

从那以后，我常拿着诗作请教王老。王老常当面提些看法，较少改之，但每次我都有很大收获。王老很注意诗的推敲。有一次，与王老谈到当今诗坛情况。王老说了他对当今诗坛（指旧体诗）的现状及前景感到悲观。他说，现在很多写旧体诗的诗人"不通"。在庆香港回归期间，全国曾开展诗歌比赛，其中"状元卷"《北海九龙壁》让王老觉得很失望。他把诗背了一遍给我听，为了让我更明白，他又把那首诗默写出来，并逐句逐字地剖析。王老对此事很生气，有点"疾恶如仇"。

王老读到好诗，欢喜有加，入情入境。他很欣赏毛泽东的"苍山如海，残阳如血"。他说："认真诵读、体会，感到这一写法、用意非常巧妙、深邃。"他不住地赞赏："这气势何等大？意境何等深呀？好诗！好诗！"又有一次，他读到一篇古代有关写边塞将士为国捐躯的诗时，读得异常投入，以至到最后几句，眼泪不禁淌了出来。

王老不仅诗写得好，他的书法更是独树一帜。在其八十大寿时，举办了王伯兰八十诗文书画展，其与众不同的书风吸引了众多书法爱好者前往参观。其书法的造诣是不言而喻的。

王老写过一篇书法论文《王羲之没写〈兰亭序〉》发表于《安溪书法》。他在文中指出，著名的《兰亭序》是唐朝皇帝李世民的书迹，并以其渊博的知识，翔实的史实、证据，论证了此观点，受到了同行的赞誉。他叫我认真看，并要我发表对其观点的看法。我自知学识浅薄，不敢妄加评论，只是答应要认真学习、研读。

王老从教多年，在教育教学方面亦有所获。他曾把教学经验提炼升华，写成《模糊语文教学法》，得到两位当代著名教学大师的高度赞赏。我多次去拜访他，他都在看有关教学方面的书。我祝愿他能取得更大的成就。

王老淡泊名利，宁静处事，平易近人，是我学习的榜样。在新年里，我衷心祝他老人家，艺术长青，健康长寿。

兰亭情怀

草长莺飞的四月天，我到了久违的兰亭。又值中国书法兰亭奖作品展，游览兰亭和参观展览，一举两得，眼福不浅。

买了门票，即进入了兰亭，一派江南风貌。前方左边的石壁上赫然刻着"兰亭"，只见拍照者无数。往前走几步，就听见几声鹅叫，循声而去，一水塘边，几只白鹅在嬉戏、欢叫着，好像在欢迎我们的到来。在水塘边侧，一座小亭上立着一块石碑，上书"鹅池"二字。据说，"鹅"是王羲之写的，"池"是王献之写的，粗大的笔画，苍老的笔触，浑厚感强，掷地有声。

接着，来到兰亭碑亭，上有二字行书"兰亭"，却是破损的，一块碑石，裂为三段，中段缺失。导游说，这缺"兰尾亭头"的"兰亭"二字乃是康熙皇帝御笔。我认真看了碑字，远看还认得出，近看，笔画模糊，色调隐约，接近难辨，一种历史的沧桑感陡然而增。

曲水流觞，是兰亭景区的一大招牌。曲水流觞作为中国古代汉族民间流传的一种游戏，非常古老。王逸少诗云："羽觞随波泛。"它指的是夏历的三月上巳日人们举行祓禊仪式之后，大家坐在河渠两旁，在上流放置酒杯，酒杯顺流而下，停在谁的面前，谁就取杯饮酒。为了更好娱乐，游戏增加即兴作诗环节，做不出来的，以饮酒作为处罚。

曲水流觞是文人雅事，很多游客模仿着做，席地而坐，很多人只是摆几个姿势，拍拍照而已。因为没有当时修禊事的氛围，同时，参观者也没有那种心情或雅兴或潜质。就说现场作诗吧，今人很多时候应是逊色于古人的。倒是罚酒或喝酒的酒量问题，今人不一定输给古人。据说，古人若作不出诗来，罚酒三碗，相当于一斤半的酒。当然，古代的酒的度数，相对来说度数较低，所以才用碗喝。现代人喝酒，特别是闽南人，不管是红酒还是白酒，很多时候，喝酒是按瓶算的，更不用说啤酒，啤酒可是按箱算的！今人之酒量，也是蛮大的。

那场曲水流觞只是书法史上的一个引子，成就大事的却是诗酒之后，王羲之将大家的诗集起来，用蚕茧纸，鼠须笔挥毫作序，乘兴而书，写下了举世闻名的《兰亭集序》。据记载，当时 26 人写有 37 首诗，还有 16 人作不出来，而当时参与者有 42 人，那说明还有好几人喝了一斤半的酒。相传《兰亭集序》是王羲之酒后写就的，也说明他当时也输过，也喝了酒。正是借着酒兴酒力，即兴拟写，一挥而就，一气呵成，章法自成，韵味久远。听说，王羲之酒醒后，重新写了几遍，都没有超越。可见，写好一幅毛笔字有多难。

临习《兰亭集序》是很多书法爱好者的选择。记得在初中的书法课上，就听老师讲过王羲之和"天下第一行书"《兰亭集序》的知识，特别是《兰亭集序》中 20 多个"之"字的不同变化。最早见到的是集王羲之字的《圣教序》，黑底白字，印刷质量不是很好。因为初中时期，没有条件练习书法，一心只想把书念好，所以临摹《兰亭集序》仅仅是一种念想。

真正开始临写王羲之《兰亭集序》，是在工作后的第三个年头。工作的前两年，把精力全部放在临写颜真卿《麻姑仙坛记》，基本掌握字形体征，有点入门后，老师说，可以开始临习行书。根据古训"取上者得中，取中者得下"之道理，老师建议从"天下第一行书"《兰亭集序》入手。

跑到书店购买《兰亭集序》，都是小字本的，质量不好，最后，只好拿去复印，加大黑白对比度，突出字划。经过加工、黏贴，一整幅的《兰亭集序》展现在眼前。读帖，其实很重要，有时为了记住字形，我会采取土办法，用钢笔临写几遍，把字的运笔方向、顺序等先了然于胸，这样，在用毛笔临写时可更快、更容易上手些。大约临写40遍后，基本有模有样了，我甚是欢喜。那临写样居然在县一级临书展览中获得了好评。但是当时，一位年长的书者说，如果能到王羲之书写《兰亭集序》的会稽山一游，那是人生的一大幸事。"说者无心，听者有意"，我对此充满自信和向往。果不其然，10多年后，真的到达心之向往的神圣之地了，叫我如何不感慨。

在"临池十八缸"处，我信手执笔在黑色石板上书写"永和九年岁在癸丑暮春……"同行者皆惊讶，都说我是练习过书法的。我说至今临写《兰亭集序》已过半百遍了。刚说这，就听导游介绍旁边一刻有"太"字的碑石。

听导游说，这个"太"字有段故事。王献之是王羲之的儿子，从小有书法天赋，很早就开始练习书法。有一天，小献之问母亲郗氏："我只要再写上三年就行了吧？"郗氏摇摇头。"五年总行了吧？"郗氏又摇摇头。献之急了，冲着郗氏说："那您说究竟要多长时间？""你要记住，写完院里这十八缸水，你的字才会有筋有骨，有血有肉，才会站得直立得稳。"献之一回头，原来父亲站在了他的背后。王献之心中不服，啥都没说，一咬牙又练了五年，把一大堆写好的字给父亲看，希望听到几句表扬的话。谁知，王羲之一张张掀过，一个劲地摇头。掀到一个"大"字，父亲现出了较满意的表情，随手在"大"字下填了一个点，然后把字稿全部退还给献之。小献之心中仍然不服，又将全部习字抱给母亲看，并说："我又练了五年，并且是完全按照父亲的字样练的。您仔细看看，我和父亲的字还有什么不同？"母亲果然认真地看了三天，最后指着王羲之在"大"字下加的那个点儿，叹了口气说："吾儿磨尽三缸水，唯有一点像羲之。"献之听后泄气了，有气无力地说："难啊！这样下去，什么时候才能有好结果呢？"母亲见他的骄气已经消尽了，就鼓励他说："孩子，只要功夫深，就没有过不去的河，翻不过的山。你只要像这几年一样坚持不懈地练下去，就一定会达到目的的。"献之听完后深受感动，又锲而不舍地练下去。功夫不负有心人，献之练字用尽了十八大缸水，在书法上突飞猛进。后来，王献之的字也到了力透纸背、炉火纯青的程度，他的字和王羲之的字并列，被人们称为"二王"。

听完"临池十八缸"和"太"字故事后，我不禁自觉惭愧。说实在的，自己练习书法真是"三天打鱼，两天晒网"的，深入不够，用心不专，与"太"字故事传说有何二异呀？

庆幸的是，在王右军祠，我看到了《兰亭集序》的不同摹本的石刻，我认认真真欣赏着这无声的汉字、无声的雕刻，仿佛亲临那个久远的时代，在每一位书法家书写现场，感受了他们的激情、他们的笔法、他们的谋篇布局、他们的错落有致、他们的天马行空、他们的笔断意连、他们的一气呵成……

在王右军祠的后堂，展出的是绍兴市学生书法作品展。在王右军祠的边侧卖摊上，我选了一张《兰亭集序》的复制品，用心装好，准备回家继续摹写，以便长进。

参观中国书法兰亭奖作品展，我是带着激动不安和震撼兴奋的心情的。激动不安的是第一次现场参观中国书法级别这么高的展览，高水准的真迹大作，会是怎样一种状态？震撼兴奋的是终于能以书法界的大咖、大作——对视、——交流、——畅想……

相信今天与兰亭邂逅，是一场书法的情缘、艺术的情缘。相信，明天注定要有一场与书法、与兰亭更热烈的邂逅和拥抱！

腕 下 生 风

写下这个题目，是因为刚刚看了一幅行草书法作品，疏朗有致，笔断意连，一气呵成。可以想象，书者定是一位谙熟书法之人，笔法娴熟，点画布局合理，没有八年十年功底，是无法写出如此气脉贯通之作品。我忽然想到"腕下生风"4个字，我想用这4个字来形容我对这一艺术品的整体感受。

我曾在一本艺术品收藏的书中看到有关"腕下生风木管斗笔"的记载。腕下生风木管斗笔，清代羊毫笔，全长 29.1 厘米，管长 14.6 厘米，笔管首端径 5.7 厘米，斗口径 7.2 厘米。具体藏品描述是这样，羊毫笔，毫长而厚，木质斗笔管，执笔处刻横棱弦纹，斗部嵌四正方象牙片；各刻楷字填红或填绿，"腕""下""生""风"。笔管顶端亦嵌象牙片，刻楷字填红绿彩，"甲寅冬月贺莲青制""嫩长锋陈净纯羊毫"。由贺莲青制作，现收藏于台北故宫博物院……

书法写到用"腕下生风"来形容，可以说是达到一定境界了。古人对书法家的描写评述有很多，比如"王羲之对真书、草、行诸体书法造诣都很深，他的真书势形巧密，开辟了一种新的境界；他的草书浓纤折中；他的行书遒劲。人们称他的字'飘若浮云，矫若惊龙'；'龙跳天门，虎卧凤阁'"，"王献之虽有父风，殊非新巧。观其字势，疏瘦如隆冬之枯树；览其笔踪，拘束若严家之饿隶"。比如，评价唐朝李白《草书歌行》是"时时只见龙蛇走，左盘右蹙旭惊电"。

　　书法能给人有"腕下生风"美感，其实安溪生活茶艺（共八道）表演之情境，亦有同感。筝声响起，悠扬旋律如潺潺流水般轻柔悠长，这时，一群妙龄女子款款移步桌前，纤纤小手点火烧水。而后，展示茶具，待水烧开之际，开始烫洗瓯杯，美其名曰"白鹤沐浴"。把铁观音茶慢慢摊入瓯碗中，美其名曰"观音入宫"。"悬壶高冲"也叫"高山流水"，就是往瓯碗注入开水。静观茶叶在瓯海中翻滚、雀跃，随后掀盖演示"春风拂面"，也就是刮沫。静候一分钟左右，就是出水了，首先是"关公巡城"，接下来是"韩信点兵"，第七道是"细闻幽香"，既闻瓯盖上的香气，又闻杯上茶汤的热香气，鼻舌之欲由之唤醒，你将急不可待地喝上一口，圆满完成第八道"品啜甘霖"程序。真正好戏在后头，"品啜"，是喝完茶后，要对茶叶的总体品质给出一个答案。是苦，是涩，是酸，还是甜。通过品，就会有感觉了。一般茶要过三遍，才能品出真正优劣。第一遍为主是感观，第二遍是分辨比对，第三遍是比较，判断出优差。泡茶的整个过程，给人一种美感，通过手的演绎，展现了茶叶释放芬芳的过程，借着茶热气，亦是"腕下生风"的精彩绽放。

　　其实，只要是由手来完成的技艺，都可以用"腕下生风"来形容。比如中国画创作，白宣纸上落墨，一番笔走龙蛇，呼风唤雨，不一会儿完成大作。比如弹奏古琴，指尖划出琴弦那一刻，心随之而动，高山流水般，当高潮时，指掌拨动急促而短暂，似蜻蜓点水，犹翠鸟捕鱼，一股风从腕下浮起，散开出去……

　　一日的好心情，从阳光开始；一事的成功，在于发自心底的自信。如若技艺娴熟，多演绎几次"腕下生风"，那么，生活将是灿烂无比。

出 书 杂 谈

小时候，读着课文，认为它是金科玉律，是神圣的，不容侵犯的。同时，认为一些作品能作为课文，作家是很了不起、很伟大的。当时，有同学说，课本也是会出现差错的。我却执意认为他们是说胡话、说疯话，我坚信课本不可能出错，就像认为老师永远是对的一样。

"写作是一件苦差事，又是一件有意义的事。"一位作家说。从小我对写作，可以用一个词概括，那就是"害怕"。也许是不到学龄，虚岁 7 岁就提前上小学一年，智力跟不上的原因。小学和初中时期，我的作文写得很差。看到同学得高分或作文比赛获奖，我真是羡慕嫉妒恨呀。后来，我给自己找了一个理由，大器晚成。

说来也巧，随着工作、生活的不断变化，原先经常写作、发表文章的同学，如今已基本不写或完全放弃了。而我，在 40 岁之时，竟然机缘巧合，在短短时间内，一家子三人，一起出了一本书——《三人行·文》。

拿到新书那天，我破天荒，编了一条微信，借助爱人的微信群（我当时是"三无男人"，无微信、无 QQ、无微博）；炫耀着："三十年梦想，三个月实现，在这缤纷的五月天，感谢一路有你。"第二天一数，收到 200 多个赞。当然，说一家子有才的有，说才父才母才子也有，其中对儿子的赞叹声最多。按理说，这种情况，是令人高兴的，可是，我却高兴不起来。我忽然觉得，我们这样做是不是太功利？这对一个 13 岁的小学六年级学生，是利大于弊，还是弊大于利呢？

在书赠学校老师的同时，我特别想听听老师们的看法。多数老师认为："这对学生本身应该是一种促进和激励，对其他同学也有一点激励作用。""一家子出书，书香家庭！""虎父无犬子。"还好，基本持肯定态度。

之后，在赠书的不同对象中，听到了不同声音和看法。特别是对三个作者的排名问题，说老婆大人排第一，是敬贤，是"气管严"；说儿子排第二，也就是排中间，是爱幼，是"只生一个好"；说我排列第三，是屈尊，是"高风亮节"。权当一出笑谈吧。可暗地里还赞赏自己"垫底"做法受到众人肯定，当初决策是"英明"的。

很多受赠对象反馈说，《三人行·文》是一本老少咸宜的书。我们很惊讶，这是真的吗？受赠者如是说："我写的是'古文'，也就是古体诗词，适宜老年人、中年人看；我爱人写的是散文，属于'小清新'一类，适宜青年人看；而我儿子写的叫作文，或叫习作吧，适宜少年、小学生看。"看来，一本书，适合老中青少几种对象同时读的，应该不多。这是意想不到的效果。

然而，想象一下，像我这 40 年才出一本书，而且是三人合出一本，那如果一个人要出几本书，那有多难呀？听说，著名作家莫言正式出版的书，达几十本，而泉州作家最多的，也出版 20 本。看来，一人出一本书，还真有点难。

考 古 情 缘

白岩松在泉州"要有知识，更要有智慧"主题演讲刚过不久，很多年轻人还在热议着相关话题……

白岩松对年轻人的告诫是："年轻人做事情，想是一个层面，可是你正在做什么，又是另一个层面。"

时下，一个年轻人如果喜欢考古，那是不是说，这个人与时代格格不入呢？当然不一定。套用白岩松的话，关键在于做。

我是从读中师时候，开始订阅《华夏考古》的，那时才 17 岁。记得当时全班同学都异常不理解。同学们说，三年后是一个拿粉笔头的孩子王，读考古书，能有什么用啊。我自己也觉得说不清、道不明，反正全凭个人兴趣使然吧。订了 3 年的《华夏考古》，在毕业时舍不得扔掉，装箱打包运回老家。虽然毕业后就没再去翻阅过，但在工作 8 年后的一天，还真做了一件与考古有关的大事。

2003 年夏天，当时 20 多岁的我参加《福建日报》通讯员培训班。结业后，成为《福建日报》的通讯员，还有通讯员证呢！寻找新闻热点便成了暑期最重要的事情。那次回了一趟老家桃舟，与年老的族人谈及族谱、族人的迁徙繁衍和早期文化等问题。年近七十的老李，忽然想起在李氏祖厝附近的吾岩山下，有一块石头刻有文字，认为应该有一定文化价值。我说："石头能移动吗？"老李说："不行。"看我急切的样子，老李就带我去现场看。

走了大约半小时，在吾岩山下半山腰处的一片竹林子里，我们找到了一块赭红色的大石头，露出地面近 3 米，下围宽有近 5 米。岩石两面均有刻字，因年代久远，上面的字已被苔藓类覆盖，不好辨认。我们除去一些荆棘杂草，视线好多了，远远看，应该是"喝醒"，每字 60 厘米见方，颜体楷书，书写大方，刚健有力，落款为"乾隆癸酉立"。另一面刻有"仰止"二字，字高 45 厘米，宽 55 厘米，没有款识。当时一推算，乾隆癸酉，应该是 1753 年，距离当时也有 200 多年了。天啊，200 多年，真是文物呀。考古大发现！

兴奋过后，老李说，所刻"喝醒""仰止"什么意思呢？"喝醒"的"喝"是读第一声，还是读第四声？与喝酒有关系吗？一连串的问题，让我感到疑惑重重，不得其解。后来，老李告诉我，石刻的所在地叫吾岩山，上面有一座寺庙，叫吴山寺，建于明朝正德年间，听说以前和尚有数百人。清代时期，李氏在当地是望族，李先春是清朝名相李光地的祖父，居住地就在吾岩山斜对面一个地名叫"高会"的村落，李先春与寺庙的和尚经常有来往。

听老李说，"喝醒"与李先春有关。相传在一个深冬下雪的夜晚，李先春到吴山寺与和尚们喝酒（当时寺院特许武僧喝酒），喝出了几分醉意，夜深了，还执意赶回离吴山寺一二里远的高会住处。因酒力发作，在回家的路上，随意靠在一块大石头睡着了。天亮时，发现自己竟然奇迹般地活着。只见不远处，一只老虎远遁在密林中。李先春知道，是老虎救了自己。用它温暖的皮毛盖住自己的身体，才不致冻死。几年后，这只老虎被邻县人用虎橱捕到，李先春便花了很多钱买下老虎，把它放生了。于是，后人就在李先春醉酒处，刻了"喝醒"两字。

当然，传说仅是向善的故事，或与清代石刻有着一定关系，而考古、走访过程中，发现的明代古寺、古墓塔等，却是意外的收获。不久后的一个秋日，我带市县报社、电视台记者和文物保护专家，走进这片神秘的山林，进行了一场较大规模的新闻采访报道和考古调查，引起了一阵轰动。"养在深闺人未识"的明代寺庙、清代碑刻等遗迹，终于在几百年后重新被认识、被传扬……

后来，这座岩石石刻，这座寺庙，这里的和尚墓塔，这里的古树名木，这里方圆数公里的一切，都被保护起来了。经多方论证，这里是南少林遗址……

一处文化栖息地的繁荣

第一次参观五店市，是陪同福建省音乐家协会"海丝扬帆"主题音乐创作采风团走进晋江的时候。在参观李焕之纪念馆后，我们赶往五店市。在路上，采风团客人问我："泉州市、晋江市、五店市三者是怎么一个关系？"我打趣地说："就是泉州市晋江市五店市这样的关系啊。"客人听得一头雾水。参观完五店市后，客人又问我："五店市怎么这么小，穿过几条街巷，就走完了，怎么还叫作一个市呢？"这时，我才发现客人们真的不知道这三者的关系。回到车上，我为客人解开谜团："泉州市是地级市，晋江市是县级市，晋江市属泉州市管辖，而五店市是一处古老传统的街市，它是市场的市，仅是晋江市的一个景区。"采风团客人这才恍然大悟。

五店市，是青阳城区的一个老地名，听说最早是五间饮食店。而现在的五店市街区，是梅岭组团改建工程的一大民生工程、惠民工程，一大点睛之笔。有人说，政府不是要搞城市建设吗，还劳心劳力留着这些破房子干什么呀？如果把地卖掉，可值几十亿呢。是啊，几十亿呀，加上重新装修投入也要几个亿，政府为什么不懂得算账呢？

其实，占地数百亩，又在市区中心，这块地和地上的房子其价值是不可用金钱来折算的。"国民之魂，文以化之；国家之神，文以铸之。"文化是一个民族的灵魂，是一个民族安身立命之根本。闽南建筑，特别是闽南的优秀老建筑，是闽南文化的重要载体。晋江市为传承、保护城市的历史文脉，特地保留了这片古老的村落街区，经过修缮性的更新改造后，将成为一个新坐标，成为一个不仅能让闽南人感到亲切，还将吸引外地人、港澳台晋江籍乡亲和东南亚晋江华侨到这里旅游、休闲、寻梦的独特地方……因为这里的古厝民居、祠堂宗庙、商铺街巷和诸多名人故居、华侨楼墅，是晋江历史文化的一个缩影，有着数百年上千年的历史，沉淀着诸多文化，沉淀着诸多思想，承载着诸多记忆，承载着诸多乡愁……

五店市传统街区在修缮改造过程中，依然保持着闽南古大厝"出砖入石"的建筑风格，因为"出砖入石"建筑，是一个创举，是一个标志，是一种智慧。"出砖入石"建筑风格的出现，和明清时期的"海禁""迁界"历史有关，由于"海禁""迁界"政策，沿海居民内迁数十里，若干年以后，政策允许闽南先民重新回故地建设家园的时候，他们之前的房屋已剩残垣断壁，面目全非，先民们只能利用破砖、碎石、旧瓦片重新建设家园，就发明了这样一种"出砖入石"建筑风格。如今，行走在五店市，你可以像蔡芳本一样"五店市寻根"，像许谋清一样"五店市听墙"，像洪安和一样"五店市听乡"，像刘宏伟一样"五店市邂逅南音"……五店市，在高楼林立的市中心，是一处心灵港湾，是一片心灵家园，是一种寄托，是一种挂念。你可以经常看到一批一批的老华侨带着后代，重新踩着石子路，重新抚摸着门前的石狮子，重新抚摸着儿时开启过的大门、小门；你可以经常看到一批一批来参观的客人，他们用景仰的目光，来审视观望每一块砖石、每一处木雕、每一条廊道、每一墩石臼……

怀旧不是目的，繁荣才是本真。五店市，现在已是百店市、千店市了，这里已繁华起来了。你闻，满座茶客的茶馆清香四溢；你看，老少咸集的书店琳琅满目；你听，绵柔悠长的南音飘扬在祠堂的上空……

还有木雕艺术馆、瓷器店、咖啡厅、小吃店、画廊等等一应俱全，热闹非凡，芬芳无比。

晨访大足石刻

到重庆，听说大足石刻很值得一看。

伴有小雨的冬日清晨 8 点时分，整个景区还是静悄悄的。远山云雾蒙蒙，林木若隐若现，仿若仙境一般。近处入口的石牌坊，巍然矗立着，两列各九柱的石雕静默端庄，显得大气磅礴。因被雨淋过，石牌坊、石柱，连同石板路、石阶，看起清亮无比，润感十足，赏心悦目。

整个石刻群，有 500 多米长，分为 15 个群雕体，呈 "U" 字形状，每个群雕围绕一个主题。第一组石刻主题人物形象很奇特，他是一位佛教信徒，为了弘扬佛法，以自身修炼实践，来劝善从佛。我们看见，慈善安详的脸上，只有一只左眼、一只右耳……而躯体上，只有一只右手。虽然有以上几个缺陷，但在服饰等的掩饰下，整个坐像依然保持一尊完整的佛的样式。

名为"西竺一脉"的石刻，描绘的是凡人死后的两重境界。其中一个石刻，引起我们的注意——像是农家妇女打开鸡笼的雕像。如果纯粹是养鸡、放鸡、喂鸡，那是没有看头的，最重要的是，这农家女，身材匀称，胖瘦合适。美在这脸蛋上，如何如何美？不好表达，看得清楚，说起来难呀！来个比喻，像谁呢？西施？貂蝉？中国四大美人可不在其列。其实就像外国名油画中的蒙娜丽莎。白白胖胖的脸庞，慈眉善目，面带微笑，神态自然。哦，中国版的蒙娜丽莎！不，中国版的美丽村姑！

　　紧挨着的石刻，主题为极乐世界。分为三层，共刻有大小 169 尊石像，中层有三尊大佛，中间是释迦牟尼，左右分别是观音菩萨和文殊菩萨。此组最吸引我的是前方四株菩提树，粗壮的枝干上长着圆形状的树冠，上面有树叶和挂满各种各样的物品。

　　这些石刻，主题故事多是劝善、从孝，很感人，雕像更是活灵活现、栩栩如生。

　　走着走着，我们来到释迦牟尼的卧身石刻前，这是一组描绘释迦牟尼圆寂时场景的石刻。只见释迦牟尼侧身躺，脸部安详，左手放在身上，脚没出现，淹没在石壁中。上方浮现的是释迦牟尼的亲人，下方身前坐着的是一列弟子。其中有个长相奇特的，头发曲卷，脸部颧骨分明，感觉像外国人，又特别像是英国贵族人士。导游说，这个人属何方人士没有定论。

　　在毗庐庵里，雕刻着十几尊佛像，这些佛像的头饰很多是用镂空雕的，细腻奇巧，衣服的纹饰线条，看起来非常流畅轻盈，足见工之细、艺之精。导游补充道，这个庵室是纯石块凿出的，非常重视光线的引入和排水系统的设置。天光射入的角度是 45 度，刚好可照到主像尊身上，也可兼顾整个室内的光明。排水是设置一条长龙，龙身内侧设计水槽，再设计一个手托器物的人，从器物流入真空手臂，再排出地下涵洞，此乃匠心独具也。

　　离开大足石刻，虽然山中仍是一片蒙蒙之景，但是，经过数百年的如此壮观的石刻作品，依然保存如此完好、如此惊艳，我们除了震撼之外，就是敬仰了。

岩石本无心　图腾有意韵观

　　泉州府文庙的《凝固的历史——宁夏贺兰山岩画拓片精粹展》开始不久，因一次活动偶然闯入我的视野。我有一种本能的反应，就是一睹为快！

　　一、关于拓片展岩画类别、内容。

　　此次展览，分为 5 个部分，包括综合类岩画、虎岩画、牛岩画、羊岩画、印迹岩画。

　　综合类岩画的场面都比较壮观，内容比较多，一般每幅作品包括人及虎、牛、羊、狗、猪等，有一部分还包括天上飞的鸟、水里游的鱼等。

　　虎岩画在贺兰山岩画中表现最为突出。据考证，这些虎岩画的纹饰形象与春秋战国时期北方草原青铜文化中的虎牌饰特征相同，线条粗犷，多曲线，线条相互勾连。有一些虎画，线条紧密，说明印刻略宽；有一些虎身体细长，线条平行布列，而腿的线条却仅为一线支撑而已。

　　牛是岩画中常见的动物，在贺兰山有一幅最大的牛画，全长2.01 米，高 1.01 米，与真牛相差不多。巨牛昂首面向东方，线条苍劲有力，体态优美健壮，显示出一种非凡的气魄。

　　关于羊的岩画最多，一般用单线构图，画面简洁，只突出羊的形体中盘特征。羊大多数形体较小，身体上多无纹饰，或行走，或奔跑，或静立，或躺卧，或昂首，或回首观望，或俯首觅食，神态各异，真是琳琅满目，蔚为大观。

印迹岩画主要包括手印、脚印、蹄印等。手印一般表示手势、语言、数字等含义，在原始信仰中表示驱邪。对手的崇拜是富足、劳动与生产发展的象征。足印和蹄印一般认为除表示方向外，还具有对自身生理繁殖的崇拜，在巫术中脚印具有降妖驱魔的作用。

二、岩画以外的艺术想象。

在南北长 200 多公里的贺兰山腹地，就有 20 多处遗存岩画，其中最具有代表性就是贺兰口岩画。贺兰山在古代是匈奴、鲜卑、突厥、回鹘、吐蕃、党项等北方少数民族驻牧游猎、繁衍生息的地方。他们把生产生活的场景凿刻在贺兰山的岩石上，用来表现对美好生活的向往与追求。对今天的人来说，这些画再现了他们当时的审美观、社会习俗。

100 基于自己对书法的喜爱，且习写大篆多年，贺兰山岩画、一些抽象图案或抽象符号，我觉得很像书法，是一些象形文字。其实，篆书的一，就是一横，二就是两横，写到五，五横还可以，到六，就不行了。之前中学课本《从三到万》一文不是讲了一个笑话。一个自以为聪明的小孩，学了"一二三"的写字方法后，就自认为学懂弄通了。一日一个什么活动，其父教其登记来者姓名，刚好有一位姓"万"的人，这小孩觉得万字太难写了，要划 1 万个一字，真是吃力不讨巧。当然，这仅是一个寓言，或笑话。还好，我们的先人们都比这个小孩聪明，起码，在贺兰山岩画中，我们没发现有划了一万划的"万"字。

岩画是凝固在岩石上的一部巨大史诗，到目前为止，99％的史前艺术品是岩画，因此，岩画是人类宝贵的文化遗产，是研究人类文化史、原始艺术史的文化宝库。已发现的距今年代最久远的岩画在中国。中国也是世界上岩画分布较为丰富的国家。

既然是人类，民以食为天。在科技不发达的当时，狩猎是食物的主要来源。想象一下，在原始森林里，当时的食物匮乏，生物链没有被破坏，"适者生存""弱肉强食""以大欺小"的丛林法则，每时每刻在激烈上演。人与动物的博弈也是天天进行。这时，会利用工具、制造工具的人类，必然成了森林局部地区的主宰。而狩猎成功后，对于战利品的统计和分配成为一方领导者的重要工作。这关系每人的利益，考验着一方领导者的智慧。所以，会记事记账，成为很重要的能力。石器时代，人类整天玩弄的是石头，让石头说话。有个好事者，忽然这么一说，却也跟着做。收获状况，一头猪、三头羊、两只兔子……拿石头的好事者在珍岩上刻下了以上图腾。大伙集中过来一看，"一、二、三、四……六只，对！"其中有人说，羊三只，对不对。大伙看岩石，长长角的三只，对。这样一来二去，大伙觉得这个办法好。把一天的收获数量、品种记得很清楚，一人能分多少都很明白。接下去的第二天、第三天，大家都这样干。这时，这位好事者就会成为这个部落吃"软饭"的人了，负责登记和画画。部落免其参加辛苦危险的现场狩猎……由此，内部分工越来越明确。

拓片展中有一幅岩画，像是"双羊出圈图"。只见两只山羊从羊圈里缓缓走出，好像在等待主人的放牧。这个羊圈也是唯一有人工建筑的岩画，构图独特，形象生动地展示了远古先民游牧时的场景。

为什么会有这么多岩画，且分布这么广呢？可以想象，这是先民们迫于生活而迁徙的需要。一个地方食物少了，先民们就迁徙到另一个地方，而记事画画依然进行。也许，其他部落听说或知道有这样做的，也想仿效一下。可是，他们部落的基因可能比较差，会记事画画的人，画得不像，只画出了外形，标记也偏简单。也许这人是后发制人的，他暗自临摹好的岩画作品，可能，后来做得很好了。而无聊的时候，这天才的画家，头脑里映出很多熟悉或不熟悉的人脸、全身，反正以石头为笔，以岩石为纸画画又不要钱，就天马行空，乱画一通，这也许就是那些人头像或抽象图案创作的缘由。

三、关于岩画的艺术价值。

从讲解员的讲解中，我了解："远古先民刻下的岩画，不仅刻有众多人面像岩画，还刻有西夏文字。这是西夏文字对岩画的诠释，意为'能、昌、盛、正、法'，精辟地概括了西夏先民的观念及文化内涵。"

贺兰山岩画呈现给我们的是一个大千世界，岩画交给我们的是一把解开历史之谜的钥匙。

综观整个贺兰山岩画拓片展作品，最具盛名的是太阳神岩画。这幅岩画看似一副人面像，环眼阔鼻，双目圆睁，头部与眼部均有光束图形。在古代，太阳是人类自然崇拜尤其是天体崇拜的图腾。这幅作品可以说是塑造了一个形神兼备的神灵形象，虽然饱经风霜，但仍光芒四射，体现了太阳神的神圣与威严，也体现了人类非凡的想象力和创造力。

不要小看岩画上那些简单、质朴、粗犷的画面和线条，其中许多竟蕴藏着不可多得的艺术价值、文化价值、历史价值和科学价值；有的还艺术地再现了古代人类生产、生活及理想信念、宗教信仰的状况。

绝大多数贺兰山岩画基本上都是用线条简单勾勒出的程序化或者说样式化的图形。正是这种简略化、程序化的省略和抹去表示所指的、能指的表现方式，使贺兰山岩画有别于一般意义上的绘画或图画艺术，而具有象形文字的特性——它是指明意义而不是表现自然的概念性图像，一个自身拥有象形、表达单个词、系统性、词法和句法、形式的繁简与排列方式五大基本特质的视觉语言符号系统。

世界文字史和中国古代大量文献资料及考古发现也证明了贺兰山岩画就是中国文字符号演变历程中结绳记事到甲骨文中间的一个重要的过渡环节。

岩画这种带有原始气息的艺术品，可以说野味奇强，让人很有想象空间。说来也难怪，人类繁衍生息发展数千年了，从猴子进化过来真的太不容易。想想，人与猴子区别在哪里？就在于思想、意识、语言、创造等。能在岩石上记事、画画，表达某种意义，这是人类的进步。

木刻画在上海鲁迅纪念馆的重要意义

上海鲁迅公园内清幽静寂，各种乔木枝繁叶茂，给人心静神怡的感觉。

园内的空旷处，有一座白墙黑瓦的建筑，建筑物正中央矗立着鲁迅站立的全身铜像；一侧的墙上，周恩来总理题写的"鲁迅纪念馆"5 个黑色大字赫然醒目。

走进纪念馆，我迎面望见的是鲁迅的雕塑坐像。鲁迅先生的坐像脸部清瘦，手指夹一根烟，神情淡然，似在沉思，令人想起鲁迅先生文章深刻的思想性。上得二楼，墙上悬挂有鲁迅先生名言"横眉冷对千夫指，俯首甘为孺子牛"的铜铸大字，以及两幅铜色的人物插图浮雕。

展馆布局以突显鲁迅的重大业绩与精神为主，分为 5 个专题展区，分别是"新文学开山""新人造就者""文化播火人""精神界战士"和"华夏民族魂"。在形式上，展馆通过色调色温、声音和造型来营造氛围，如灯光造型在"铁屋子中的人群"的运用。展示手段上，展馆除了用文物直接再现历史外，还充分应用了影视、场景模型等辅助手段，如鲁迅逝世前十一天参观在八仙桥青年会举办的全国第二回流动木刻展览会的蜡像场景等。这种布局使观者如临现场，深刻体会了那个时代的人文风貌，也就更加领会了先生在这样的时代能够成为精神领袖的可贵之处。

鲁迅纪念馆展馆之大、展品之多，令人震撼。其馆藏文物，主要来自历年社会征集以及鲁迅夫人许广平、鲁迅生前友好捐赠，达7800件之多。其中珍贵文物就达近2万件，主要有手稿、衣物、生活用品、书信、照片以及藏书等。一级文物中有鲁迅历史小说集《故事新编》的手稿、译作《毁灭》原稿和鲁迅遗容石膏面模，面模上残存有鲁迅的眉毛和胡须，都是极其珍贵的稀世珍品。此外馆内还藏有近现代名家艺术品1700多件，包括谢稚柳、程十发、陈逸飞等艺术家的国画、版画及油画等。

展馆中，鲁迅先生的著作，是作为重点展示和介绍的。很多著作，封面都已陈旧泛黄，甚至皱眉卷折，但每一本、每一册看起来都非常亲切。鲁迅先生的著作，在装帧上，不是太讲究，大多呈现一种简洁、素雅、庄重的风格。比如，《朝花夕拾》封面简单，几个造型有点夸张，却点明主题，很直观。

展馆内有一堵墙，专门展示鲁迅先生作品中的插图，上千幅插图，洋洋洒洒，蔚为壮观。插图中，有线描，有铅笔素描，有水墨画，有木刻版画，甚至部分是蜡笔画或油画作品；创作者有丰子恺，有范曾，有丁聪，有赵延年，有裘沙……鲁迅先生是很注重著作中的插图的，这当中，用得最多的是木刻版画插图。

赵延年为鲁迅作品所做的插图是木刻画，大概是在通过自己的作品来纪念鲁迅作为中国木刻版画的导师。赵延年1939年从事木刻创作，1974年为鲁迅的《祝福》创作了插图，接着为《孔乙己》《野草》《药》等作品创作了插图。他的插图突出了小说人物的个性，重在表现鲁迅小说中人物丰富的内心世界。丁聪为《阿Q正传》画过插图，每幅插图，不仅构图简洁明快，并具有漫画家的夸张和幽默，很好地表现出鲁迅小说的艺术风格，颇耐人寻味。裘沙为鲁迅小说创作的插图，在表现手法上是多样的。他为《阿Q正传》与《药》画的插图是素描，为《在酒楼上》画的插图是油画，为《离婚》与

《祝福》画的插图用的是油画棒……

一幅好的插图，对文学作品能起到画龙点睛的作用，同时，它本身又可成为一件独立的艺术作品，而被人们欣赏收藏。

鲁迅先生是当时新兴艺术——木刻版画的倡导者。鲁迅纪念馆，全面地介绍了鲁迅先生引进国外木刻版画和进高校普及木刻板画的有关内容；附上的一些经典画作，构思奇特，艺术性强，令人看后震撼不已。

海丝情谊

一艘没有沉没的宋船

"海者，闽人之田也。"自古以来，泉州先民便与海结下了不解之缘。在陆地上劳作，叫"耕田"；而在海上劳作的，叫"耕海"。耕海的人，也叫"讨海人"，他们依托海上工具——船，来搏击大海，征服大海。他们拥有着如海一般的性格，心胸开阔、无所畏惧、拼搏不息、勇往直前。数百年来，他们创造了许许多多关于船与海的奇迹。

泉州先民与海的深厚情感，从一艘宋船的残体，我们可以略知一二。泉州湾古船陈列馆是一处典型的闽南"皇宫起"建筑风格，外观呈赭红色，二层结构，屋脊两端高高翘起。陈列馆位于泉州开元寺东侧，历经沧桑的宋代古船及其他出土文物，就在馆内静默地躺着。

这艘宋代古船，我已造访多次，每次看完，感触不同。最早一次是在20多年前读中师时，利用到泉州参加美术赛事的空闲时间去造访的。当时的感觉，就是看到一艘年代久远的破船，没有可看的，于是就走马观花式地转了一圈。但是，展馆中李硕卿等人画的大型国画《涨海声中万国商》让我震撼不已。到现在，我还依稀记得画中景，码头上人山人海，货物是一堆堆、一垒垒。码头工人拉车的拉车，卸货的卸货，忙得汗流浃背。一些穿着风格不一的商贩，自由地来回穿梭着、比画着。在深蓝的海水中，一艘艘商船林立，竹帆折叠，船身随波涛起伏。再远处，是霞光微泄，天空清朗，鸥鹭翻飞，帆影点点……

一幅"市井十洲人"、樯橹林立、商贾云集的画卷，再现了宋时泉州港口繁华的情景。

最近一次造访宋船，已是 2016 年 5 月。陈列馆经过 40 多年后重新装修开放。从正门进入，首先看到的是一堵意象为海浪翻腾的白色墙壁，浪花轻卷。上面写的展馆前言，把我们带回远古的海洋世界。往里走，只见一个柱子上镌刻着宋时谢履写的《泉南歌》中的诗句"州南有海浩无穷，每岁造舟通异域"。接着，我们进入的是一艘从东南亚远航回泉州港的宋船船舱中。

开阔的回廊式展厅，设计成船舱式隧道。在隔舱式展览柜中，先介绍的是"每岁造舟通异域——宋代古船船型与结构"。我们了解到，这是一艘多桅、多舱、多层板的福船型远洋木帆货船，其主龙骨与尾骨均用松木制成，连接在主龙骨前端的首龙骨是用樟木制成的。粗大而硬实的主体，再榫接上肋骨部分，大大增加了船体的强度，使船身具备了较强的抗浪击能力。出土船壳为二三重板结构，船底板为二重叠合，舷侧板为三重叠合。板与板之间的夹缝填塞麻丝、竹茹，以及用桐油灰捣合的艌料，并用铁钉钉合，因此，这种船非常坚固，不轻易漏水、损坏。

宋船融入了闽南人的一些思想文化元素，也体现了泉州独特的造船技艺手法。造船者在船体的几个榫合处，挖了 7 个小圆孔，都放置了铜铁钱，像是"北斗七星"。另外，在下方的大圆孔内放一面铜镜，形如满月。这是象征吉祥的"七星伴月"，闽南俗称"保寿孔"，寓意吉祥好运、一帆风顺。

这艘海船由十二道隔舱板将全船分成十三个舱，所有的舱壁钩联十分严密，水密性能很好。这种水密隔舱的设置，即使其中一个舱室漏水，也不会导致整条船进水沉没，大大提高了船舶的安全系数和远航性能。泉州的水密隔舱福船制造技艺在 2010 年被联合国教科文组织列入急需保护的非物质文化遗产名录。

在隔舱式展览柜中，紧接着介绍的是"大舶高樯多海宝——船舱出土遗物"。船舱出土遗物种类很多。有香料药物，包括降真香、檀香、沉香、胡椒、槟榔、乳香、龙涎等；有编织物，包括竹编、叶编织物、麻编织物等；有竹木藤器，如竹尺、木槌、灰刮板、木质容器等；有果核，如椰子壳、桃核、杨梅核、荔枝核等；有动物骨骼，如牛骨、猪骨、羊骨、狗骨、鸟骨、鼠骨等；有铜铁器，包括铜钵、铜勺、铜锁、斧头等；装饰品则有珊瑚珠和琉璃珠；还有铜钱、铁钱、陶器、瓷器等，甚至还有皮革制品、宋版印刷品残片和象棋子等。这些物品，经过数百年而不腐烂，真是令人难以置信。

这些出土遗物，有很多跟我们的生活息息相关。比如香料药物，这是宋元时期中国重要的一类输入品，是被广泛应用于医药、调味、制香、化妆和装饰上的。当时香药成为舶货的代名词，出现了许多专门贩运香药的贸易船。而近百件木质牌签，说明当时的这艘船真的是太大了，人和货物太多，为减少差错，船老板想方设法，加强运输管理，设置了一些木质牌签，写上人名、地名、货名、商号等，便于识别货主、货物。由此，从一个侧面可以看，这艘船的老板，海上经商贸易的经验已是很丰富了。

"北风航海南风回——航海技术和习俗"是隔舱式展览柜的最后一项。在微缩"复原"的船员日常活动场所中，我看到了各个舱室的设置。比如，寝室都是单人铺，小小的、窄窄的，依墙布列，每侧有两到三铺，显得非常的拥挤。隔壁舱室则配备了厨房，厨房不大，被很多锅碗瓢盆占据着空间。

出土古船没有留下航海技术的信息，但是古船驰骋于东西洋的宋元时代，泉州的船员已经积累了丰富的航海经验和航海技术。比如，船员们除了依靠山形水势或星辰日月为导航标志，还懂得应用指南针导航。与此同时，航海习俗也逐渐形成，海神崇拜、祈风祭海等，成为泉州独特的人文风景。

展馆中央展示的是一艘曾经沉没却被挖掘与修复的宋船。在一座贴着浅蓝色瓷砖的巨大旱池内，复原后长达 30 米、宽 11 米的宋代古船，就静默地矗立在这里。这艘木质古船建造于南宋时期，距今已有 700 多年的历史，出土于 1974 年。船体以两至三层板叠合而成，分为 13 个水密隔舱，保存有头桅和中桅杆座，船尾有直径 30 厘米的舵孔，取材于杉、樟、松木。在"南海一号"古船出土之前，这艘古船是国内考古发现体量最大、年代最早的海船。

宋船，整体造型优美，船底呈"V"字形，船身阔扁，首尾翘起，航行时像竹叶子一样荡漾在碧海中，是闽浙沿海一带有名的福船。福船代表了当时中国的造船水平。

在设计者们的良苦用心下，古船陈列馆增加了许多互动元素，让观众了解了相关的历史知识，为富有历史感的展馆注入了活力。在展厅二楼开头，游客站到一个感应设备下，视线前方的电视上便会自动播放视频，"我是一艘会说话的古船，居住在泉州湾古船陈列馆。通关文牒本为古代官家赴他国行事所用，在我的居所持有它，你可以在游戏中了解我……"在此之前，我们已经在陈列馆入口处领取一本"会说话的古船"通关文牒。通关文牒要过三关，它们是古船复原关、古钱拓印关、铁锚石锭关，还要盖好几个章，比如船模章、锚具章等。

宋船的出土，充满着机缘巧合。那是在 1973 年的夏天，泉州组织一支由历史学家和考古学家组成的调查队，冒着炎炎烈日，在晋江下游和后渚港一带，搜寻海外水上交通的史迹和文物，厦门大学历史系庄为玑教授也应邀参加。庄为玑教授在走访中，从当地一位陈姓老乡那里得到一个重要的信息，附近的海滩上有一艘沉船，前年年底还被当地村民挖了一百多担古船板，挑回家当成柴火烧呢。那天是 8 月 18 日。

"这可能是一个重大的考古机会！"庄为玑教授下意识地想到。

于是，在陈姓老乡的引导下，考古人员赶往了现场。真是"踏破铁鞋无觅处，得来全不费工夫"。现场的情况让庄为玑教授兴奋不已：这很有可能是一艘古代沉船。后来，庄教授还了解到，当地村民之前挖回去的木板，难以引燃，当不了柴火，就没有人再去挖了。"古船没有遭到更严重的破坏，这是不幸中的万幸啊！"庄教授遗憾的语气中带着几分欣慰。

1974 年 8 月，大型海湾考古发掘工程在泉州后渚港紧张进行。当沉船上面 2 米多厚的堆积层被清除后，一条残长 24.4 米、残宽 9.15 米的沉船，赫然出现在世人面前。在随后的船舱清理阶段，香料、药物、陶瓷器、铜铁器、皮革制品等一件件文物被取出来，共计 14 类 69 项。其中，唐宋钱币 504 枚、木质牌签 96 件、未脱水香料药物 2350 公斤，真可谓是"大舶高樯多海宝"。船体的特征以及大量的出土物都在表明：这是一艘宋代海船。1975 年，新华社正式发布泉州湾宋代沉船出土的消息，许多国家纷纷转载，并称之为"世界考古珍闻"。

宋船船头小，船底变窄，有如刀锋一般在海上乘风破浪。船身扁宽，体高大，吃水深，面对狂风巨浪仍能稳若磐石。一般的宋代远洋商务船平均 30 米长、10 米宽，可载 100 多吨货物、60 多名水手；而最大的船可载 300 吨以上的货物，外加五六百人。对比前朝的船，宋船的设计更显气魄，船体更加巍峨，装修更为华美。

"蕃舶如广厦，深涉南海，径数百里，千百人之命，直系于一舵。"这是南宋周去非《岭外代答》中所写的句子。海上行船的情景，可谓蔚为壮观，但又是充满险恶的。很多讨海人，一般靠的是帆船与信风，在海上漂泊无定，几近冒险，为此而丧生者，不计其数。

造船与航海技术的进步，催生了宋元时期我国海外贸易的迅猛发展。朱彧在《萍洲可谈》中有这样的记载："舟师识地理，夜则观星，昼则观日，阴晦则观指南针。"宋代，指南针开始应用于航海。

宋人糅合了唐人、阿拉伯人的占星术，一起用于远洋航海，还利用发达的天文、地理知识，绘制出了初步的航海图。为了引导商船与官船，当时在海岸线上每隔三十里建立了价值昂贵的灯塔导航系统。当见，宋王朝对海上贸易是倾心投入的。

宋船，在当时颇具国际盛誉。宋神宗时，命人在明州建了两艘大海舶，号"神舟"，并雇用民间的大型海船"客舟"尾随其后，船队驶向高丽。两艘神舟"巍如山岳，浮动波上，锦帆鹢首"，到达高丽后，高丽人从未见过如此的巨船，"倾城耸观，欢呼出迎"……

面对茫茫大海，漫长的航期，商船上的人们怎样打发日子呢？从泉州湾宋船出土的物品来看，下象棋应该是船员们在海上生活时的一大娱乐项目。可以想象，在一副棋盘上，除了对弈的两个船员外，应该还有许多旁观者在助威。此外，一些船员还用下象棋来压注，进行象征性的赌博。当然，也有文献记载了海上生活的另一番情景："一舟数百人，豢豕酿酒其中，置死生于度外……"宋船上有几百人，船上还养猪酿酒，人们在吃肉和喝酒中享受着生活，生死什么的，都可以置之度外了。

站在古称"东方第一大港"的后渚港码头，一列一列的红色、蓝色、黄色集装箱，让人看了眼花缭乱，一艘艘货船搭着装卸板，工人上上下下正忙碌着。望着这一片海，想象着当时远洋回港的宋船，却怎么会在家门口沉没呢？是否记得，曾经在这片海上，带去丝绸茶瓷，带回香料药物，让千家万户受益？是否记得，曾经在这片海上，披星戴月，征服惊涛骇浪，纵横千里万里？那可是身影如燕，那可是气势如虹啊！不，这艘船没有沉没，这艘宋船没有沉没，这艘泉州的宋船没有沉没，它在我们心中！

磁灶的黑茶古

在一次瓷器作品展中，我看见一种茶器甚为独特，圆形，有壶胆、壶柄、壶嘴，壶胆器壁外观呈螺旋状条纹，显得古朴庄重；壶柄挂在壶胆外壁的两端，没用时侧放，用时则竖起，灵活自如；壶嘴粗大豪放，更显个性。这款茶器叫"茶古"，因其外部颜色呈黑灰色，老百姓都叫它"黑茶古"。用黑茶古烧开水，烧开的水清甜可口，无异味。据说，边烧水边冲泡，水保持高温状态，泡茶时，茶的香气韵味能较好得到发挥、绽放。

黑茶古的特色突出表现在质轻、传热快。壶壁很薄，烧水时，放在火炉上，马上"嗡嗡"地响，不一会儿就烧开了。据说这与海土原料有关，它含铁量高，易传导热。我见过最大的茶古，直径有40多厘米，铁做的，比较重，是在大场面才用上的。比如，20世纪80年代，农村娶亲时，请客经常要摆数十桌。作为婚庆大事，也是要明确分工的，当时都会安排专人烧水、泡茶、请茶。泡茶、请茶的人都是当地或亲戚中德高望重的老者，而烧水的人，一般选择责任心比较强、坐得住、有耐性且勤快的人。我从小跟着长辈负责泡茶、请茶，所以我对用大茶古烧水泡茶印象较深。烧水的灶台一般是用大石头临时搭置的，至少要搭两个灶膛，烧两壶，备用。旁边还要配一些热水瓶，用于储备。干柴燃起，炭火初红，茶古山泉，不一会儿，茶古内一片蒸腾、翻滚，当壶嘴发出"呼哧呼哧"声，青烟直竖时，表示水已开。当然，还有一种辨别水是否烧开的办法，那就是提起茶古，往地上倒点水，如果听到的响声是"卟卟"时，可断定水已是烧开的了。

黑茶古产于晋江市磁灶镇苏坑村，它的制作历史可追溯到明崇祯年间。陶品在宋代时，已远销海内外，当时主要陶品有茶壶、烧壶（即药壶）、炖锅等。因为制作陶坯的原材料是黑色的黏土，当地人称"海土"。海土即是早期地下沉积的硅酸泥土，位于苏坑村沙坡下层，约有几百亩，其黏性高，适用于手工制作，能制作出很薄的壶坯。

烧制的窑，依然保持着坚实质朴的面貌。我们依稀可以想象，柴火初红，慢慢地烧旺，窑膛中用海土塑造的一个个茶古，在上千摄氏度高温的烧烤下，一个个满体通红，随着时间的滋长，产生着裂变、质变，犹如凤凰涅槃般壮烈、壮观。过程是极其痛苦的，结果却是令人欢欣的。当出窑的那一刻，制陶人收获的是一个个散发着热气、黝黑发亮的战利品……虽然贩卖的过程充满艰辛，走街串巷，漂洋过海，收获的是汗水和智慧的结晶，收获的是满心的欢喜！

磁灶黑茶古，绵延数百年，手工技艺传承不息，一代一代的磁灶人秉承先辈吃苦耐劳的精神，把天时、地利、人和三者有机结合，发挥应用到极致，使我们今天仍能见到如此特别、如此精致古朴的工艺品。坚守，不是平庸；执着，方结硕果。如今的磁灶人，懂得保护几近遗失的技艺，懂得传承给下一代人，甚至走进校园传习，鼓动更多的人参与进来，发扬光大。

丝海商路见诗情

站在安平桥的石板条上，耳边是习习的凉风，眼前是万道霞光的海面，波光粼粼，而远处，帆影点点……我的思绪穿越到晚唐五代，一首写"海上丝绸之路"的诗展现在面前：

大舟有深利，沧海无浅波。

利深波也深，君意竟如何。

鲸鲵齿上路，何如少经过。

这首题为《贾客》的诗，是晚唐五代时期著名文学家黄滔写的。贾客，从事商业贸易的人，就是现在的商人、企业家。那么这个商人从事什么贸易呢？诗中没有说明，但有一点是可以肯定的，那就是在海上谋生，而且是靠大船来从事贸易的。

诗文意思明了，靠大船运输贸易有较大的利润，可是大海不是风平浪静的；利润大，风险也大。你说怎么办？风险有多大呢？"鲸鲵齿上路"，说的应该是大船航行线路布满像鲸鱼齿、鲵鱼齿那样凹凸交错的礁石陷阱，环境非常险恶。可以想象，看似风平浪静，实是暗流涌动，一不小心，就会碰上暗礁、石壁，翻船沉没，葬身海底。

"州南有海浩无穷，每岁造舟通异域。"安平桥附近，早期是一个港口，叫"安平港"，宋元时期水运发达。先民早有海上航行的胆魄、技能，他们勇于耕海犁涛，创造物质财富。由《贾客》这首诗，我想到了生活于 12 世纪末、13 世纪初的意大利旅行家马可·波罗，他在其著述《马可波罗游记》中生动写道："宏伟秀丽的刺桐城，是世界上最大的港口之一，大批商人云集在这里，货物堆积如山，的确难以想象……"

从发生在 1292 年的一件事，我们可以窥见"海上丝绸之路"的真实场景。当时，马可·波罗奉命护送蒙古公主阔阔真远嫁波斯。因陆路发生了战争，送亲队伍只好选择海路。马可·波罗所走的路线基本上就是元代"海上丝绸之路"的南海航线。14 艘中国远洋海船浩浩荡荡从泉州湾出发，过南海，经占城、爪哇，由新加坡入马六甲海峡，到苏门答腊岛北部、安达曼群岛、斯里兰卡，绕过印度半岛南端，沿半岛西部马拉巴海岸北上，进入阿曼湾，在霍尔木兹登岸，踏上波斯土地。

当时的大船是用枞木或松木建造的，仅具一甲板，各有船房五六十所，每房一个船客，宽敞舒适。船各有一舵，四根桅杆，张四帆，也有的是二桅，桅杆可以随意竖起或放倒。尤为别致的设计是，若干最大船舶有内舱十三所，互相之间用厚板隔开，一旦船身触礁或触鲸造成破损，水手们立刻将浸水舱中货物搬到邻舱，各舱之间有厚板隔水，所以没有大的危险，待破舱修好后再把货物搬回来。这种水密隔舱制造技艺，是中国于唐代在造船方面的一大发明，宋代以后在海船中被普遍采用，大大增强船舶航行的安全性。在晋江，现在还保留着水密隔舱制造技艺，还有传承人。这项技艺，可谓是对"鲸鲵齿上路，何如少经过"最好的回答。虽然道路充满险恶，既然选择了搏击商海，那只有执着前行，逢山开路，逢水架桥，用最好的福船装载实力，驰骋大海，征服大海。

日已偏西，鸥鸟翻飞中，我的思绪又回到了明代，在安平码头，货船靠岸，装卸工一箱一箱卸下货物的情景。那汗水夹杂着海腥味，随着一阵风向整个安平码头掠过、泛滥……我想起了明代晋江诗人何乔远的《秋日安平八咏》（录一）：

灵岩山下万人家，古塔东西日影斜。

巷女能成纻麻布，土商时贩木棉花。

"巷女能成纻麻布，土商时贩木棉花"是晋江明代时期手工业和商业发展的真实写照。当时的"巷"应该是大街小巷的"巷"，是临近市区或城区的地方，应是人数不少、范围较大的"巷女"在织布。苎麻，在南方有生产，应用面比较广，可以做成日常生活用品，也可以做成取暖的衣服物品。而棉花在南方较少，在北方有大范围种植、生产。"土商时贩木棉花"，告诉我们，棉花基本上是靠"土商"（晋江本地商人）到外地贩买回来，再进行深加工，制成被子、布料、服装等。

"土商时贩木棉花"的真实版本，就是明代大慈善家李五"南糖北棉"的那些事。"凤池糖"是当时晋江的特产，香甜酥脆，老少咸宜，深受喜爱。为了开拓市场，李五走海路，亲自乘坐大商船，到京津江浙一带，深入码头、商店，了解调查市场需求，联系合作商家。后来，"凤池糖"受到京津江浙一带老百姓的欢迎，卖得火热。再后来，李五觉得每次货卸完后，船都是空着回来，这样太浪费了，何不贩点什么东西，回南方老家卖卖，一举两得。李五又经过一番了解、一番考察、一番比较，认为发展与老百姓息息相关的纺织业有前途。北方的棉花便宜，而南方缺少棉制品。南方农村中有很多富余劳动力，且以中年女性为多，她们中很多人从小就会女红，什么小针线活，什么剪剪裁裁，什么修修补补，可谓"小菜一碟"。如能调动她们的积极性，分工制作，成规模加工，那将是一件好事。于是，李五深入棉农家，和聘请的专家一同，亲自挑选，亲自采购。再一担一担、一箱一箱，装上大船，走水路，运回晋江池店老家。

没想到，几个月后，李五见到了难以想象的场景，家家户户都在做与纺织有关的事，晒棉花的晒棉花，解棉絮的解棉絮，弹棉床的弹棉床，纺纱线的纺纱线，织布的织布……各种机器声音响个不停，竹簸筐是一担挑来，一担又挑去，应接不暇，甚是热闹。

晋海奔流，方显英雄本色；江风轻诉，共读丝路诗情。在这阳光明媚的春天，于古诗词中领略各朝各代，各路商贾、航家关于"海上丝绸之路"那些鲜为人知的故事、情怀，是别有一番风味的。

器 行 天 下

"海上丝绸之路"是古代中国和东南亚、中东及欧洲的一条相互交换器皿、交流文化的通道。在这条没有交通斑马线的航道上，中国瓷器可谓是一大重要元素，让我们通过航道下的水下沉船，找回些许关于中国瓷器在"海丝"路上那些鲜为人知的事。

时光倒流，回到 1127 年。这年，宋高宗赵构南渡称帝，建都临安（今杭州），史称"南宋"。因为中原失落，战事频仍，国库难继，宋高宗针对贸易表现出新的态度，他组建舰队，改善港口，还在海岸线上每隔三十里就建立价值昂贵的灯塔导航系统，中国进入海外贸易的黄金时代。

在这时期，"南海一号"作为一艘驶往西亚的大型商船，在浩瀚的海洋上劈波斩浪，闪烁着宋王朝"海上丝绸之路"的荣光。而令人难以置信的是，"出师未捷身先死"，"南海一号"触礁沉没了，连随数以万计的器物，沉入海底。

水下沉船的价值，最为人所看重的其实并不是沉船上的那些穿越时空的宝藏，而在于沉船可以还原历史，在于沉船上的器物所蕴藏的历史和文化价值。沉船，是古代"海上丝绸之路"最为真实的见证。

800 多年后，"南海一号"被打捞上来，真实的历史浮出了水面。它是一艘宋代木质尖底船，全部装载的文物约有 6 万件。已出水 2000 多件完整瓷器，品种极为丰富，超过 30 种。这些瓷器窑口众多，包

121

括了福建德化、福建磁灶、浙江龙泉和江西景德镇等南宋名窑的瓷器，其中超过一半来自于福建泉州的德化窑和磁灶窑。特别可贵的是，出水瓷器中不少带有明显的异域风格，显然这些是宋代接受海外订货"来样加工"的产品，其中有类似阿拉伯人吃手抓饭时使用的喇叭口瓷盘。据估计，德化窑的瓷器数量约占五分之一，且大多数可以鉴定为国家一级和二级文物。因而，有不少专家认为，"南海一号"应该是出发自刺桐港，即今天的泉州港。

梦回南宋。通过对沉船遗迹、遗物的研究，我们大致可以复原出一个800多年前的"南海一号"和繁荣的宋代海上贸易与文化交流场景。

大约在南宋初年，一位从事国际贸易的印度富商来到中国，他将满船来自南亚、中东等地的香料、玻璃器皿和象牙等珍贵货物迅速销售一空，然后前往福建、广东等地采买商品，准备返回南亚等地销售。印度富商乘着改良型的福船首先来到"东方第一大港"泉州这一中国商品的集中地采买瓷器、茶叶等物。采买完毕后，印度富商乘着商船缓缓驶往东南亚、南亚等地区。一些来自印度、阿拉伯的商人和旅行者也跟随商船一起返回故乡。归程却是终程。商船出发后不久便由于船体爆裂而倾斜，满载的货物纷纷滚落至海中，商船也缓慢沉没至海底。船上的富商和船员纷纷弃船逃生，也顾不得那价值不菲的黄金饰品和满船的货物……

宋代，是中国瓷器第一个鼎盛时代，出现了定、钧、官、哥、汝五大名窑。对比明清时期华丽的珐琅彩，宋瓷以优雅的单色釉著称，被不少瓷器爱好者奉为中华瓷器中的"大家闺秀"。宋代，景德镇因出产影青瓷器、青白釉瓷器而闻名于世，并通过泉州、广州两大商港通达海外，成为当时风靡世界的名牌货。据说，荷兰、葡萄牙商人最早将瓷器贩运到欧洲时，瓷的卖价几乎与黄金相等。

外销的瓷器，在古代大多作为重物压舱底。南宋朱彧《萍洲可

122

谈》记载北宋末年广州商船大量出口瓷器的情况时说："舶船深阔各数十丈，商人分占贮货，人得数尺许，下以贮物，夜卧其上。货多陶器，大小相套，无少隙地。"有专家考证，目前在东南亚各地发现的宋瓷，大部分都是当年广州的外贸商品。在清代，可用"器行天下"来形容当时景德镇瓷器风行的程度。康熙年间，景德镇是外销瓷的主要产地。据赵汝适《诸蕃志》记载，宋代的瓷器被运往全球50多个国家，最远的包括非洲的坦桑尼亚等地。

一方瓷器的繁荣，带来的是文化经济的繁荣。巨大经济利益驱使下，宋代的泉州、广州、杭州等著名对外贸易港口附近出现了不少瓷窑，如"南海一号"上发现的福建德化窑、泉州附近的磁灶窑瓷器等，就是当年著名的外销瓷。考古学家曾在磁灶窑发现过一些瓷雕塑，人物形象高鼻深目，生动地再现了当年贸易口岸"涨海声中万国商"的景象。

沧海桑田，时空变幻。在泉州德化的屈斗宫古窑址，长达50多米的宋元古窑诉说着当地陶瓷业曾经的辉煌。自宋以降，德化陶瓷大量外销东南亚和中东地区，是古代"海上丝绸之路"的重要输出产品。如今，德化仍然是中国重要的陶瓷工艺品生产和出口基地，传统瓷雕、西洋工艺瓷、日用瓷等产品远销180多个国家和地区，陶瓷工艺品出口量排全国第一。

一抔瓷土，在国人的手中，变成实用的生活用品，或幻化成带有生命的艺术品，这本是一种奇迹。而通过漂洋过海，让这些生活用品或艺术品，在国门之外的他乡展示、交流、闪光，这更是一种奇迹。

"海丝"路上的宋船

在泉州湾古船陈列馆，我看到了一艘宋船的残骸，使我想起了"海上丝绸之路"关于船的一些事。

这艘宋船，是 20 世纪 70 年代在泉州后渚港出土的。沉船残长 24 米余、残宽 9 米多。船身扁阔，底尖，船壳板用二至三重板叠合，有十三个水密隔舱，主龙骨两端接合处均有"保寿孔"。根据研究，这是一艘 13 世纪泉州造的中型远洋货轮，长度为 34 米、宽 11 米、型深 4 米，载重量达到 200 多吨。

水密隔舱是宋船的一大发明，它的作用在于，当船某一处或多处触礁进水时，其他隔舱因是独自隔断的，而不会进水，导致整条船覆没。后来这一技术被马可·波罗介绍到西方，水密隔舱技术逐渐被世界各国的造船界普遍采用。

宋船的出土，充满着机缘巧合。1973 年，泉州后渚港的渔民在附近海滩上捡了很多木块当柴火烧，却发现难以引燃。厦门大学历史系教授庄为玑听到此消息后，立即赶到现场，认为这可能是重大考古发现。这也让宋代古船神秘面纱逐步揭开。1974 年 8 月，中国首次大型海湾考古发掘工程紧张进行。当沉船上面 2 米多厚的堆积层被清除后，一艘古船赫然出现在世人面前，在场所有人都为之感叹："这是迄今为止世界上发现年代最早、规模最大的木帆船。"

"蕃舶如广厦，深涉南海，径数百里，千百人之命，直系于一舵。"这是南宋周去非《岭外代答》中所写的，它描写了宋代商船的模样、航线、人员和危险系数。海上行船的情景，可谓蔚为壮观，但又是充满险恶的。"走马跑船三分命"，很多"讨海人"，为了生计，不得不投身于茫茫大海，近至东南亚，远达非洲东海岸，每年9月至11月，船队乘西北风而去，每年4月至6月再随东南风归来。他们一般靠的是帆船与信风，在海上漂泊无定，几近冒险，为此而丧生者，不计其数。《岭外代答》文中的商船，相比普通船只来说，安全性能已大大改善了。

"海上丝绸之路"是"陆上丝绸之路"的延续，"宋代古船的载重相当于唐代'陆上丝绸之路'700多头骆驼的总运量，随着贸易量的增大、品种的增多，'海上丝绸之路'的优势逐步凸显"。宋船，船头小，船底变窄，有如刀锋一般在海上乘风破浪，船身扁宽，体高大，吃水深，面对狂风巨浪仍然能稳若磐石。一般的宋代远洋商务船，平均30米长、10米宽，可载百余吨货物、60多名水手；而最大的船可载300吨以上的货物，外加五六百人。对比前朝，宋船的设计更显气魄、规模，船体更加巍峨，装修更为华美。

宋船，在当时颇具国际盛誉。宋神宗曾派臣往聘高丽，命人在明州建了两艘大海舶，号"神舟"，并雇用民间的大型海船"客舟"尾随其后，船队洋洋洒洒数海里。两艘神舟"巍如山岳，浮动波上，锦帆益鸟首"，到达高丽后，高丽人从未见过如此的巨船，"倾城耸观，欢呼出迎"……

造船与航海技术的进步，催生了宋元时期中国海外贸易的迅猛发展。朱在《萍洲可谈》中有这样的记载，"舟师识地理，夜则观星，昼则观日，隐晦观指南针"。宋代，指南针开始应用于航海。宋人糅合了唐人、阿拉伯人的占星术，一起用于远洋航海，还利用发达的天文、地理知识，绘制出了初步的航海图。宋廷鼓励富豪打造海船，购置货物到海外经商，为了引导商船与官船，还在海岸线上每隔三十里建立了价值昂贵的灯塔导航系统。当见，宋王朝对海上贸易是倾心投入的！

宋元时期，朝廷出台优惠政策招徕外商，效果也是立竿见影的——一大批海外商人和传教士因此移居内陆。南宋还在一些港口设有番坊，有外商长期在此居住。同南宋通商的国家众多，以阿拉伯人最多。这一时期起，闽南人也大批移居东南亚等地，宋人谢履在《泉南歌》中写道："泉州人稠山谷瘠，虽欲就耕无地辟。州南有海浩无穷，每岁造舟通异域。"生动地记述了泉州人因自然环境的恶劣，被迫向海外拓殖或经商贸易的情形。

面对茫茫大海，无限的航期，商船上的人们怎样打发日子呢？有关文献也记载了海上生活情景："一舟数百人，豢豕酿酒其中，置死生于度外……"宋船上有几百人，船上养着猪，可现酿美酒，有鲜肉和醇酒，什么都可以置之度外了。吃肉与喝酒，成了宋人海上生活的一大乐事。看来，宋人的海上生活亦是丰富多彩的。

"海丝"驿站五店市

五店市，过去是青阳城区的别称；如今，它是晋江人的集体记忆，是展示城市变迁的活化石，它蕴含着这座"海滨邹鲁"之城深邃的过去、时尚的现在和美好的未来。

相传西晋时，自中原"衣冠南渡"的蔡姓先民拓居晋江青阳，至唐开元年间，晋江独立为县，人员往来骤频，蔡姓七世孙五人在青阳山下的官道上开设五间饮食店以方便行人、客商。这些店铺酒旗招展，饭菜飘香，声名远播，被誉为"青阳蔡，五店市"——自此，"五店市"遂为青阳之别称。随着社会的发展，经济日趋繁荣，五店市在明清时期已然成为一片繁华的街区，商店鳞次栉比，街道车水马龙，更有美轮美奂的红砖厝民居星罗棋布。

是否可以想象一下，过往官道的行人和客商在五店市歇脚、吃饭的场面，那就是酒旗招展，饭菜飘香，五湖四海，人声鼎沸。那么，行人和客商的前一站在哪？后一站又在哪？其实，五店市就是他们的驿站，仅是其中一站。我们又可以更大胆地想象，他们是从遥远的大洋彼岸来，从安平港归来；他们可能是去出海捕鱼，去远方经商，他们要把当地的土特产贩卖到外地，把外地的土特产购买回来……这时，明朝一个熟悉的身影映入眼帘，晋江大企业家、大慈善家，池店的李五，带领自家的车队、船队，把自家生产的"凤池糖"通过泉安古官道，运到安平港，再一车一车搬上大货船，沿着安平港出发，走水路，销往江浙京津一带。李五用空船装载购买的北方丝、棉运回来，分给当地的妇女纺纱织布，再把织成的丝绸和棉布转销晋江内外的民众，甚至销往海外。从此，家庭作坊式开始起步，当发展到一定程度时，成批成量的生产随之而来，产业发展逐渐形成。这时，纺织、织布、染布、裁缝、成品、销售，一条龙出现。再后来，一业带来百业兴，制作纺织、织布机器的木工师傅多起来了，生产针具、剪刀的铁匠师傅多起来了，制作马车、货船的师傅多起来了……再后来，人称"青阳蔡，五店市"，因来往肩挑手提、车行船往的人很多，生意逐渐繁荣，"五店市"之名开始远播……

明朝李五"南糖北销""北棉南运"的经商实践，印证了泉州是"海上丝绸之路"起点的说法。也可以说，五店市是"海上丝绸之路"的一个驿站。它，见证了曾经的辛酸；它，见证了曾经的失落；它，更见证了曾经的繁华。

五店市不仅有"青阳古八景"中的四景："青阳苍翠""石鼓喧声""桃花叠浪""雁塔地灵"，也有香火长盛不衰，分炉中国台湾乃至东南亚等国家和地区的石鼓庙，还有遍布中国香港、中国澳门、中国台湾乃至东南亚 10 多万人的蔡氏、庄氏等海内外乡亲寻根谒祖的蔡氏宗祠和庄氏家庙……我们同样可以想象，这些中国香港、中国澳门、中国台湾乃至东南亚的蔡氏、庄氏先民，也一定有很多人，在老青阳的五店市歇过脚、吃过饭。如今，老的五店市已销声匿迹了，新的五店市就是今天的家园。不论是独具闽南特色的"皇宫起"红砖建筑，还是中西合璧的墅楼，抑或是西洋建筑，五店市早已成为连接侨台亲缘的纽带。

行走在五店市，一阵悠长绵远的声音扑面而来，她是穿越千年的南音，人称"活化石"。南音至今还保留着唐宋古典的曲牌，保留着浓厚的中原古乐遗风，同时也融入闽域元素和异域情调。相传，宋元"海上丝绸之路"期间，南音就随着华侨华人的足迹流传到东南亚一带。正如一位知名词作家所说，800 多年前，泉州、晋江先祖们身上的血性、敢闯敢拼和输人不输阵的精神，是"海丝"文化的核心精神，我们要把古代"海上丝绸之路"与建设"21 世纪海上丝绸之路"进行对接，融入陶瓷、茶叶和丝绸等泉州元素，创作更加感人的时代音乐。

是啊，丝海扬帆正当时，五店市文化产业大有文章可做。

洒满茶香的"丝路"

"海上丝绸之路",也称"茶叶之路""瓷器之路"。谈及"海丝"文化,绕不过去的是茶叶。

几千年来,中国人对茶有着特别的嗜好,尤其是在时下,"茶为国饮"。六大茶类之成品盛行,还经常看到市面上出现一些不知名的茶叶成品。中国人真是把茶叶做到了极致。而在欧洲,掀起饮茶之风,是在 16 世纪时候,茶叶被欧洲人誉为"茶中的香槟酒""茶中的鲜咖啡"。

茶叶,曾经是中国古代最大的出口产品之一,为促进世界文化交流做出重要贡献。有关史书记载,1610 年,茶叶最早从厦门出海,荷兰商人成为最早将茶叶运往欧洲的人。这是西方人从东方殖民地转运茶叶的开始,也是我国向西欧输出茶叶的开始。1661 年,英国的查理二世与葡萄牙国王的女儿凯瑟琳公主结婚,凯瑟琳公主的嫁妆中就有一箱茶叶。后来,凯瑟琳有了"饮茶皇后"的美誉。

阮旻锡在《安溪茶歌》中写道:"西洋番舶岁来买,王钱不论凭官牙。"这说明,西洋人在福建购买武夷茶、安溪茶,并从海路运出。清初,武夷茶分别由厦门、广州两个口岸出口。清乾隆初元,英国人多到广州买茶。继而,1757 年,清朝规定广州为接待来自欧美(除西班牙之外)商船的唯一港口,武夷茶贸易的重心就此转到广州。当时在武夷山与广州之间形成了一条茶叶贸易链。为什么西洋人肯好买茶叶而慷慨解囊呢？张甄陶在《澳门图说·澳门形势论》记载这么一件事："万历二十九年，西洋利玛窦入中国，始居澳门。番夷食以苏合油，久则肠胃腻塞，非得中土之茶，不能去其恶……"可见，当时西洋人是把中国茶当成仙丹妙药，难怪要"王钱不论凭官牙"了。

　　宋元时期，泉州港是中国对外贸易的重要港口。当时，饮茶之风吹遍南北，从寺院到民间，泉州茶业初步发展，开始与丝绸、瓷器一起销往海外。元代，泉州茶叶生产和茶法，均承袭南宋格局并有所发展。此时泉州的对外贸易步入巅峰时期，茶叶生产和出口增加。万国商船从九日山下起航，携带丝绸、茶叶等商品，展开海外贸易，茶香一路飘洒。而把茶香洒满海路的，还有一种状况，就是自明朝末期开始，闽南人大批移民到东南亚地区，安溪乌龙茶也跟着他们的脚步流落他乡。随着定居的闽南人日益增多，茶叶也逐步流行。在此大背景下，就有茶商开始在东南亚一带经营乌龙茶生意了。当时，"侨销茶"成为乌龙茶的代号。

　　水下沉船的价值，最为人所看重的，在于沉船可以还原历史，在于沉船上的器物所蕴藏的历史和文化价值。平潭"碗礁一号"水下考古，在出水瓷器中，发现为防止瓷器破碎，古人采用了非常有意思的保护方法，就是除了捆扎严实以外，还用种子和海泥填充其中，浇上水，这样，种子在长时间的运输过程中慢慢发芽生长，把瓷器再牢牢地缠住。有的商人则把瓷器和茶叶混装在坛子、罐子里，这样既保护了瓷器，到目的地后，也可以将茶叶出售，一举两得。千百年后，沉船下的茶叶已腐烂消失，而瓷器等物件仍留着当年的印记，让人们重新认识……

　　茶叶，承载的不仅是一个地方与各"海上丝绸之路"国家的经贸关系，更彰显着浓厚的文化印记。茶叶，成为繁荣的"海上丝绸之路"难以忘却的历史符号。茶叶，如今依然洒满"丝路"，依然飘香异域。

舟 行 天 下

安平桥，是"海上丝绸之路"的一处遗迹。在"海丝"文化繁荣的今天，多少文人墨客怀揣着好奇之心、景仰之心，前来谒见，前来探秘。我不知道自己是第几次来到这里了，我曾经对"天下无桥长此桥"的壮观场景，也是发出惊叹；我曾经为先民的创造力和智慧，也是深表赞叹……然而，此时此刻，我依然在遐想，我依然要感叹。

雨蒙蒙下着，安平桥的远方海面上，茫茫的一片，依稀可见几点帆影。我的思绪，飘扬到古代，一幅"海丝"场景进入眼帘。我看见了一艘艘商船从远方归来，张着帆布，鼓着风，虽然雨很大，船速却不紧不慢，直向安平港码头驶来，没多久，稳稳地停靠在安平码头，一箱一箱的货物从船上卸下……

这是一艘本地的商船。商船是尖底型的，用松木建造的，有一舵，四根桅杆，张四帆，桅杆可以随意竖起或放倒。只有具一甲板，设有船房数十间，每房一个船客，宽敞舒适。尤为别致的设计是，船舶有内舱十三所，每个内舱互相之间用厚板隔开。设置水密隔舱的好处是，一旦船身触礁或触鲸造成破损，水手们立刻将浸水舱中货物搬到邻舱，各舱之间有厚板隔水，所以没有大的危险，待破舱修好后再把货物搬回来。水密隔舱制造技艺，是中国于唐代在造船方面的一大发明，宋代以后在海船中被普遍采用，大大增强船舶航行的安全性。在晋江，现在还保留着水密隔舱福船制造技艺，还有传承人！

132

"工欲善其事，必先利于器。"商船，作为海上贸易的重要工具，其安全性能的好坏，直接影响着生意的好坏，甚至身家性命。在唐宋，或更早时期，晋江地区的造船技术已相当发达。《泉州府志·卷七十五》记载：王审知的侄儿王延彬任泉州刺史"凡三十年，仍岁丰稔，每发蛮舶，无失坠者，人因谓之招宝侍郎"。从史载的一个片段，我们就可知道，当时大船的安全性能非常可靠。当然，30年没有一艘船出事，也从一个侧面反映这期间的海外贸易是很良性、很正常的。

由于海上交通贸易的繁荣，也促进了中国造船和航海技术的发展。当时，来中国的外国船舶很多，有日本船、新罗船、百济船、婆罗门船、狮子国船、大食舶、波斯舶、西域舶等。但是远海航行则以中国舶为最著名。在十六七世纪时，日本造船技术还比较落后，所造的船，"其底平，不能破浪……若遇无风，逆风，皆倒桅蓋橹不能转饿。故倭舡过洋，非月余不可"。而福建的商船，却与之有着很多的改进和优势。"贴近重底，渡之而来。其舡底尖，能破浪，不畏横风、斗风，行驶便易，数日即至也。"

唐代中国海船以船身大，载货量多，结构坚固，设备完善，抗风力强，而著称于世。由于中国船的载量大，吃水深，驶往阿拉伯时，不能直接进入幼发拉底河，只能停在希拉夫一带，然后换小船运至幼发拉底河口，再溯河而上至阿拉伯国家首府巴格达等地。

安平港，海面开阔，加上陆路交通发达，安平商人得地利之便与风气之先，经商之路也是外向型的，通过包括安平在内的港口面向海外的，正如《安海志》所说的那样："商则襟带江湖，足迹遍天下，南国明珠，越裳翡翠，无所不有；文身之地，雕题之国，无所不到。"在安平港码头，无数商贾携带着香料、药物和奇珍异宝来到这里，又将中国精美绝伦的丝绸、瓷器、茶叶等远销海外。

"州南有海浩无穷，每岁造舟通异域。"这是宋代进士谢履《泉南歌》的诗句。谢履写实的内容，真实再现了宋朝"海上丝绸之路"海与人、人与船的场景。时空转换，今天，我站在雨天的安平桥畔，向着大海，对在水一方的船和人，有了更深的认识。

一片茶叶的远航

在武夷茶博园参观，仿佛进入一个茶的世界，一个茶文化的世界。有关武夷茶叶发展的人物，在雕塑广场一一展现，神农、彭祖、武夷君、孙樵、陆羽、卢仝、范仲淹、苏轼、蔡襄、朱熹等。为更好地体现这些人确实与武夷岩茶有关，还特别以古典书籍的形式，用木板刻上一些茶文茶事。陆羽的全身坐像是在《茶经》前方，《茶经》全文刻在木条上，作为背景，远远看去像是竹简一样，形象逼真。

"丝绸之路"，也叫"茶叶之路"。武夷茶博园的展示中，有以浮雕的形式勾勒《郑和下西洋》的场景，有以线描的形式勾勒一幅《茶叶传入日本》，上载："茶叶是从唐代传入日本……"在一处由石板材拼就的《万里茶路大联通示意图》上，直观展现了茶叶之旅，让人看了一目了然，充满敬意。

"海者，闽人之田也。"自古以来，福建便与海有着不解之缘。作为古代"海上丝绸之路"的重要起点之一，无数商贾携带着香料、药物和奇珍异宝来到这里，又将中国精美绝伦的丝绸、瓷器、茶叶等远销海外。《宋会要辑稿》记载："国家置市舶司于泉、广，招徕岛夷，阜通货贿，彼之所阙者，丝、瓷、茗、醴之属，皆所愿得。"两宋时期，泉州港是国内外进出口商品最大的集散中心和中国对外贸易最重要的港口之一。

其实，在古代的福建，家家户户饮茶成风，这种神奇的东方"树叶"，作为一种特殊的商品，随着丝绸登上货船，远涉重洋，开始一

135

段前后跨越 10 多个世纪的繁荣的海上贸易图景。数百年前,九日山莲花峰下,"市井十洲人"。万国商船从九日山下起航,携带丝绸与陶瓷、茶叶等商品,展开海外贸易。每逢船舶远航,官府都会率众在此举行祈风盛典;文人学士在峰前览胜斗茶,留下了"男女携筐,采摘新茶""岩缝茶香""斗茶而归"等许多石刻,茶事可谓盛况空前。史料记载,在宋代,与安溪有贸易关系的国家有五十八个,遍及今东南亚、西非、北非等地。

"泉州人真好客,入门就泡茶。"烧一壶泉水,拈几许茶叶,置于瓷质器皿中,沸水冲泡,盛情款待,这是闽南人特有的待客之道,以此表示"有朋自远方来,不亦乐乎"。明清时期,以泉州为中心的闽南地区成为乌龙茶的最主要集散地,对外贸易频繁。据美国人威廉·乌克斯《茶叶全书》记载:茶叶到 17 世纪由荷兰人输入欧洲,1602年荷兰东印度公司成立,之后,从澳门运载若干茶叶至西方国家。清康熙初年,茶叶外销迅速增加,"以此(茶)与番夷互市,由是商贾云集,穷崖僻径,人迹络绎,哄然成市矣"。

时光倒流,在 20 世纪 30 年代,安溪铁观音被海外茶人们视为奇货,往往用作"镇店之宝"。当时,安溪人在东南亚开设的茶号有一百多家。安溪山重水复,道路崎岖,旧时多以牛车运茶。为防尘防潮,通常在载有茶叶的牛车上覆以白布。每逢产茶季节,山岭古道间,牛车"吱嘎吱嘎"作响,连成一条条蜿蜒白线,场面蔚然壮观,真是一路颠簸一路香!

一叶茶香,一叶远航,留下了几多"海丝"路上的辛酸、困顿、渴望、飞翔……

茶,作为"海丝"路上的一个历史符号,为"海丝"的繁荣起着不可磨灭的作用。她,是物品;她,是媒介;她,是希望……

只为山水

沧浪亭赏竹

对于竹子的喜爱，从小以来，不曾偏颇，并且爱之弥深。老家深山中的竹林，以毛竹为主。从吃竹笋，到砍竹子做成各种用具，竹子可谓一身尽是宝，诸如把竹子做成竹扫把、竹鸡笼、竹筛、竹背靠椅等。

曾迷恋画墨竹，认真研究了写意墨竹的各种画法、技法，但很多时候还是依葫芦画瓢，不得其意。后来发现，实际写生少，都是在闭门造车，岂能得其真趣乎？沧浪亭一游，原只是逛逛之念想，估计与拙政园、狮子林、留园、定园、可园差不多，都是几座假山、几条廊道、几棵垂柳、几池荷花、几座石桥、几间轩堂楼居、几套原木桌椅。不想，却是一座竹的天堂。

入门处，摆放着一盆景，上栽种着三株不知名的观赏竹，底部竹节不是环形的，而是带有波浪形的，上部竹叶细长，郁郁葱葱，一片生机盎然。往前走，是一座高起的假山，假山上有一凉亭，就是沧浪亭。亭子的四周种满低矮品种的竹子，有鹅毛竹，叶子薄薄的、软软的，叶片有起伏状，如若下雪天，远远看真是像极了鹅毛飘飘。亭子下方点缀的竹子，一种叫"菲白竹"，一种叫"白纹椎谷笹"。两种很接近，叶片上都有白色条纹，青白相间，冷色调明显，与周边的假山、凉台甚是相衬、和谐。

顺着蜿蜒曲折、形式各异的廊道闲逛，不经意间，我来到了"翠

139

玲珑"一角。一方简介是这样说的：翠玲珑，又名"竹亭"，南宋绍兴年间就有其名。取苏子美诗"秋色入林红黯淡，日光穿竹翠玲珑"之意。此处前后，粉墙竹影，万竿摇空，滴翠匀碧，历来为文人墨客雅游、静观、觞咏、作画之地。好一处清静之地呀，我不禁赞叹起来。仔细端详，发现这里的室内挂着好几幅中国画墨竹和写有咏竹内容的书法作品。其中一幅《劲健蕴高节》的水墨写意画，画面用较大的笔触画出三株硕大、粗壮的竹竿。前一株墨色较深，身躯直挺、峻拔；后两株墨色略淡，留出较多飞白，显得高古沧桑，但不失力度。精彩部位是两节从右向左生长的根部竹节，弯曲的外表，蕴藉着力量和坚强，一株的劲节处生长出细枝丫，几片短小的叶片昂扬向上，尽情享受着阳光雨露、春风清晖……

移步室外，却是一片竹子的海洋——竹类品种园。一丛丛、一簇簇、一竿竿，种类繁多，风格各异。品种园辟有一条观赏石路，用鹅卵石和灰色砖石交叉图案铺就的，两边置有竹篱笆，防止游人进入。走上一小段，就有一块木牌子，上面注有学名、别名、科属、成竹大小、形态特征等。首先看到的是斑竹，别名"湘妃竹"，属禾本科、竹亚科、刚竹属，高度 7 至 13 米，直径 2 至 5 厘米，竹干绿色具紫褐色斑块与斑点，适应性强，耐寒，笋期 4 月中旬……接下来，看到的是金镶玉竹，真是名如其实，金黄色的竹竿生长着片片色泽翠绿的叶子，远远望去，真像"金"镶着"玉"啊。沿路走，看到的是花秆毛竹、长叶苦竹、橄榄竹、安吉京竹、麻衣竹，之后，又看到了紫竹、龟甲竹、金明竹、矢竹……一园观赏下来，看得是眼花缭乱、扑朔迷离，真是收获不少。竹子的外形虽然差异不大，但有的却是难得一见。诸如金明竹，又叫"德国五月季竹"，外形特别，竹干及侧枝呈硫黄色，其节间于分枝一侧之凹槽中呈鲜绿色，色彩分明，竹叶青翠具一二条黄条纹，分枝开展，是一种珍稀优良的观赏竹。而矢竹，常用于庭园观赏绿化……

140

离开竹类品种园，在一庭院的开阔地带，看到一块写着"罗汉竹"的牌子，一看到这个名字，想到的是，此竹应甚奇特，长得弯弯扭扭的，不是外形似罗汉，就是神态似罗汉，可是，当你定睛一看，见到的是竿竿细直、叶叶粗长、一片新绿……

走过廊道，来到一白墙边上，发现种的叫"孝顺竹"，竿细长，枝细长，叶细长，大多贴着白墙生长，看起来很和顺的样子，难怪叫"孝顺竹"，真是名副其实啊！此时，一阵清风吹来，枝叶随之摇曳，我手中的相机按了几下，一看，效果特好。在四方的相框中，我拍出了一幅幅《绿竹图》。白墙犹如白色宣纸，孝顺竹就是天然的画作。拍成平面的孝顺竹，比画出的墨竹更动人、更婀娜、更多姿。你看，一竿、一枝、数叶，就是一幅画；你看，数竿、一枝、多簇叶，也是一幅画；你看，一丛、疏枝、密叶，更是一幅画。

我曾游览过井冈山百竹园，当时赋诗一首《题井冈山百竹园》：

井冈山上有奇珍，竹海茫茫小径深。

粗细方圆百里秀，青黄绿紫四时春。

月移影瘦铮铮骨，风啸音清曳曳身。

红色之行何所寄？虚心阁上悟真人。

很奇怪，都是观赏竹子，红色圣地赏竹，当时的感叹，是一番刻骨铭心、一番激情澎湃。而观赏沧浪亭竹园时，却感觉是一种闲适悠情，甚至是带有书卷气。于此境地，真想坐下来看会儿书，写会儿字，弹会儿琴，下一盘棋！时境变迁，思绪如此不同，心态如此不同。

老家的凉泉

在暑夏的夜晚，山泉冲凉，便是一次身心得到涤荡的享受。

已经很久没在深山密林的老家过夜了。老房子很久没住，已是布满灰尘、蛛丝，霉味也明显多了，连那口老井也干枯了。

那夜借宿亲戚家，入夜时分，羁旅困顿，洗却风尘，唯有山泉冲凉。水是从山上引来的，真正的山泉水，没有漂白粉味道，一切都是天然的，散发着岩石和青草的淡淡之味，一瓢下去，冰凉无比，带有些许刺骨的冷，可于此暑夏，这一冰冷，正中吾怀也。每一个毛孔都在享受，由外及里，由身到心，一种透心凉的感觉油然而生，就如和风细雨般舒爽，如春风拂面那样欢欣。此时，一瓢也好，一注水管也好，冰凉之意充斥周遭，仿佛一个人置身于佛家静地修身，又仿佛人一下子轻盈、空灵起来，有如卢仝饮七碗茶般飘飘欲仙……

记得小时候在老家门前的小溪里游泳的情形。溪水清澈见底，鹅卵石、小鱼、小虾看得一清二楚。暑假时节，尽管学校一再强调不准到溪里游泳，尽管大人也严词禁令，但是禁不住溪水的诱惑，偷偷跑去与水亲密接触的行为无法阻挡。还没读小学时，作为男孩子，是可以光屁股下水的。当然，不会游泳的我，只能在较浅的溪边抱着一大块石头，手脚乱蹬，溅起欢乐的水花，让清凉遍及周身，虽然无法用"智者乐水"的感觉来表达，但快乐却是真实的。上小学后的暑期，三天两头到溪里泡泡澡是正常的，只要没去深潭游泳，大人们还是会支持的。

炎炎夏日，浸泡在溪水里很是舒服。可以借助溪里光滑无比的岩石壁，把它当作滑行的冲浪舢板，身体静静平躺着，让溪水从上游把你冲滑到下游，反复多次，不会受伤。可以浸在水里，在石头与石头的缝隙中摸鱼儿、抓螃蟹，虽然曾经摸到水蛇，被吓得半死，好在水蛇不咬人，但被螃蟹夹住倒是常有的事，只能用一个痛字来形容了。每年暑期稻谷收割时节，溪水里经常有稻草堆，这时的傍晚，便会利用到溪里洗澡的时候，在水中的稻草堆摸鱼儿。因有稻草缠绕，鱼儿游走的速度慢，这种环境，摸鱼儿是最容易得手的。有时手刚伸进草堆中，就能抓上一条，运气好时，两只手一伸，同时可抓住两条。在草堆中，再光滑的胡子鱼也能轻松抓上。

因为老家的泉水太凉，不管是春夏，还是秋冬，坐月子的女人，都要用自酿的红酒（一种用酒糟酿成的酒）炖大公鸡滋补，这样身子才不会太凉。

老家的凉泉，是泡饮铁观音的最佳选择。无须净化，无须过滤，水管直接往烧水壶注水即可。用山泉水泡的茶，即使茶不是很好，其汤定清纯甘洌、耐人寻味。如若好茶，遇此山泉水，定韵雅情长，七泡有余香！

在暑夏之夜，不用空调，一般是难以入睡的，而在老家，入夜时分就能安然睡着。看来，应该是山泉冲凉带来的效果吧。

鼓浪屿之夜

一座岛屿，几条小街，吸引了成千上万的旅人，特别是在暑夏的阴雨日子里，更是熙熙攘攘、人满为患。20 年前，一位嫁到台湾做新娘的表远亲回家探亲，我问她，台湾人的生活和老家有什么不同？她说，台湾人平日上班，努力工作，而假期周末经常到世界各地旅游。听到这，我当时还很不理解，辛苦赚钱，不存储起来，而花在游玩上面，真是太不值了。而 20 年后，我们对旅游趋之若鹜，旅游业一下子繁荣起来，今日的鼓浪屿，就是一例证。

到鼓浪屿，天正下着大雨，虽然是傍晚时分，天色却已暗下，使人觉得是入夜时分。办理好住宿，已是夜晚了，肚子也"咕咕"叫开了。旅友说，正好可以一路吃过去，吃到自然饱。此时雨已停了，街上都是行人、商人，摩肩接踵的，每个小吃店前都驻足游客。越往深街巷子里走，吆喝声更多更杂更响。烧烤的香味确实太诱人了，鸡翅一串，脆香肠一支，鱼丸一小桶，鱿鱼一只……没一会儿，就全下肚了。什么味道？大家都说"爽"。看来，真是饿得够呛的了。没有主食垫底，是不算吃饱的，所以，正餐在一个老渔民模样的大嫂推销下，我们走进了一家海鲜店，点上白灼活虾、炒花蛤、海蛎煎、鱼丸汤……听说有特色菜同安封肉，也来一盘。一顿下来，感觉有特色、耐回味，特别是同安封肉肥中有瘦，嫩中带脆，有嚼劲，不油腻。

逛街是饭后的必然节目。鼓浪屿的夜晚街市，让人流连忘返。吃是一大特色，除了以上讲到的、吃过的，还有许多许多……沙茶面，或叫"沙嗲面"，是很有名的；肠粉，一种米粉类的小吃，也是挺令人向往的；鼓浪屿馅饼，特别是老公饼、老婆饼更负盛名，更有回头客。这个时节，两种水果出现在街头各个角落，一种叫"小莲雾"，桃红色或水红色，比台湾莲雾小一些，但色泽更艳，很有吸引力；一种叫"百香果"，比李子大，比桃子小些，颜色紫红或青紫，卖的人截去靠蒂的部分，插上一塑料小吸管，看起来挺诱人的，尝一下，才知道里面是汁，像芭乐汁一样，味道也接近。干货也是一大特色，比如，海鲜类的干贝、紫菜、海带、蚵干、蛏、大鱿鱼、墨鱼……工艺品类更是琳琅满目，此中最吸引眼球的是名字作联和水墨指掌画，几分钟，根据名字做成一幅七字的冠头联，并用花鸟字的形式当场书写绘就，如能注重联对质量和书法质量，没有几年工夫训练，绝非易事。水墨指掌画，有一些美术基本功后，掌握一定技巧，不会难，现场展示创作时，已具有震撼力，一般人都会觉得不可思议，所以买一张作纪念，可能性还是蛮大的。

逛街时，美女也是不绝于眼的。但是我发现，很多女孩子头上戴着一串花，有的是真花，如玉兰花、鸡蛋花；有的看起来像假花，塑料或绸缎做成的花。总之，戴一串在额头上，一下子就被人注意到了，一种花香袭来，令人舒坦，瞬间，连空气也活跃起来。这时，我忽然想起陆游的"小楼一夜听春雨，深巷明朝卖杏花"，在雨天的鼓浪屿街巷中，此情此景，又多出了几分诗意、几分洁雅。其实，不管是真花还是假花，它都是一种点缀，特别是夜色下的鼓浪屿，增添了几多风情、几许浪漫！

走出街巷，前面豁然开朗，空气也忽然清新起来，原来是到海边了，撑上伞，沿着滨海路散步，是特别惬意的。耳边传来的是几首熟悉的旋律，哦！左边就是"海上雅典娜"，灯光炫丽，乐声悠扬。此时，雨更大了，像是催赶我们进去歇一歇，听听歌……点上一扎生啤，一杯"龙舌兰"，两杯"夏威夷"，再加两小碟花生、瓜子，真正感受鼓浪屿之夜的浪漫时候到了。海风徐徐，烛光摇曳，酒杯上蒸发的水蒸气随着室外温差，或成水，顺着杯沿缓缓流淌而下，或吸附成一团，再瞬间滑落。灯火下，显得玲珑剔透、艳丽诱人。旅友们时而举杯倾觥，时而舔舔自饮，悠然自得，其乐融融！歌者已换了两个，曲子不知唱了多少支，我们的脸已是红晕荡漾，思绪已飘荡至千里之外了……此时，《鼓浪屿之歌》飘然入怀，全场鸦雀无声，钢琴曲犹如鼓浪屿的海浪拍开着有力的节拍，穿透天空的唱声，把我们的羁旅劳累洗得荡然无存，附和着的是脚和手的节拍，不由自主地随声哼唱："鼓浪屿四周海茫茫，海水鼓起波浪，鼓浪屿遥对着台湾岛，台湾是我家乡。登上日光岩眺望，只见云海苍苍，我渴望，我渴望，快快见到你，美丽的基隆港……鼓浪屿海波日夜唱，唱不尽骨肉情长，舀不干海峡的思乡水。思乡水鼓动波浪，思乡思乡啊思乡，鼓浪鼓浪啊鼓浪，我渴望，我渴望，快快见到你，美丽的基隆港……"

雨还不停地下着，夜色中的鼓浪屿，灯光闪烁，乐声飘扬，灌满欢乐，令人向往。鼓浪屿之夜，一个充满浪漫、神秘、思念、遐想的夜晚。

探　　源

泉州的母亲河——晋江，一条蜿蜒曲折的溪流，全长182公里，流域面积5600多平方公里，绵延不断，从安溪出发，一路奔腾，穿过永春、南安、晋江，奔向大海。而它的源头就在云中山脉，位于安溪西北边陲的安溪桃舟乡。桃舟乡，一处原始森林覆盖下，物种特别丰富，生长着华南虎、山獐、野山羊、穿山甲、红豆杉、桫椤树等数万种生物的地方。这里古称"隘乡"，与永春一都镇、漳平象湖镇三地交界。

探源是在一个初夏的上午。从安溪县城出发，驱车行驶90公里山路，到达桃舟乡政府所在地。稍作休息，在村干部的带领下，再驱车行驶8公里，就来到晋江源头所在村——达新村。

在一座大山的脚下，我们停下车。在一座凉亭上，我们看到画有往晋江源头的路线图。我们改为步行。听说，到源头还须徒步半个小时路程。看到周边的美景，大家忘记了所有。葱郁茂盛的森林一岭又一岭，一山又一山，一条小溪"哗啦哗啦"地流向远方，寂静的森林传来几声不知名的鸟叫……置身其中，一幅《鸟鸣深涧图》很诗意地出现在眼前，大家一下子又来了兴致。

我们循着鹅卵石小道往山里走，两边时而蝴蝶翩翩而过，时而看见蜻蜓点立枝头，时而蜜蜂"嗡嗡"而起……山路越来越陡，树木的枝干越来越粗，山泉水的声响却越来越悠远。泉水清澈明亮，时而可见小鱼悠游，时而当见蛙类跳跃；运气好的时候，可见乌龟探头出水换气。

越往里走，溪流越小。前方突然光亮起来，出现一大块平坦、没有遮拦的坡地，大家知道，到达目的地了。其实，坡地就是一处湿地，就是晋江源头所在地，也叫"晋江西溪源头"。在坡地上立着一块石碑，石碑上镌刻着"晋江源"三个金光闪闪的大字。石碑背面的内容引起我们的注意，碑铭的第二段为："饮水当思源，定源更为护源。特于晋江源头立此碑铭，以启迪我市民众弘扬中华传统美德，珍护晋江长流，滋润锦绣山川永世常春，并纪定源。"读着碑文，看着四周的景色，每个人的心灵都犹如接受了一次洗礼。

在晋江西溪源头，为了让人们更好领略源头的水，当地村民用一截大约 2 米长的毛竹，掏空竹节膜，架起半米高，来收集水源。清凌凌的水，从竹筒里流出，直接泻到地上，因经年累月，地上已形成一处小水塘了。小水塘清澈见底，鹅卵石，沙粒，断树根，看得一清二楚。当地村民讲，源头的水，没有被污染，可以直接饮用。他们平时劳作口渴时，也经常随地掬水豪饮。

一路的探寻，一路的向往，终于，寻见了这条养育几百万人的母亲河，感动，兴奋，化为一种行动，那就是，大家不约而同地奔向出水处，有的用手捧起清凉的水洗了一把脸，有的直接用矿泉水瓶接水享用，甚至有口渴者，直接掬水饮用。当我用手也接一捧源头之水入喉时，首先闻到的是，她那略带芬芳的淡淡青草味、泥土味，而后瞬间感觉到的甘爽清冽，冰凉冰凉的，在腹中徜徉数秒钟后，一股透心凉弥漫周遭，不由得脱口而出：好水！好水！

不禁羡慕这里的人，他们与自然和谐相处。

不禁感恩这里的人，他们对这山、对这水，充满着敬畏，充满着感恩，世世代代保护着山体植被不受侵害，保护着水源水质不受污染……

泉南处处少林风

泉州素有"泉南佛国"之美称。"此地古称佛国，满街都是圣人"道出了泉州在佛教方面富有的深刻内涵和受众面的广泛。对于泉州，我还是很陌生，清源山到现在还没攀爬游览过。客居泉州丰泽已3年有余，居住地的后方就是清源山东麓，泉州少林寺就藏在其中。直到某个周末，忽然想去闻名已久的泉州少林寺看看，才知道，它就在我家的背后，仅距离3公里。

行至清源山东麓山下，爬一会儿坡，就到少林寺停车场。左侧的石牌坊，庄严屹立，上方是"少林胜迹"四个楷书大字。左右两侧横梁上又镌刻有"花开五叶""果成自然"字迹。石柱正面镌刻的对联是："沧海遗珠域东重现旧灯史，青山挂剑天下争传南少林。"石柱内侧的对联是："道起南天嵩岳兴禅承教运，心传少室温陵衍武辅宗风。"寥寥数语，尽道出泉州南少林的地理、历史、人文、衍派、传承、禅意、宗风……

顺着水泥路前行，两边摆放着许多小沙弥练武的石雕像，憨态可掬，动作夸张，让人看了心生喜感。步入一道赭红墙门，眼前豁然开朗，两株硕大茂盛的榕树矗立在一大石庭上，苍翠欲滴，犹如两尊老者，庇荫着众生……站在大庭中间，一眼望见的是大雄宝殿上方"少林禅寺"四个大字。这四个字是中国佛教协会原会长赵朴初老先生题写的，笔画轻盈，形态端庄，内敛富有灵气，大方且含稳健，真是与众不同。大雄宝殿中，许多善男信女正在念经，虔诚、专注、投入，念经声音是通过扩音器传播出来的，声响浑厚、深邃、悠长，置身其中，我的心，一下子静了下来，随之是淡然……

在廊道上，从碑刻上，从宣传栏上，我了解了不少信息。泉州少林寺，又名"镇国东禅寺"，俗称"南少林"。相传为曾救唐王十三棍僧之一的智空入闽所建，至今已有上千年历史。经历几度兴废，史迹犹存。泉州少林寺系南少林武术的发源地，尤以拳术著称，拥有五祖拳、五节花拳、五枚花拳等诸多拳种，构成独特而博大精深的拳术系统，继承和发展了少林武术，并匡扶了少林正宗，是名城泉州历史文化的重要内涵之一，也是中华传统武术中的宝贵遗产。如今的泉州少林寺已经初具规模，殿宇错落，廊庑迂回，环境幽雅，香火日盛，特别是南少林武术复兴崛起，雄风再振，恢复南少林武术中心的地位，是展示名城泉州灿烂历史文化的重要窗口。

150

一阵"嚯哈，嚯哈，嚯哈"声音传入耳边，忽而一阵厮杀声扑面而来。我心不禁一颤，正睛一看，原来是少林寺武僧团在表演武术。只见，一棍僧左右旋风，棍棒击地发出"噼里啪啦"声响，震耳欲聋。说时迟，那时快，棍僧一跃而起，腾空离地有2米之高，棍随身飞，远远地就能感觉到一股旋风来袭，威力无比……

听一年老的武僧讲，泉州是著名的"武术之乡"，崇文尚武，很多青少年从小爱好武术，积极参与锻炼。泉州少林寺为培养文武双全、德才兼备的人才，重振南少林武术雄风，非常重视武术训练，前些年成立了武僧团，来继承和发展少林绝技。多年来，武僧团取得骄人的成绩。大家都知道，二指禅是一种不易练成的几近失传的少林绝技，会这门功夫的人在全国屈指可数。武僧团当中的释理风、释理亮，经过多年苦练，练就了二指禅功夫。后来，释理亮又经一番寒彻苦，从二指禅发展到一指禅，且身怀吊功、头开石条等多种少林绝技。释理亮的一指禅一经展示，技惊四座，轰动海内外和武术界。金庸先生观看了一指禅表演，拍案叫绝说："真是武林中罕见神功，稀世绝学，令我大开眼界。"并题词两幅，一幅是"少林武功，源远流长，传来南方，光大发扬"，另一幅是"少林武功，源远流长，功夫精湛，身健威扬"。能得到武侠小说家金庸的赞扬，确实是难能可贵、功夫了得。

"智空武击法闽中，王氏附梁毁此宫。遗址清源兴国建，泉南到处少林风。"这是北宋进士南安人刘昌言写的一首诗。诗中讲述智空入闽中建少林寺，因寺僧反闽王王审知附梁，被毁。北宋又在清源山兴建少林寺，从此，泉州到处习武成风。

南少林遗风，在泉南各地传扬经久不息，甚至流传到偏远乡村。由于历史的原因，少林寺僧人练武，是受当时社会发展状况制约的，有时为躲避灾难，有时是为了传扬武术文化。2003年10月，我在距离泉州150公里的老家（安溪县桃舟乡）发现明朝南少林遗址——吴山寺。建寺时间是明朝正德年间，迄今已500多年。吴山寺僧人不仅种田，而且还习武，甚至可以饮酒。南少林拳术至今仍在桃舟乡村盛行。时年82岁的张裕典老先生，年幼时曾到吴山寺当童仆，边帮工，边习武。他的祖父曾设有拳馆，所收徒弟达数十人，主要教习白鹤拳和其他拳套，并收藏有拳谱。说到兴处，张裕典老人脱掉外衣，练上几手。只见他以鹤为形，以形为拳，弹抖劲力足，变化技艺多，以气推力，内壮外强，套路纷繁，真是似刚非刚，似柔非柔，内练脏腑，外练肌体，令人喝彩不已，足可窥见南少林遗风。

泉州还有一种南少林武术拳种——刣狮，活跃于民间。刣狮既是民间舞蹈，又是一种武艺活动，阵容雄伟，技艺高超，具有浓郁的地方特色。据说，泉州刣狮的武术，源自明代抗倭名将、泉州人俞大猷所传。《西山杂志》内有一段记载："乾隆二十八年秋，诏毁泉州少林寺"，"泉之少林派隐伏于南邑一片寺，晋江海隅……刣狮技艺俱聘吾族之传授焉"。这段文献，明确记载刣狮技艺是由少林寺僧传授的。

为什么少林武功会沦为刲狮之技呢？少林寺武僧叹了声气，接着说，泉州民间刲狮始于清廷为了铲除福建沿海的反清力量，降诏焚毁泉州南少林，逃匿的少林寺僧伏身于其他寺庙或偏远山村乡野，继续传授少林武功。少林派为保存技艺不得不改换面目，以岁时节日娱神示敬为名，舞狮刲狮以兹娱乐，实则暗中练武。泉南到处少林风就借此名义，继续存在。

离开少林寺的路上，我看到很多穿着橙黄色僧服的年轻人，一问，才知道，他们是少林寺的培训班学员，一个班有五六十人，甚至有几个是外国人。有的学半年或一年，有的学两三年，长的可学五年之久。看来，南少林的武艺如今是受到追捧了，有这么多人来拜师学艺，泉南处处少林风之景象，是开启新篇章了。

152

老　态

去一趟小嶝岛，两个景象让我难以忘怀。

八闽铁树王，据说已有 500 年历史，堪称王。它看起来有点老态龙钟，蜿蜒曲折的茎是用水泥石柱顶着、支撑着，一种历经沧桑之感扑面而来。你想，500 年来，铁树它要经历多少风霜雨雪，多少烈日曝晒，多少雷鸣电击，多少冰寒刺骨，甚至要经历历史的硝烟炮火，人为的有意捉弄、刀削斧砍、刻字留念，还要躲过火灾、水灾、地震、泥石流等，活着，真的太不容易了。

另一个难以忘怀的是"一木成林"景点。听年老者说，这棵榕树也有五百多年历史，历经几个时代，却越来越茂盛，特别是随着榕树的须茎越来越多、越来越大，已独木成林了。走近一看，榕树的主干，盘根错节，特别是所生长的地方岩石特别多，可见，榕树为了生存，选择立足之地，不知经过多少磨炼、坚持、徘徊、犹豫、后退、前进、呐喊、挣扎……所有与此有关的词都用得上。你看，依附的岩石已被榕树柔软且坚韧的茎包裹着，石头缝上竖起的根茎慢慢撑散了石头，连石屋顶上的石条也渗有榕树的须茎……

看着眼前的一幕一幕，除了陡然而增一种沧桑感之外，就是感觉榕树的生存欲望特别强。随时随地，随遇而安。也许用"老态"这个词形容它，好像不太合理，因为它除了老态之外，更多的是新意、绿意。

这时，我想起了铁树王，都是五百年的物种，如今，铁树需要用水泥柱来支撑，延续自己的生命，而榕树却用自己独特方式延续自己的生命。世间万物之精灵的人，选择什么样的方式来展现自己的状态呢？诗人用诗歌激发内心的意念胸臆，音乐家用歌唱放飞思绪灵光，舞蹈家用肢体语言诉说爱恨情仇。而我，一个热爱古体诗联词赋的现代人，年近四十，却是老态明显，不得建树。身边很多人在我20多岁的时候就叫我"老李"，原因有三，一是自己看起来偏老，套用现在的话说，叫长得有点着急；二是年轻人写古体诗词的，让人觉得心态老；三是为写古体诗词，经常与老诗人老词人一起吟诗唱和。后来，我也觉得无妨，物以类聚吧。心里安慰自己说，可能我是大器晚成者，说不定哪一天这些人会叫我"李老"呢。说来也怪，真应了那句"三十年河东，三十年河西"的老话，国学的兴起，对一个写古体诗词的人来说，就等于如鱼得水，派上用场。经常诗作词章被刊登在报刊上，许多人都觉得功底深厚，才高八斗。经常可在某个场合开设讲座，许多人都觉得口才特佳、思维敏捷。甚至有一天诗作结集出版了，许多人都觉得出现一个诗人了，还"名副其实"。

看来，人老成老态点没什么关系，倒是腹中有些墨水，能随便涂抹挥洒更重要，就像独木成林的榕树，老干抱新枝，一片春意盎然。

发　呆

　　快节奏的城市生活，对于常人来说，压力是越来越大，觉得生存都有些不容易。下班回家，脑中常常还是挥之不去的白日烦事。静坐下来，一杯茶下去，似有缓解。有人说，睡一觉，所有烦心事都会随之消去。且慢，此时，你睡得着吗？

　　时下，有一词语渐渐流行——发呆。有人说，发呆是一种病，一种病态。其实，我觉得，发呆是一种很好的情绪调节方式。不要看得那么重，发一会儿呆，马上回来。说回来就回来，不是病，不要大惊小怪。

　　我是一个喜欢发呆的人。发呆时，可以把自己的脑袋清空为零，一时半会儿属于停止运动状态，等缓过神来时，猛然摇摇头一颤，冒出一句："我怎么啦？"马上恢复平常心状态。当然，也可以继续发呆，继续想事……

　　很多人认为，文学家或艺术家，都或多或少存在神经问题，这没有什么大惊小怪的，大科学家爱因斯坦的脑子，不是和别人不一样吗？他是有病？还是有才？结果是不言而喻的。

　　作家当中，经常偶尔要发呆一下的是雪小禅。我看她那本《在薄情的世界里深情地活着》，书中好多地方出现"发呆"这两个字。雪小禅微信上的头像，或者朋友圈里的照片，看起来，都与"发呆"有关。你瞧，坐于一个斑驳土墙下的石阶上，她眼里没神，说明她在

155

发呆；你瞅，纤细的垂柳下，依草而坐的她，眼睛死盯天空，说明她在发呆；你看，原木桌旁，铁制茶壶直竖青烟，她静坐不语，眼前泡满茶水，说明她还在发呆……

前些天，听著名主持人白岩松在泉州师院做《要知识，更要智慧》主题讲座，白岩松也讲到"发呆"这个词。他谈到现在的年轻人，都是"低头族"。"手机只是抵制无聊的工具，手机拿走了无聊，也顺手拿走了被无聊掩埋了的所有伟大，不要让手机变成手铐。"他认为"少了发呆，创造力就会衰竭"，他觉得"保证阅读很重要"，所以，在阅读时，读着读着，却独自发呆、出神，或灵魂出窍了，这种状态很好，一方面说明入心在读，另一方面达到了忘我状态，这时，容易产生奇思妙想，很多创新理念由此产生。

发呆，还有一类人容易犯，那就是老年人，当然，这与老年痴呆是不一样的。老年人，一泡茶，一包烟，可以坐半天。这半天如何坐下来的呢？大半是在半发呆状态中过的。你看，跷起二郎腿，坐在藤椅上，一根烟夹在右手中指与食指间，看似在抽烟，其实烟掉到衣物上烧着了，他还没缓过神来。你看，双腿盘膝坐在背靠椅的老汉，手中那壶茶已喝干，老汉却还重复饮茶的动作，你说是不是在发呆？

大千世界，无奇不有，芸芸众生，千姿百态。菜市场里的摊主，有生意做时，生龙活虎；没生意时，个个无精打采，个个处于发呆状态。大热天的公交车上，不是犯困打瞌睡，就只能独自发呆了！

发呆，一种让身心放松休息的状态，一种让身体机能内在自由调节的状态。学会发呆，欢乐开怀。

悬心的铃声

"铃铃……铃……""又来了！"丹有些不耐烦地说，"喂，喂……"电话那头没有响声，似有呼吸。"喂，喂喂……"还是没有回声，接下去是"嘟……嘟……嘟……"丹不太情愿地又挂了电话，自言自语地说："不是在捉迷藏吧，真是的，莫非电话坏了，该死的晖……"

初夏的夜晚，伴着徐徐的暖风，一轮圆圆的月儿慢慢地爬上山头，正欢快地笑着。校园里偶尔有三两笑声，飘荡在宁静的夜空。在走廊上，丹正独自远眺前方，想象着晖听不到回音的焦急状，丹的心里不知是牵挂、爱怜，还是担心、埋怨……

丹，一个温柔、娴静、漂亮的女孩，知书达理，宽宏大度，为人和善。从事音乐教学的丹，富有艺术天赋，加上良好的修养，使她如同荷塘里缀着露珠的出水芙蓉，那样亭亭玉立、光彩照人。晖，丹的男友，乃一门虎将，穿着制服，威风凛凛，气度不凡。勤奋向上的他，带职进修于千里之外的一所警校。

正值豆蔻年华的晖与丹，打电话与听电话成了他们每日不可少的课业。曾几何时，动听的铃声响起，电波传递着千里之外的一往情深，也寄寓着各自的美好梦境。一声问候，一句叮咛，一丝牵挂，一份祝福，延续着情感，滋长着甜蜜，也拉近了彼此的心。

山坳上空的明月越升越高，皎洁、柔和的月光映照在愁容满面的丹的脸上，更显典雅美丽。"铃铃……铃铃……"电话又响了，丹起

157

身去接，一伸手又缩回，害怕悬挂着思念的心接收的是一片忙音、一次失望。丹下定决心，伸手去接，还好，电话那头的声音急切而温存。当声音随着电波远送时，电话又断了……

"铃铃……铃铃……"长时间的响铃。本想不接的丹又拿起了话筒——晖告诉她，刚才单位的电话坏了，他现在在公共电话亭里……浸满忧虑和愁绪的丹，绽出甜美的微笑，悸动的心全然放松。原先飘忽不定的遐思，被风铃般的笑声荡漾开去……

月已西悬，一阵清风传来"很想很想给你挂个电话，问问远方的朋友，现在还好吗……"的歌声。丹倚着栏杆望着远方，又盼望着悬心的铃声，再次响起。

清风习习，明月朗朗，铃声阵阵。祝福清风，祝福丹与晖，祝福天下有情人。

何时自己才有悬心的铃声？！

158

不 忘 初 心

那年7月的上午，面对着鲜红的党旗，我向党立下了誓言。十八载，弹指一挥间，年华似水催人老。工作单位换了好几个，领导换了一拨又一拨，同事换了一茬又一茬，但是，一直不变的是当时立下的誓言。

人们说，性格决定命运，态度决定人生。生性愚钝的我，处世还是相对执着，对自己认定的方向，基本上是勇往直前，坚持到底。说实在，这是优点，也是缺点。

记得立于三尺讲台时，学校以年富力强，党员模范带头，压重担。当时真是卖命。年跨多学科，语文、书法、美术三科并上，再加业余免费辅导，学生获奖不少。课跨多层次，初中、中专、五年大专，年拥学生数百。身兼党内宣传，校内校外、线上线下并重，再加团委活动，周末休息更少。九载杏坛耕耘，学生数千；九载青春无悔，硕果串串。

几经周折，若干年后，我辗转到新的工作岗位。当时，晋江市旧城改造的号角已吹响，我被推向战役的前沿。100多场征求、讨论、论证，宣告一个立足实际、操作可行的方案已成型。激情燃烧的岁月，充满力量。那会儿，拿着大喇叭与村民倾情对话，说上半天，也不喊累。那会儿，到被征迁户家里宣传方案，到凌晨，依然信心百倍。那会儿，为了群众的切身利益，为他们到档案部门查找相关产权原始资料，跑了好几趟，依然忙并坚持着。那会儿，为了华侨被迁的

159

利益，拨了一个又一个的电话，以确认其产权权益。那会儿，虽是"五加二""白加黑""晴加雨"，甚至是"梦加醒"，大伙儿干得却是不亦乐乎。

城市化进程，一场又一场的战役，不断在进行着……五年中，参与了三大场。还记得曾经最艰苦的一场，便是池店南片区征迁工作的那一场。当时，处在各级领导班子换届期间，受命于此刻的工作组，新旧交替，从零开始，人手严重不足，怎么办？领导说，党员带头，身先士卒，以身作则。"政令不可违"，一个人挂了好多头衔：两个大组组长，外加大组中两个小组组长，还兼任方案宣传员、后勤保障员、媒体协调员、矛盾调解员等。面对着千头万绪的事务，合理安排时间开展工作，尤为重要。那时，上午基本上是与工作组人员开碰头会，研究当天重点工作对象；下午通过村干部或相关社会贤达，帮忙做思想工作；晚上再跟踪、签订协议。那时，每天工作到深夜一二点，是很经常的事。

当时的环境可以用"大势所趋，势在必得"来概括。大规模工作开始后，场面是你追我赶、前仆后继，特别是在"输人不输阵，输阵碗糕面"（闽南语）的影响下，工作人员，个个猛，个个行，夜以继日，一个个困难被克服，一道道沟坎被跨越。可是，在冲刺阶段的最后几天，我却接到爱人的电话说："儿子发高烧住院了，想见你。""如何是好？关键时刻，怎能感冒？"过了冲刺期的第二天深夜，当我赶到医院时，儿子却睡着了，高烧退了大半。我悬着的心才落下。第二天早上6点多，我又赶赴拆迁工程现场。

一年前，又到了新的岗位上。刚上班不久，老同学调侃说："单位没几条枪，这下应该会闲下来了吧？"我说："应该可以吧！"没想到，3个月后，遇到老同学，却把我寒酸了一阵："怎么搞得这么忙，不至于吧？"我说："新单位，千头万绪，活动又多，人头不熟悉，要多下乡走走……"还没等我说完，老同学已调头走了——不听你瞎唠叨。你说气人不气人。哎，真是初心不改，谁叫我是党员啊。

酒　味

电视剧《红高粱》热播后，经常在大街小巷上听到《九月九的酒》。一曲荡气回肠的歌曲，勾起了我对酒的回忆。

最早接触到酒是在 20 世纪 80 年代中期，当时农村老家开始有卖啤酒。暑假时，天气炎热，又逢农忙季节，老爸每次中午干完农活，就会叫我去小店铺买一两瓶啤酒回来喝喝，说是可以降暑气。买回来后，他不急着喝，而是放在水缸或装有古井水的桶里降温的，经过久浸的啤酒，有点像生啤。

老爸喝啤酒都是用碗装的，吃饭的碗。开酒没有起子时，就拿着啤酒瓶往椅角或桌角一靠，另一只手用力一扣，"嘭"的一声就开了。有时没注意，开前啤酒晃动过，那时"嘭"的一声，泡沫四溅，脸上、身上、手上满是酒，一身的酒味。再看看酒瓶，只剩半瓶多一点了。老爸一人一次一瓶喝不完，他就会怂恿我们一起品尝一下。当然，老爸知道，小孩子是不能喝酒的，但啤酒度数低，试一下没问题。于是我也试着喝一口。不喝不知道，一喝当是药。那啤酒像农家喂猪的泔水一样，色同味似，呛鼻难闻，且有食物发霉过度的气息。才喝第一口，就当场吐掉，发誓从今以后不再喝啤酒。

刚刚工作的时候，喝啤酒居多，但因我全家有不会喝酒的遗传因素，两杯下肚，我的脸就红得像猪肝，甚至好几次就醉了。曾有几次，在朋友的刺激下，想锻炼锻炼，结果是醉得一塌糊涂，不是现场

161

吐，就是半夜吐，吐得是翻江倒海、一滴不剩。当时的酒味就是想吐的味。

转换岗位，因工作需要，有饭局时，不会喝酒的我，怎么办？长者说，酒量是练出来的。我说，那就练吧！长者说，从白酒开始。于是，我就交代朋友，从本地酒厂，买几瓶不锈钢二两装的试品酒回来，放在床头下。长者说，晚睡前喝二两，晨起喝二两，坚持一个月，酒量将大进。于是，我效仿尝试了几天。坚持到第五天时，已经喝不下了，一个人感觉整天昏昏沉沉、浑浑噩噩的，一闻到酒味，就马上呕吐，甚至连胃黏液也呕吐出来，感觉是胆汁也抠出来，满嘴苦味。

人们说，酒是好东西。诗人品啜数盏，下笔如有神；书法家有酒助兴，笔走龙蛇、龙飞凤舞；武术家小饮几杯，就能脚底生风、生龙活虎……而我说，遗传就是遗传，我不是喝酒的料。酒能醉人，人不能自醉。

162

肉　味

在沿海地区工作几年，海鲜吃了不少，但真正难忘的还是家乡地地道道的肉味。

生长在农村，小时候要是能吃上猪肉，那是比现在吃生猛海鲜、山珍野味还过瘾！要是遇到自家圈养的猪宰杀时，连续半个月、一个月可以吃猪肉，那就是像天天过年一样高兴。

猪肉的煮法很多种，最喜欢老妈现炸的肉粕。把新鲜的猪肉切成小条块，最好是五花肉，或叫"三层肉"，肥瘦相连、红白相间的。把肉切成小条块，大小差不多，这样炸时好控制。用柴火点燃的灶台大铁锅炸肉粕，十足的大"器"。当铁锅有一定温度时，切好的肉就可以下去了，随着锅的温度越来越高，发出的"啪啪"响声越来越大，此时，油花四溅，一定不能加水或洒水。因为油遇到水，就像爆破一下，炸开锅，一不小心，你可能就会受伤。等油烟冒出来后，要及时减少柴火，保持锅里恒温，慢慢出油，慢慢炸。火过猛，肉出油快，容易烧焦。随着"噼里啪啦"声响，条块生肉慢慢缩小，差不多缩小到一半或三分之一时，就要出锅了，再缩就变成肉干了，这时用竹制的笊篱小心捞上，放在瓷盘里，再撒上一些盐巴，就可以吃了。

趁热吃肉粕，那感觉特爽。用手抓上一块，轻轻送入口，让牙齿嚼动，一滋溜的，油汁漫出，自然的猪肉香味溢满整个厨房，八九分

163

熟的花肉脆脆的、嫩嫩的、香香的，真想多嚼几下再咽下去！当然也可以撒点胡椒粉或蒜泥，蘸着或拌着吃，风味更独特。

小时候，一星期或半个月能吃上一顿肉，那是很奢侈的了。但是，老家农村有个风俗习惯，家里要备用一块猪肉，一块煮熟的咸猪肉，而且尾部是瘦肉的咸肉，一般半斤左右，最少也要一二两。就是有亲戚或重要客人来时，可煮咸肉蛋汤或炒米粉用。当然，有时咸肉用完，没及时补上，又来客人怎么办？那就找邻居借，借多少，到时就还多少。还的时候，一般会比借的时候大一点，这样好借好还。其实，农家邻里都是明白的，谁都会有这种情况出现，谁都会理解支持的。

咸肉炒米粉也是我的最爱。当然，当时条件下的咸肉，其实大多是一种充当门面需要。没油下锅时，是用咸肉把锅擦一下，放点水下去，能显示有油水就可以了。有时为装点门面，几片咸肉是放在炒好的米粉上面点缀一下。客人看到这，一般不会吃掉，因为生活条件匮乏的年代，大家心知肚明。待客人离开时，如果有剩咸肉片的，大人都舍不得吃，就会叫小孩子吃。那时不管手多脏，有多忙，就会直奔餐桌，用手指代替筷子，把那几片肉，一扫而光。虽然之后嘴巴咸得要喝三碗稀饭米汤才能解渴，也在所不辞。当然，那肉味是咸的啦。

现在生活水平提高了，天天肉，顿顿肉，也不是问题。这样一来，脂肪肝、血压高、尿酸高、肥胖等状况，随之而来。怎么办？医生说，少吃猪肉，多吃蔬菜水果，多锻炼。没错，谨遵医嘱。三天少吃可以，五天少吃可以，可是七天少吃，那就受不了了。第七天去吃，那就点上大肠、猪肚、红烧猪蹄什么的，又是一顿大吃。过几天，一称，体重又反弹了。

看来，不吃猪肉还真不行。那就少吃些。最后交代老妈，不要单独一种猪肉煮或猪蹄焖，这样太油腻。解决的办法是，大部分吃瘦肉，或炒菜时加一点猪肉，保证有猪肉味。这一招，还不错，现在老妈常弄的几道菜，既有肉味，又有菜味，不会太油腻，对身体又好。如五花肉炒春笋，高纤维又环保；咸菜闷三层肉，肉菜互为渗透，既香又润；肥肉芋头煲，芋香肉嫩酥……

在周庄邂逅慢生活

没去周庄之前，猜想作为千年古镇周庄的简单古朴生活必定被人来车往、摩肩接踵的繁华热闹所打破。不想，一天一夜的行走，看到的都是悠闲自在的场景，真是震惊不已。

古镇依然保留着古村落建筑的原始风貌。街还是那条街，宽度仅一米余，碎石块、碎砖头铺就的，偶尔也可见到几块被踩得光滑无比的鹅卵石或石板条。木制构造的房屋，基本是两层高，一层店面或大或小，店门还是用木板一块一块套上的，因为生意好，连一些小巷道也临时摆上摊设了点。二层阁楼的墙，都是用木板拼成整堵的，都凿雕着吉祥如意的图案，窗台开有两扇或四扇的木窗。

早上 8 点多，行走在周庄的街巷，沿着水边两岸闲逛。街上的游人还不多，有的店还没开张，早开的店大部分是卖早点或熟食的。在空旷处的岸边柳树下，坐在竹椅或石栏杆上，随意点上一碗稀饭，配上周庄阿婆菜、油条，清清淡淡一早餐就顺便解决了。吃饱了，不急远游，坐着看看周遭的风景甚是怡然的。随着"吱"的一长声响，一周庄老街民打开了房门（或叫"店门"），露出满是皱纹沧桑的脸，头探出后，左右顾盼了一下，伴着一声响亮的清咳，口中冒出一缕烟气，随风散开，绕梁而去。老街民不急着撤开余下店门的木板，往水岸石栏杆一坐，继续着他的吞云吐雾。

此时，水面上传来江苏民歌调子的曲子，声音脆响高扬，节奏绵长幽然。摇船晃橹的大多是当地老百姓，男的声音浑厚徜徉，女的声音圆润悠扬。一船一船的游客，一边聆听着晃橹人原生态的民歌，一边品赏着两岸的垂柳依依、石桥弯弯、廊道条条，加上清风徐徐，优哉游哉真自在，惬意极了。

入夜时分，周庄便开始热闹起来了。爱好光影艺术的，可去看看实景演出。喜欢美食的，可下馆子尝尝万三蹄、万三面、白虾、白丝鱼、白鱼炒蛋等。爱逛街的，窄窄的长街，千万家店，琳琅满目，应有尽有，逛个三五小时不成问题。于此良辰美景，在原生态酒吧，听上或唱上几曲自己喜欢的清歌，点上几道小菜，再饮上几瓶小酒，小聚一番，畅叙幽情，放松自己，更是快哉！

回到农家客栈，已是晚上十点多了，美女房东问我们怎么这么早回来？没玩迟些？我们说羁旅劳累，出来已是很享受生活了。美女房东说，你们来玩的时间太短了，景点多，游起来太赶太拼了，周庄人还保留着先民农耕渔牧的生活方式，套用现在的话叫"崇尚慢生活"。美女房东说，他们夫妻以前出外打工，拼命赚钱，后来周庄旅游发展了，他们便利用自家房屋，发展农家客栈。现在收入稳定，生活无忧，正享受着慢生活呢。

笔写正气　身铸民魂

——参观上海鲁迅纪念馆

168

上海鲁迅公园内清幽静寂，各种乔木枝繁叶茂，给人心静神怡的感觉。眼下虽是仲秋时节，园内枫叶还未红，却可见偶尔飘落的几片叶子，于肃然中透着几分时令的迫切感。

园内的空旷处，有一座白墙黑瓦的建筑，建筑物正中央矗立着鲁迅站立的全身铜像，一侧的墙上，周恩来总理题写的"鲁迅纪念馆"5个黑色大字赫然醒目。

走进纪念馆，迎面望见的是鲁迅的雕塑座像。鲁迅先生的座像脸部清瘦，手指夹一根烟，神情淡然，似在沉思，令人想起鲁迅先生文章深刻的思想性。上得二楼，悬挂有鲁迅先生名言"横眉冷对千夫指，俯首甘为孺子牛"的铜铸大字，以及两幅铜色的人物插图浮雕。即使稍作浏览，也能感觉出整个展馆内容丰富，重点突出，文化氛围浓郁；展品则图文并茂，声影互补，动静搭配，虚实相生，给人留下深刻的印象。

展馆布局以突显鲁迅的重大业绩与精神为主，分为5个专题展区，分别是"新文学开山""新人造就者""文化播火人""精神界战士"和"华夏民族魂"。在形式上，通过色调色温、声音和造型来营造氛围，如灯光造型在"铁屋子中的人群"的运用。展示手段上，除了用文物直接再现历史外，还充分应用了影视、场景模型等辅助手段，如鲁迅逝世前十一天参观在八仙桥青年会举办的全国第二回流动木刻展览会的蜡像场景等。使观者如临现场，深刻体会了那个时代的人文风貌，也就更加领会了先生在这样的时代能够成为精神领袖的可贵之处。

鲁迅纪念馆展馆之大，展品之多，令人震撼。其馆藏文物，主要由历年征集以及鲁迅夫人许广平、鲁迅生前友好捐赠而来，达78000件之多。其中珍贵文物近就达2万件，主要有手稿、衣物、生活用品、书信、照片以及藏书等。一级文物中有鲁迅历史小说集《故事新编》的手稿，译作《毁灭》原稿和鲁迅遗容石膏面模，面模上残存有鲁迅的眉毛和胡须，都是极其珍贵的稀世珍品。此外还藏有近现代名家艺术品1700多件，包括谢稚柳、程十发、陈逸飞等艺术家的国画、版画和油画等。

据说在收集展品的过程中，留下了许多感人的故事。展品《共产党宣言》第一个中文全译本，有历史的厚重感在里面。该书为陈望道译，1920年8月上海社会主义研究社出版，书出版后，陈望道曾寄赠鲁迅一册。该册展品系1957年从上海旧书店购得，为目前我国仅存的少数几本之一。展品《悼丁君》的出现，也是充满周折。1933年5月，丁玲被捕，传言已遇害，鲁迅闻讯后，非常悲愤，写下了此诗。1962年由华东政法学院副院长曹漫之收藏。2011年由曹漫之夫人蔡志勇女士捐赠。

展馆中，关于鲁迅先生的著作，是作为重点展示和介绍的。很多著作，封面都已陈旧泛黄，甚至皱眉卷折，但每一本，每一册看起来都非常亲切。鲁迅先生的著作，在装帧上，不是太讲究，大多呈现一种简洁、素雅、庄重的风格。比如，《朝花夕拾》封面简单几个造型，有点夸张，却点明主题，很直观。

展馆内有一堵墙上，专门展示鲁迅先生作品中的插图，上千幅插图，洋洋洒洒，蔚为壮观。插图中，有线描，有铅笔素描，有水墨画，有木刻版画，甚至部分是蜡笔画或油画作品，创作者有丰子恺，有范曾，有丁聪，有赵延年，有裘沙……鲁迅先生是很注重著作中的插图的，这当中，用得最多的是木刻版画插图。

鲁迅先生是当时新兴艺术木刻版画的倡导者。在另一方块展示图板上，全面地介绍了鲁迅先生引进国外木刻版画进高校普及的有关内容，附上的一些经典画作，构思奇特，艺术性强，看了后，令人震撼不已。

赵延年为鲁迅作品所作的插图是木刻画，大概是在通过自己的作品来纪念鲁迅作为中国木刻版画的导师吧。赵延年 1939 年从事木刻创作，1974 年为鲁迅的《祝福》创作了插图，接着为《孔乙己》《野草》《药》等作品创作了插图。他的插图突出了小说人物的个性，重在表现鲁迅小说中人物丰富的内心世界。丁聪为《阿 Q 正传》画过插图。每幅插图，不仅构图简洁明快，并具有漫画家的夸张和幽默，很好地表现出鲁迅小说的艺术风格，颇耐人寻味。裘沙为鲁迅小说创作的插图，在表现手法上是多样的。他为《阿 Q 正传》与《药》作的插图是素描，为《在酒楼上》画的插图是油画，为《离婚》与《祝福》画的插图用的是油画棒……

一幅好的插图，对文学作品能起到画龙点睛的作用，同时，它本身又可成为一件独立的艺术作品，而被人们欣赏收藏。

展馆中，我更为关注的是鲁迅先生的书稿真迹和部分毛笔书法。据说，鲁迅先生写作时习惯使用绍兴出产的一种叫"金不换"的毛笔。他说："我并无大刀，只有一枝笔，名曰金不换……是我从小用惯，每枝五分的便宜笔"。

作为文人，我对鲁迅先生的手稿很感兴趣。鲁迅先生的书稿，大多是写在打有格子的旧式宣纸上，因为格子间隔的缘故，便于誊正、修改。当时条件，书稿都是手写稿，从初稿到定稿，有时要经过好几次修改，作为大家的鲁迅先生也不例外。展品中，有的手稿改得密密麻麻，甚至还出现好几种不同颜色的笔迹标注，可见鲁迅先生都是认真对待自己的每一篇文章的。鲁迅先生的书法作品虽然很有特色，但感觉得有法作品的书不多，大多为信札形式的书写笔迹，所以作品的篇幅都不是太大。

作为社会的重要一员，鲁迅先生当然不是孤立的个体。因此，鲁迅纪念馆还反映了"鲁迅身边战友甚众，弟子如云"的历史，设立了"朝华文库"。以仿鲁迅编《艺苑朝华》及《朝花夕拾》之例，取保存先贤精神文明之花之意，设立了朝华文库，专收曾与鲁迅直接接触的友人、学生且在文化上卓有成就者之文化遗存，包括手稿、来往信件、藏书与本人著译、照片，以及有纪念意义的生活用品等。"朝华文库"在纪念馆的一楼，已成立了陈望道、许广平等多人、多个专库，收藏藏品五万余件。"朝华文库" 4 个字，为巴金先生所题。

照片帧帧，斯人犹在；影像声声，余音绕梁。我们不能忘却。不能忘却那个特殊的日子：1936 年 10 月 19 日清晨，鲁迅先生在上海病逝。10 月 22 日下午，鲁迅遗体公葬于上海西郊万国公墓。当时，由 16 位青年作家扶柩上车，社会各界近万人，高举着"争取民族解放来遥祭死去了的鲁迅"的横幅，唱着挽歌，不顾反动军警的警戒，步行 10 多华里，为鲁迅送殡。马路两旁，站满了肃立的人群，向鲁迅先生的遗体告别。丧仪隆重而庄严，民众代表献沈钧儒所书"民族魂"挽幛一面，覆于棺上……

走出展馆，天已放晴，秋阳正照着充满绿意的鲁迅公园。

在鲁迅公园广场上，世界各地的文学巨匠雕像，汇聚一堂，其中，代表"中国脊梁"的鲁迅先生，格外突出，引人注目，引人景仰……

绝壁深潭　宛若天开

东湖是绍兴市的一个景点。

江南水乡的美景在此一览无遗。你看，假山叠翠处，依稀可见细竹摇曳的姿影；一湾浅水中，五颜六色的观赏鱼群嬉游弋；弧形拱桥下，一只只乌篷船轻捷穿行而过；千顷水塘边，屹立的是富有江浙风格的青瓦白墙亭阁。垂柳依依，清风徐徐，游人如织，移步成景，景自天成！

在东湖石宕遗址，满株绽放的杜鹃花，犹如天上的云彩，亮丽无比。青葱的野树翠藤，布满石体山脉。水特别清澈，小鱼儿自由自在地游来游去。一处酷似港湾的水潭边，一排排乌篷船有序地横泊着，船夫则悠闲抽着旱烟。

箬篑山是一座青石山，因秦始皇东巡至会稽，于此供箬草而得名。自汉代起，历代相继在此凿山取石。至隋，越国公杨素为修越城，遂大举开山取石。传说修建京杭大运河的河堤和纤道的石料，就是用箬篑山的石头。

东湖，其实不是大自然的鬼斧神工，它是箬篑山一个石宕遗址。千百年来，人们在这里采石，采着采着，有一天碰到地下水了，水越来越多就形成了湖。千年鬼斧神凿，终成悬崖峭壁、奇潭深渊，宛如一座巨大的水石盆景，堪称奇绝。

不枉负四月春光。搭上乌篷船，游览一番，尽观石宕半人工半天然的神奇有趣之景。

不知从何时起，乌篷船被看作是水乡的精灵、流动的生命，是绍兴的象征。船夫老者戴着旧毡帽，讲着不标准的普通话，脚蹬手晃的双桨，"嘎吱嘎吱"地就出发了。

东湖一趟游来，真是驰目骋怀，感受良多。

惊叹"石奇"。你看，峭立岩壁，嶙峋怪石，或壁立万仞，或绝壁挺拔，或犬牙交错，或深洞莫测，或对峙，或倒悬，或曲折，或悬空……水下石宕，一字排开的断崖，沿断崖一线漫步可游赏多个三面绝壁围合一面临空的矩形岩谷，纵深几米至几十米不等，甚是壮观。

感叹"水秀"。浅处，水清澈见底；深处，水色深黛，不可测；靠山体处，水冷，凉气逼人。一只只乌篷船犁出的水面，冒出一串串水泡，宛如玉盘中洒落珍珠无限！船行之处，我们可以看到船边穿梭云游的小鱼。一个细节让我很感动。在水深处，景区的管理者们考虑到安全问题，特地用网状的塑料绳固定在水中一两米深的崖壁上。即使不小心翻船，人也不会掉入深渊，因为有网绳先护着。

慨叹"桥高"。景区里的桥大多是石桥，长长的，高高的，便于乌篷船过洞穿行。乘船过桥时，仰望桥板，一种穿越天际与时空的感觉，特好。遇到长满绿草的桥板，仿佛那满身绿意会从天而降，而让我们欣然接住，拥入怀抱，享受春的信息，享受春的垂爱。

东湖有秦桥、霞川桥、万柳桥等古桥，勾连其间。不知不觉，船到了东湖第一桥——秦桥。据说这是因为秦始皇曾经到过这里而命名的。穿过秦桥，远远望到的是一个湖心小岛。小船穿过似桥非桥的小石孔，来到了霞川桥。两侧桥联写道："剪取鉴湖一曲水，缩成瀛海三山图。"内容是形容东湖风景秀丽，它剪取了鉴湖水系最美的一段河水，有把东湖比作《山海经》传说中的三座仙山。因为它的桥墩看起来像一个山川的"川"字，叫它"霞川桥"是最贴切不过了。

绍兴是中外闻名的桥乡、桥都，有"万古名桥出越州"之说。

　　盛产青石的绍兴，因地制宜，在 1400 平方公里的河网和湖泊上构筑了上万座或古朴或精练的石拱桥。在绍兴的历史上，名流雅士、平民百姓都与桥有着千丝万缕的联系。听过这样一个故事，说绍兴曾经有座古桥坍塌，一青年立誓重建，苦于家境贫寒，于是外出经商，10 多年后携带全部资产归来建桥。没承想，工程过半时，经费已经用光，他倾尽家产，终于建成此桥。而此时，青年也因心力交瘁去世了。

　　醉叹"洞美"。仙桃洞，是在一片数十米高、刀刃般锐利的龙骨绝壁处，人工凿出的桃形石门上镌刻"仙桃洞"三个字，两侧刻着对联："洞五百尺不见底，桃数千年一开花。"魅力独具，寓意深远。传说洞门和水中洞门的倒影，会形成一个桃子的模样，只可惜，船行得太快，没细看，失去一饱眼福的机会。

　　喇叭洞，整堵石壁，下大上小，形状特像喇叭口。听船夫说，这石壁最高达到 40 米。如果您在洞内一喊，声音在洞内回荡，经久不绝。尤为奇怪的是，在对面堤岸的万柳桥上听得最为清楚。当然，这不是回音壁，它没有经过人为的刻意加工，其中的谜底至今仍未解开。

　　陶公洞入口处仅容一艘小舟通行，进入洞内之后，却是另有洞天，在洞底仰望小片天空，坐井观天的意境悠然在目。在陶公洞上方，镌刻着郭沫若先生的一首诗："箸篓东湖，凿自人工。壁立千尺，路隘难通。大舟入洞，坐井观空。勿谓湖小，天在其中。"游览东湖的游客，不仅会被如画的景色所吸引，而且还会被劳动人民胼手胝足创造的奇迹所感动。

　　船行中，忽然听到不远处有越剧的唱声，循音而去，真的，在一处临水的戏台上，正上演着社戏。犹如鲁迅先生《社戏》一文介绍的一样，我们也享受着现代版的看社戏！因为时间关系，我们的船不能长时停留，只好不舍地离开返回，只留遗憾付水流。

东湖除山石湖水等组成半自然风光外，还是富有历史意义的胜迹，孙中山、陶成章、徐锡麟、鲁迅等都曾到过东湖游览或商量革命大计。陶成章遇难后，绍兴人民为纪念英烈，在东湖建立了陶社。1916年，孙中山先生还亲临陶社致祭。中华人民共和国成立后，有些党和国家领导人曾多次到过东湖。

满目青翠，水光潋滟，人置身于此胜境，当可清心！当可轻吟！当可怀古！当可仰止……

灵水溪风

　　站在灵水古村落的规划图前，泉安路和世纪大道两条平行的道路，把整个村落分为三个板块，中间板块就是现在古村落最大的保护区。远远望去，灵水古村落就像一列搭乘轨道的列车，正悬浮飞速前行⋯⋯

　　这是灵水古村落，给我的第一印象。

　　沐浴着清凉的灵水溪风，在一个夏日的周末，我走进了这座古老而又充满传奇的古村落⋯⋯

一

　　在灵水古村落走访时，一首民谣，引起我的兴趣。

　　源峰双凤展翅开，灵壶天上坐将台。

　　水头日月照镜台，水尾龟蛇挡自在。

　　祠堂门前拥三台，池水莲花连枝开。

　　仙人抱鼓出洞来，玉兰金菊两边排。

　　祥气麒麟巽字在，金银玉印在掌内。

　　山势是双凤展翅状，山上有形似茶壶的石头，像是一座点将台，高高矗立着。灵源水环绕山下而过，源水出水的区域呈圆形，一汪水在日月照耀下，像是一面镜台，水尾处有龟状和蛇状的山脉拦锁。灵水村落的祠堂门前，三峰屏拥，呈瑞拱映，近处，池塘莲花盛开、枝叶摇曳。灵源山东南处是一座传说八仙去过的小山峰，叫"仙洞山"，两侧排开的是天地生养的金菊石和玉兰石。祥气从麒麟山飞来，山势环抱，此等乃官财两旺之地呀！

循着"先有山，后有村"的想法，我查阅诸多地方史籍。原来，灵水之地，早于新石器时代，就有人类活动足迹，而在灵源山有山民、文人卜居或隐逸的，大约始于东汉，历经晋、隋、唐及至宋、元、明、清，迄今 1900 多年。

灵水古村落，位于灵源山东麓，此地背依山而枕溪流，林木繁盛，田野肥沃。灵水，古称"灵水堡"，宋仁宗嘉祐元年，御史吴中复与兄弟吴中纯隐居于灵源山修道，山上溪涧之水，绕村而流，村庄因此得名"灵水"。

灵水最大姓氏族群，是吴氏族群。先于吴氏者，有庄、方、傅、李等四姓。明洪武十三年吴氏始祖懒翁入住，自此在长达 600 年的时间内，吴氏一族迅速扩大，成为一方巨族。

如今，灵水古村落属灵水社区辖内，是灵源街道最大的社区。下属有 15 个居民小组，常住人口 5800 人，总计有 1558 户。其中姓氏有吴、蔡、张、郑、谢等，以吴姓为大姓，吴姓占全社区的九成以上。

特殊的地理位置和人文环境，使灵水古村落成为著名侨乡，20世纪 50 年代，还被福建省侨联授予"福建省第一侨乡"称号。灵水的海外华侨和港澳台胞达 6000 人，遍布印尼、菲律宾、马来西亚、新加坡、缅甸、美国、加拿大、英国、荷兰诸多国家。

古迹众多，是灵水古村落留与后人最好的实物文明财富。在 5.61 平方公里的村落里，遍布着 207 栋明清以来的古建筑，保存完好的有近 150 座，包括"皇宫起"燕尾式的闽南古式大厝、中西合璧的华侨番仔楼、海洋风情的石筑民居等。

灵水古村落整体风貌保存良好，富有闽南地域历史文化特色，是不可再生的宝贵文化资源，代表着晋江从明清以来不同时期的建筑风格。这些民居不仅是沧桑岁月的见证，更寄托着海外华侨和港澳台同胞浓得化不开的乡愁。

二

在晋江民间，普遍存在一种根深蒂固的自然崇拜思想。例如，对崇拜飞禽走兽的人，会允许燕子、喜鹊在自家门前的横梁上做巢，因为这样的现象，在人们眼里是家人平安、财运亨通的预兆。

这些朴素的思想，慢慢地通过某种形式，予以发扬光大。闽南古厝的燕尾脊，就是一种寓意深远的很好遗存形式。

灵水人在族脉、经济兴盛的基础上，纷纷从外地、海外携资，到家乡建造屋第业产。从明代到民国时期，这些建筑，有的尚保存完整还可使用，有的部分破损行将塌废，还有的已经塌圮成为废墟。以年代分类，明代建筑 28 座、清代建筑 58 座、民国建筑 62 座。原来明清建筑或民初建筑，因年代久远，倒塌荒废而改建或重建的 15 座，全部新建的 20 座，改建、重建或新建的大都是宗祠、祖厝。

灵水古村落的建筑，大多秉承闽南古建筑独特的特点。

道法自然，天人合一，可以说是闽南古厝的核心建造理念。这方面，突出体现在选址、坐向以及用材、工艺，都努力做到与自然和谐一致。如选址，喜欢依山临水；坐向，喜欢向东或向南。在工艺表现上，注重区域特色，揉入人文理念，与天地山水融为一体。

如果你站在高处，俯瞰整个村落，一簇簇绯红，一簇簇嫣红，十分耀眼。在那错落有致的座座大厝之上，顶落的燕脊，下落的燕脊，榉头的燕脊，都呈曲线，从中间向两头翘起，像一根根天线，在接受着乡愁的召唤；像一只欲振翅高飞的燕子，挥洒着双翼，出奇的美丽——

灵动的美、娇俏的美、简洁的美……想象着这些凌空的燕尾，它们将与云霞共栖，与明月相拥，多么美好啊！

这里的古厝，有我要寻找的另一种"会飞的翅"。辉绿岩的大门匾，镌刻着"延陵衍派"或"延陵传芳"，字体粗壮沉稳，鎏金描出，甚是气派。延陵，是吴姓的发源地。这四个字，要告诉吴姓后人，他们是从延陵迁徙而来的。

大门两侧的石堵或石大门楹联，镌刻着的大多是家风家训，无不传递着知书达理、家和万事兴、百善孝为先的理念。有以书法作品体现的，或真楷，或行草，或隶篆，字迹雄浑大气，线条铿锵有力；有以绘画作品体现的，或瑞草香花，或松鹤延年，或福禄祺祥，诗情画意，寄思悠远。

晴日里，你走进古厝，会感觉先人对采光、日照、阴凉的处理设置是很下功夫的。整座房屋的挡路，即木结构的柱、梁、通，甚至斗、拱、筒等，都是以卯榫相互穿透连成一体的。一般情况下，纵的方向从大门进，经天井，入大厅，到大厅后的后门通户外；横的方向，从顶厅口，过大房口到两侧边门，下厅口通过火巷到两侧边门。纵横空间的联通，都要充分达到空气的流通和光线的覆盖。

雨天时，你走进古厝，你会发现先人们非常注重地下设施的设计和营造，注重房屋自然循环系统的完整。屋坪的两坡，一外一内，外排水于厝外，内聚水于天井，然后通过涵孔排到厝外。再大的雨，都不会出现"涨雨秋堂"之景观。对水源的循环设置，是多么出人意料啊！

顺着巷道，走进任意一座古大厝，你会惊奇地发现，最为繁华瑰丽的，是大门塌寿。或堆剪砖雕，或砖喝灰雕，要么博古花瓶，要么插花供果，要么竹石相偎，要么兰石共香……或立体浮雕，当是花开富贵，当是蟠桃献寿，当是伯乐相马，当是八仙过海……

一些大厝的木作构件，诸如斗、拱、垂筒与瓜筒、柱座、托木，不少是镂雕的，上面有花木，有鸟兽，还有人物故事，雕工精湛，富有立体感。特别是一些托木，雕了佛手、仙桃、菠萝、石榴，活灵活现，令人爱不释手。每一处，都是艺术品，都凝聚着建造者的心血与智慧。

材质讲究，精雕细琢，融入建造者的思想寄意、艺术审美观，富有闽南特色，是灵水古村落建筑的最大亮点。

在古民居中，最有特色的，当属"豪宅"——大夫第。旧时，泉州南门外流传着一句闽南话顺口溜："有伊的大，没伊的最（多）间；有伊的最（多）间，没伊的大。"说的就是建筑规模大、气势恢宏的宅邸。

大夫第建于清末，为红顶商人吴河水与三兄弟所建，是由两座三落五开间大厝与一座一落四开间结构典当组成的古民居建筑群。这两座三落五开间大厝，石埕东侧有二层埕头楼，当地居民称之为"梳妆楼"。东座大厝为旧三落，而西座大厝被称为"新三落"。在新三落前的一落四开间大厝原为典当，另在新三落西尚有油车车间、香皂厂以及花园等建筑。

据了解，当年吴河水虽身居海外，却心系家国，便以捐纳形式获得大夫爵衔。而新三落，是吴河水在清宣统三年，取得大夫爵衔之后兴建的。

想从曾经无比富丽堂皇的豪宅中，寻找一丝当时的遗存。很可惜，房屋已是破落了，这里的景象令人叹息扼腕。从旧三落顶厅、下厅的石柱础，可以看出造型是多么精美，从遗存的木作构件看，也是精雕细刻。还好，新三落大门的"大夫第"三个字，还保存较好，只有它，还彰显着主人显赫的身份。"大夫第"三个字，据说是清末泉州最后一个状元、晋江人吴鲁亲笔题写，粗犷厚重，充满着人文气息。从大夫第遗存的建筑来看，这座曾经的豪宅的木作、石作水准，在当前，仍可以代表闽南建筑的最高水平。

美丽的建筑，同样展现在其他的古大厝当中。

这是灵水古村落中，唯一一栋中西合璧的建筑。

吴垂奎大厝，建于清末，为二落三开间结构。东护龙为话桑别墅，建于 1913 年。一边是独具闽南特色的红砖古厝，一边则是钢筋混凝土的西洋特色建筑。中式古民居与西式别墅两座风格迥异的建筑并立，相互辉映，别具一格。

虽然已有 100 多年的历史，不过吴垂奎大厝经修葺后，结构、正立面、侧立面基本保留原貌，且大门及厅堂的石柱、窗花、砖雕等雕刻工艺较好。

话桑别墅为两层的西式建筑，外观精致有特色。正立面一层大门及两侧窗户雨遮皆呈三角形状，雕有草山花鸟等饰物。二楼是四根四方形上雕几何形状的立柱，形成三个穹窿拱形的阳台外立面，而内壁墙面仍是以中式红砖砌成。这幢钢筋混凝土的番仔楼，当时的建造图纸，是在南洋设计的，建筑用的水泥、钢筋、瓷砖都是从海外贩运回来的。

"寄迹香江怀梓里，经商加国念侨乡。"是古厝里的一副对联。对联道出的信息告诉我们，这大厝的主人早年曾在香港打拼，后来移居加拿大，但是对家乡的思念，是永远无法割断的。

三

"灵岩山下万人家，古塔东西日影斜。巷女能成苎麻布，土商时贩木棉花。"这是明代晋江诗人何乔远《秋日安平八咏》中的一首写灵源山的诗。从诗中，我们大致可知晓，明代时，灵源山（亦称"灵岩山"）山脚下已聚集万千人家了。这里的人，既从事农桑，比如种麻种苎；又从事商业贩卖，比如与外界进行木材、棉花等交易。

如此看来，至少在明代或更早，灵水古村落应是一片繁忙和繁荣景象，这里，地灵人杰。

宗祠家庙，承载着族人先辈奋斗的足迹和功勋。在灵水的吴氏宗祠家庙里，我们可以领略曾经的风采与光辉。

这里出过多位历史名人，如明朝吴从宪，官任大中大夫、浙江布政使司右参政、江西道监察御史；明朝吴淳夫，官任工部尚书、太子太傅；明朝吴希澄，官任广东长乐县知县；还有明朝大理寺卿左评事吴星岳，以及知府5人、同知1人、知县9人，总兵、司马、将军、别驾等数人。在近现代，有被誉为"红顶商人"捐获大夫爵衔的吴河水，以忠义为本最终发大财成巨富的去台乡贤吴世冰，从海外回故里为家乡发展督建灵水街的吴良师，等等。

在灵水吴氏家庙内，"三朝御史"的匾额，虽经百年，仍熠熠生辉。这是灵水乡贤、明朝监察御史吴从宪的官匾。他任过明嘉靖、隆庆、万历三朝的监察御史。《泉州府志》等很多史料，都记载吴从宪及其伯父吴希澄、次子吴可远三代人为官清廉、勤政的政绩。

吴从宪，为人为官，执守清廉。当他戊戌年回京，授江西道监察御史后查两浙巡监加漕运水利清军时，便全心全意为百姓兴利除害，筑白泖塘，开增良田数万亩，开吴淞江河道之淤塞万余丈以通水利。为表彰其善行，当地吏民在公署为他立碑。

灵水历史上，第一位中举的读书人吴希澄，是吴从宪的伯父，明正德丙子科解元，授官广东长乐知县。吴希澄举家勤俭，上任时其妻蔡氏带纺纱机随夫上任，离任时仅有12两银子带回家乡。由于吴希澄发展农业，重视教育，惠政于民，离任时，长乐父老依依不舍，送出县外并赠送匾联："粤东父老板辕送，江右儿童竹马迎。"

吴从宪次子吴可远，任辽东阃司都事塞外参军，后任保定知府。明万历乙丑奉差出使高丽（朝鲜）。高丽国王送礼给可远时，可远拒不接受，国王不高兴。随行副官劝说："不接受，礼节上过意不去，可先接受，表示感谢，待后再做处理。"出于礼节，可远暂时先收受了礼品。离任回国时，托送行官带答谢信给国王，说明所赠礼品原封不动，交使馆人员转交国王。可见，吴可远多么洁身自重，因此也受人敬仰。

"为官一任，造福一方。"充分诠释了明代灵水人在外为官乡贤的情怀，让后代人更深了解了"三朝御史"匾额的分量与厚重感。

"千里修书只为墙，让他三尺又何妨"的六尺巷故事，发生在清康熙年间的安徽桐城，可以说家喻户晓。可是，在明代的灵水，吴星岳的礼让故事，比六尺巷故事，还要早100年！

灵水后乡灵霞北路36号，是吴星岳故居，二落四开间大厝，占地面积仅246平方米。当时，吴星岳故居的旁侧，就是大爿榉头与下房的所属地权，是属另一户邻居所有。吴星岳家人为了整座房子建筑的完整，曾多次向邻居提出购买该处宅地或异地置换，但邻居以祖先的基业不能动，不肯相让，多次协商，均未达成协议。

家人写信告诉在外当官的吴星岳，请他出面帮忙。但吴星岳不以势压人，宁肯房子不建，也不伤乡亲的感情。结果，在建造房子时，把西侧榉头改变通行建筑形式，为一列三间格式，门向天井、下厅，东侧榉头改建为石通石柱结构。现在，顶下厅及西侧建筑尚保留原貌，所有木构部件保存良好，只是经过岁月的洗礼，已然褪色陈旧了。

吴星岳，曾任明大理寺卿左评事，掌管朝廷审判事务。他没有仗势欺人，这与他自小受到良好教育有关。

一座家庙，就是一部创业史；一座宗祠，就是一段光辉史。在这些家庙宗祠的大堂上、横梁上，悬挂着的"进士""文魁"等匾额，无不在诉说着家族的兴盛光鲜，无不在昭示着后人，记住过往，珍惜现在，开创未来。

四

灵水古村落，背靠灵源山，森林茂盛，林木众多。在古村落里的花木，最有名的应该是基钜大厝天井中的含笑花了。这株含笑花，已经140岁了，主花茎有碗口粗。

基钜大厝，顾名思义房子的主人是基钜。早年吴基钜到海外谋生，后来事业有成，就和他的孩子继续在印尼、菲律宾做生意，而裹着小脚、上了年纪的夫人留在了灵水老家。1875年，吴基钜回老家建了这座二落四开间护龙古厝。吴基钜的爱人，在天井下种了这株含笑花。在丈夫吴基钜和孩子们没回来的日子里，天井的含笑花是她最好的伴。

现在，古厝的看护人，含笑花的护花人，名叫洪爱治，是吴基钜的孙侄女。洪爱治还在襁褓中，17岁的养母就抱养了她，以及另一个男孩。养母刚结婚不久，养父去了南洋，之后杳无音信，从此，养母担起了养家的重任。

一段时期，洪爱治的养母带着两孩子，生活非常艰难。心善的老婶婆时常接济，洪爱治一家不致衣不遮体、食不果腹。

后来，老婶婆去世了，她的儿女都已定居海外，吴基钜一脉已经是灵水人在海外华侨里产业最大的家族。而基钜大厝随着老婶婆的离去，大门长年紧闭，只有一层楼高的含笑花依然陪伴。

之后不久，老婶婆的大儿子吴良师从海外回来，知道洪爱治一家无房可住，便将这老厝的钥匙交予她们，只嘱要看好老婶婆留下的含笑花。

随着时光的流逝，风雨的侵蚀，不久，古厝主屋的墙也塌了，屋顶的横梁也摇摇欲坠。吴良师的儿子知道后，就寄钱回来翻修。翻修一新的古厝，还是让洪爱治一家继续住。而如今，这大厝，依然只有洪爱治一人住着、守护着。

洪爱治很感谢这些同族的侨亲，她更投入地照看着房子和含笑花。现在，古厝的名气大了，百年含笑花也出名了，越来越多的人上门来参观。有访客出高价，想买下含笑花，洪爱治都是笑笑地拒绝了。在洪爱治心里，含笑花不是金钱，而是她报恩的还情树，她怎能辜负侨亲的期望和嘱托呢？

惠风和畅。一株含笑花，就如它的名字一样，开出了三代人心中向善、向好的花朵，清香，清纯，清气满满。

如果说关于基钜大厝和洪爱治的情缘，属于侨亲相互照应中的族情、亲情，那么，牵头兴建的灵水老街，应该是属于侨情中的大爱、大善之举吧！

灵水老街，建于 1929 年，由旅菲华侨吴良师牵头兴建。

吴良师，是吴基钜的儿子，少年勤读诗书，长大后不仅继承父业，而且把事业发扬光大，使得财力雄厚。他想到家乡的乡亲们只依靠种一点五谷杂粮度日，生活非常拮据，便牵头兴建灵水老街，至1931 年历经三年终于建成。

灵水老街，东起于泉安公路，西止于灵水后乡三王府宫，为民国时期南洋骑楼式建筑。老街全长 95 米，宽约 8 米，整条街共有店铺三十六间，楼下是店面，楼上为住房。两层钢筋水泥建筑，尽显南洋风情。

老街的建成，成为当年老晋江的地标之一，与青阳五店市、龙湖中山街齐名，大大地繁荣了灵水的经济。据说，当年建设这条街，非常注重规划。整条街，总体设计，连地下的排水系统都考虑得十分周到，样式规格完全一致，现在仍发挥着巨大的作用。而老街所用的钢筋、水泥和瓷砖等，大部分是由国外经上海运入的，可见，建设成本的昂贵。

灵水老街，当年曾十分繁荣。商铺林立，货色齐全，成为灵水及周边村庄贸易的集散地，可谓是一锅大杂烩。有买卖商品的，如小百货、日杂店、珠宝店等；有后勤生活保障的，如客栈、邮电所、中西医馆、裁缝店、理发店、粿炊店、面店等；还有工业生产模式的，如碾米厂、制冰厂、杉木行、家私店等。

灵水老街，虽经近数十年风雨侵蚀，仍保护完好。灵水老街，作为灵水人记忆中无法磨灭的特色老街，直到今天，依旧富有古朴的生活气息。这里的建筑风貌，这里的风土人情，这里流传的趣闻轶事，成就了灵水古村落特色人文景观。

漫步老街，在感受历史的沧桑与独特风情之外，让人更感受到的是海外侨亲那份心系桑梓、乐善好施的情怀和绵绵不尽的乡愁……

五

186　　"三让传芳"是对吴氏先祖兄弟禅让的赞颂，成为吴氏族人传统美德的传承。

吴氏的祖先泰伯、仲雍为了把王位让给弟弟季历，先后三次离开家庭，退隐山林。而到了明朝，又出现了"鹡鸰在野，兄弟急难"的美谈。那是明正德三年，吴东篱的弟弟30多岁去世了，身后留下了孤儿寡母，日食难度。吴东篱在痛心之余，做出决定，把自己亲手建起的古宅大厝全部赠予弟弟的儿子吴希江。吴氏家风"三让精神"得到了再次发扬。

到了现代，"三让精神"又一次闪现它的光芒。

1932年，灵水后乡的吴垂钊，原与五弟吴锤錭在印尼经商。当年23岁的吴垂钊，与16岁的绣鹤姑娘结婚，不幸的是婚后不到百日，吴垂钊就撒手而西去。绣鹤姑娘念及夫妻之谊，要为丈夫守节，并照顾着公公婆婆。家中的里里外外全靠绣鹤一人，家中生活更是困难。

小叔吴垂錩回印尼后，听说绣鹤姑娘在为哥哥守节，十分震撼。他暗暗下定决心要为这位年轻的寡嫂出份力。他不时向家中寄钱寄物，资助寡嫂。又托家乡的人为寡嫂抱养了一男一女两个孩子。1976年回国，他见寡嫂生活得那么坚强、自尊，又见她与几户人家共同拥挤地住在一古厝里，便决定为寡嫂建一栋楼。经过4年多，一座占地1040平方米的两层西式洋楼拔地而起，成了当年灵水最大最新式的洋楼。

"绣纹精致寓山水，鹤态清高志碧霄。"是镌刻在二楼中门柱的楹联，这是一副用绣鹤的闺名作的鹤顶联，是对绣鹤姑娘几十年坚韧精神的歌颂。

当然，"松筠节操"洋楼，体现了吴垂錩对哥哥的深深情谊，更体现了小叔对寡嫂的敬重。"三让精神"，在灵水吴氏家族，再一次得到了发扬。

如果说吴氏的"三让精神"，是灵水良好的乡风，那么灵水年节所举行的"满天飞石庆新年"习俗，则充满了良好的祝福。

每个地方过春节，都会用不同的方式表示庆祝，欢度一下。灵水的"满天飞石庆新年"习俗，尤显奇葩。据说是灵水的祖先，自明朝传承下来的。

原先灵水乡的前面有一条小溪，是灵源山上的泉水汇集而来的。

农历正月初一，祭过祖后，全乡的大人小孩都会集中到溪边，由乡里的族长或是乡里老大点上三炷香，焚烧金纸，人们便拾起石头瓦片用力扔向对岸，嘴里还要大声地喊着一些话。一片片砖石碎瓦，随之纷纷飞起，铺天盖地地落到对岸。那气势蔚为壮观，人们欢呼雀跃，一年的好心情从此开始……

六

在灵水，有句顺口溜不得不要提一下。"灵水菜脯，入瓮涂赤土；萧下查某，干调阁勤劳。"说的是，灵水菜脯，装瓮腌制，翁盖上要涂满红土；东石萧下村的查某（女人），特厉害，会做生意，又勤劳。

灵水菜脯的主要原料是白萝卜。而灵水的白萝卜很独特，它的茎有三分之二埋在地里，三分之一露出地面，露出地面的茎呈青色，没露出部分是白色，因此，灵水的菜脯有"半头青"的印记和雅称。

灵水菜脯，香脆爽口，嚼劲足。它的民间做法，甚为特别。将整个白萝卜或切成块状、条状，晒干，掺食盐揉，渗入咸味，再掺少许红土，和匀，装入陶瓮之中，瓮盖上用食盐与红土抹匀密封，储存三四个月，便可开封食用。

灵水菜脯，有两个很有名的传说。

相传明万历间，灵水乡人吴淳夫在朝为官，官居太子太傅、兵部尚书。有一次他回乡省亲回朝之时，家人给他带些菜脯进京。到了京城，吴淳夫觉得家乡的菜脯味道清香，品质独特，因此便进献皇帝及众同僚分享，大获好评。皇帝询得来历，知菜脯用盐量大，便钦定灵水菜脯可用免税之盐。故有"灵水菜脯免税"之说。

另一个是"人离香不离"之说。据传，清初之时，江南有一僧人云游四方，至灵源山灵源寺。因太入迷欣赏灵源山景色和寺中诗联题咏，不觉天色已晚。当晚，便借宿灵源寺。寺主持热情款待，晚斋素菜丰盛，尤以一道腌萝卜，香气扑鼻，味道鲜美。经僧友告知，腌萝卜就是山下灵水特产——灵水菜脯。第二天，僧人告别下山，而一路腌萝卜的香味，随之不辍。之后，僧人又游访厦门南普陀、漳州南山寺等地，进斋时，都向寺僧宣扬灵水菜脯的香脆鲜美，适于佐餐之用。因此，灵水菜脯在闽南一带，甚至在东南亚一带，都特别受欢迎。

灵水菜脯还与灵源山地瓜、八仙有一个相关联的传说。有一年的秋天，天上的八仙奉玉帝圣旨去东海协助龙王办理一件要事。事情办完后，在回天上的途中，他们决定趁机去灵源山看石花。

八仙来到灵源山脚下，就闻到金菊花和玉兰花的香味，个个神清气爽。八仙一面走一面说，不觉来到灵源山东南的一座小山峰上。这时已经到了中午，八仙实在饿得太厉害了，都想弄些东西吃。可是小山上没有饭店，怎么办呢？八仙只好各显神通。吕洞宾笑指着山上几块红土粒说："它的形状好像苏禄国的番茄瓜，就叫它'地瓜'吧！"说也奇怪，一堆红地瓜就出现在面前了。

曹国舅接着说："前面半山腰有几株野菜，好像老寿星身旁的胡萝卜。"话刚说完，一堆银白色的萝卜也出现在眼前。何仙姑微微说："让我来变个把戏！"她喊一声"变"，那些地瓜随即变成香味十足的地瓜饭，白萝卜也变成五香菜脯。

这样八仙就围坐在蓝采和临时摆设的石椅石桌边，吃着地瓜饭配上香菜脯。临走时，吕洞宾又决定做两件好事：将刚才所点化的红地瓜和白萝卜种子留在灵源山下，让凡人种植。这样，灵水村便成为闽南最早种植地瓜的村落，而灵水菜脯也闻名中外。

充满传奇色彩的灵水地瓜和灵水菜脯传说，让人除了有耳福之外，还可以满足一下口福。当然，在灵水，还有一种茶，一种药茶，可以满足人的口福。

灵源万应茶，也叫"灵源茶饼"，它是灵源寺高僧祖传的秘制药茶。相传是在元末明初的时候，陈友谅举事兵败，他的部将张定边就躲到灵源山来，削发为僧，号沐讲禅师，宏愿救世，踏遍青山，采集了灵源山十七种独特青草药，并配上其他中药研制而成的。

万应茶，具有疏风解表、调胃健脾、祛痰利湿的功效，适用于中暑痢疾、感冒发热、腹痛吐泻等症。作为寺中特效良药，普济众生而驰名中外，产品畅销大江南北，远销港澳台和东南亚等地。

在灵水老一辈华侨华人记忆中，灵水的红地瓜、菜脯、灵源茶，都是他们曾经的最爱。他们说，这是家乡的味道。

灵水古村落的宣传标识，是以闽南古厝为主体的，黑白影像体现灵水的古老建筑和人文内涵，图案简洁，意境悠远。标识以月为框，月似家乡，引身居海外的华侨思念；月似明灯，照远赴重洋的游子归航。椭圆寓意圆满，留白的开口寓意新的发展与希望。

一个村落的繁华或者没落，不仅仅是看它的外在景象，更关键的是，看它的文化遗存，看它的宗风秉承，看它的精神传扬。

如今，灵水古村落留给我们的是一笔不尽的财富，就像灵水溪的清风，吹出的是一缕缕无尽的乡思情愁，或明朗，或忧郁，或澄明，或典雅……

人物艺评

画家黄永玉

2016 年 10 月，黄永玉老先生的作品汇展和"泉州常在心中"《无愁河的浪荡汉子·八年》插图展一同在泉州海外交通史博物馆展出。展期最后一天，我在馆内足足驻留了 4 个小时，临近中午 1 点才回到家吃午饭。我扒着碗里的米饭，脑中却是挥之不去的插图、画作和老头的怪异。

总体上，黄老的形象，给人感觉除了普遍喜感外，就是很随性、很逗、很幽默。展览中的一些照片特别逗人，一张是黄老看似在表演或运动的照片，他叼着烟斗，双手压在桌子上，身子和脚悬空，像是在向人昭示"我还没老"。最逗的是，向后上伸出的两只小脚，半蜷缩着，像要蹬腿的青蛙似的……以拍摄照片的时间估计，他当时 70 岁左右，像个孩子样，真是"老顽童"。

黄老在其小说《无愁河的浪荡汉子·八年》中写到了泉州的老君岩、洛阳桥、东西塔等景点，并配上了这些景点的速写插图。插图是他用线条描绘的，寥寥数笔，勾勒得形神兼备。其中，对于东西塔的建造，黄老先生也配了一幅插图，这幅图不是实景，而是推断东西塔是怎样建起来的。我们可以想象一下，古人建塔，没有先进的技术设备，比如装载车，比如塔吊……那么，高塔是如何建起来呢？图中指明古人是用堆土的方式，一层一层加建的，等建到最高层，土堆已 10 多米了，有四五层楼高，像一座大山似的，而石塔却被埋在土堆

193

里。当塔尖上的物件装饰，完全做好了，再把土堆一层一层挖开、搬掉，这时，高耸的石塔的真面貌才展现在世人面前。

黄老的插图作品，风格基本统一，造型夸张独特，线条劲道利落。在题材方面，他专挑偏门的，很多看似俗不可耐的内容，在他手里却变成活生生、趣味百变的艺术作品。比如，上厕所的百态，称为"出恭"，这样称呼，雅多了。描画的对象，有各种各样的。出恭地点，有酒店坐蹲、澡堂公厕、居家便厕、山野茅房，甚至以天为帐、以河为池的都有。姿势囊括蹲、半蹲、坐、半坐、半站、半弯……花样百出，样样新鲜。

调侃性的画作，充满谐趣，已达玩赏于指掌肱股之间了。在他的大画水浒人物作品中，画中人物，宽张到极致，几句旁白，却道出人物的命运、人生的真谛。你看，画西门庆，是歪臀、点脚、抱臂、扭脖子，嘴叼一小野花，还是淡黄色的，露出两个小门牙，显嫩，甚是可爱。旁白写着"整整一部四卷本，为的他一个人，你说，他了不了得"。而画潘金莲，端庄典雅，只多了几分妩媚，旁白却是"写书的施耐庵，也不饶你一个宋朝的小女子，怎么活得了"。画林冲，身材瘦长，一把长枪挂着一瓶葫芦，仰天沉思状。旁白"少年子弟江湖老，多少青山白了头"，一种幽怨哀叹之调。

黄永玉的斋名叫万荷堂，这不是空穴来风。从他那幅"二十三米零一、荷花五十、鸟十五、耗时二日半作毕"的《荷花图》，我们就可领略其独特的艺术魅力。荷叶，呈圆形或椭圆形，一式的淡墨或墨绿。荷花，红、黄、白交叉点缀，或开放，或半闭，或含羞，偶尔几朵略凋谢之状。荷叶的枝茎，短的一小节，长的有好几米，斜弋着。除此之外，点缀其间的，静的有野花、蒿草、水生植物等，动的是白鹭鸶，大的白色，小的淡土黄色，形态各异，穿插于花叶中……为了整个画面的协调合一，或是增加饱满、厚重，画家在静物、动物的空白处，都随意率性地涂抹上蓝绿色调，多了几分装饰效果。在这幅画中，令我震撼的是黄老补白的毛笔字题款。我认真地读完所题内容。文中谈到中国人喜欢中国书法，崇拜王羲之《兰亭集序》，把它奉为至宝，但很少人对王羲之书法提出质疑，或指出缺憾不足。所以，后人习书者仅循其道摹写，另出机杼者，也就少之又少了。题款洋洋洒洒数百字，高低不一、错落有致、灵活多变。这是一篇关于艺术的论文，也是一篇美文。

在 67 岁时，黄老到意大利一个古老城市写生。我发现，他当时好像有点急，可能觉得自己的年龄有点大了，想多画些作品。他走遍了城市、郊区，甚至野外。他画得最多的是古老的建筑，这些画以线描的形式，再辅以简单色彩，很古朴、率真。在那一批作品中，我感受到造型对一个画家来说已是小事，而线条的力度、节奏、粗细、轻重，却展示了独特的画面语言。当然，对于色彩的应用，他显然很有考究和突破，用色，一定是透彻澄亮，或是厚重感十足的，不会让你看起来轻浮、单薄、刺眼。我发现国内画家的一些画作，在用色上十分大胆，但挑不出毛病，很是恰到好处！比如，吴冠中的江南水乡国画，融合中西色彩，点线面皆有大块或小块的颜色缀点，让人不觉花俏，只感生机勃勃、焕然一新。

听说，在意大利创作期间，黄老有时一画就好几个小时，累了，蜷腿席地而坐，点一拨香烟，在烟气缭绕中，才思泉涌，让灵光闪现……我看到另外一张照片，是黄老坐在野外的草丛中画画的情景。画架上的写生作品，画面完整，展现的是乡村的风景，应该是快画完了，而他坐在有半人高的野草丛里，神情专注。我忽生怜悯，如若草丛爬出一条毒蛇或蜈蚣，怎么办？他那么投入创作，一定不会发现……当然，我的忧虑是多余的，他可是从小在农村生活长大的，那里比写生这种环境复杂、险恶的地方多的是。我看过一些资料，在黄老年轻的时候，作家沈从文先生建议他，深入兴安岭原始森林体验生活，他真的去了。后来，他画了很多关于这方面的作品。那场经历更为惊心动魄。这从黄老当年创作的一些速写、版面作品，可见端倪。当时原始森林中，野兽很多，有的比人大好几倍，如黑熊、野猪，凶猛的有雕、老鹰、毒蛇、豹子等等。

很少人能当场看90多岁的黄老写毛笔字，当然我也不例外。但是，前不久我在微信朋友圈，看到了一段关于黄老写"泉州常在心中"书法作品的视频。黄老是右手拿笔写字的，却是反站在纸张的前方挥笔书写的，或叫"倒着写字"吧，所以一些笔画，感觉不是很顺畅，特别是"在"字，前两笔写得特细，与后面几笔不太连贯，而整幅作品连起来看，还挺顺畅、和谐的。如果不是看视频，我真猜不出来是这样创作的。

之前，看到黄老"我的文学行当"题字时，很惊讶。这几个字，笔画的弯折，似是勾搭拼接的，有点像积木搭成的，也看起来像小孩子写的。我当时推测他是用左手写，或用口叼笔写的，甚至推测可能是像弘一大师修行得道，大智若愚，大道至简，才写出"带有幼稚"的字。这种看似不经意的创作方式，应该是他挑战自己，以戏谑的心态或者逆向思维方式出现，求新求变的一种尝试吧。

这么一个怪异的老头，在《无愁河的浪荡汉子·八年》中，称自己是浪荡汉子。浪荡汉子，在闽南语当中就是指不按常理、不守规矩，又吊儿郎当的人。我发现，但凡成为"浪荡汉子"的，不是四肢发达、身手敏捷，就是思维敏捷、能说会道、能察言观色的"智多星""歪才"。

黄老在小说中，写到他在泉州与弘一大师交往的一些片断。从中我发现，当时黄永玉对弘一大师非常敬重，也很守规矩，甚至知错就改，不像"浪荡汉子"。估计年轻的黄永玉深谙弘一大师诗词、书法、绘画皆精通，造诣深，且佛理禅修，受人景仰，故不敢冒犯。倒是弘一大师，对他鼓励关爱。当然，这是不是与黄永玉先生的"怪异"于他人有关联，就不得知了。

吕超然的水墨意趣

吕超然先生《阅尽人生绘罗汉》水墨画作品展展出有些时日了，我禁不住诱惑，往返看了三四次。一位 77 岁的艺术老者潜心绘事数十年，专注人物水墨的研究创作，可谓难能可贵。

在泉州西街 1915 艺术空间展出的 20 多幅作品，以十八罗汉为主，堪称中国水墨画在罗汉题材创作上的一大突破。

就像策展人陈伟长在前言上写道："唐代《法住记》记载，佛陀临涅槃之时，嘱咐阿罗汉，自延寿量，常住世间，游化说法，做众生福田。罗汉便具有人间烟火相，依据罗汉修行的特点，胡貌梵相，曲尽其职，这给予艺术家自由的创作空间。"罗汉的形象，在世人的眼中，可以说是千人千面，或者说千人万面，每个人对罗汉的理解、想象的画面是不一样的。

吕超然先生的罗汉形象，既是源于生活中各个鲜灵活现的不同行业的劳动人民，又是高度提炼过的意象造型。泉州开元寺的一副对联"此地古称佛国，满街皆是圣人"，道出了泉州特具的宗教文化氛围和城市个性特征。

吕超然深知"艺术源于生活"，所以他注重从现实生活中汲取营养。他常常出现在泉州大街小巷、景区市井等，仔细观察各色人物，并做大量的速写描绘记录，可以说，人物速写功底深厚。

创作罗汉题材，需要对罗汉的前世今生进行一些了解，甚至多方搜集材料，多打腹稿，几易其稿……罗汉的形象，除了有特定身份外，一般都是"仁者见仁，智者见智"。吕超然先生抓住"性格和性情各不同的罗汉，是各自秉性修行的圣人，都指向自由和洒脱的人生境界"。所以他笔下的罗汉形象姿态各异，呈现出清修梵行、睿智安详、简朴清净、随意自在之状态。这种化繁为简的人生态度，何尝不是吕超然在阅尽人生数十年之后的智慧结晶，当然，从另一个角度，也是他对一方圣人高贵品格追思的愿景和期待。

时任泉州画院院长郭宁是吕超然先生的同事、画友。他说："吕老在画画过程中，非常注意线条和笔墨的运用，特别是在人物的线条如何布局上，经常可以看到吕老构思时手比画来比画去的一些动作。"吕超然先生的创作精神值得我们学习。

吕超然先生是中国戏剧人物画研究会顾问，他在中国戏剧故事人物绘画方面取得了显著成绩。这次十八罗汉人物的创作，也与中国戏剧故事人物创作有较大关联，或受到启发影响。

吕超然先生说，泉州宗教文化发展较早，在宋朝时，泉州佛教很盛行。罗汉有很多版本，有十八罗汉，也有五百罗汉。唐朝时，画家贯休就已开始画这个罗汉，画得非常怪。各个朝代的画家都有画罗汉的，自己是结合这些来创作十八罗汉的。

时任中央美院院长范迪安先生在评价吕超然先生的戏剧人物画时说："他钟爱的戏剧故事人物。缘因长期受到地方丰富的戏剧遗产的熏陶，他对戏剧的理解达到了相当的深度。从戏剧故事与人物命运中，他参悟到生活与人生的况味。他的那些以大写意方式画出的戏剧主题，实是一种对现实中人际关系和对人生境遇的演绎。他用轻松、诙谐、稚拙的笔法勾勒人物的神态，用犹如戏剧空间平面画的结构'写'出故事与情节，真实地反映出他追求自由意志与古典趣味相结合的艺术理想。在长期的戏剧故事人物创作中，他形成了信手拈来、不拘法则的造型风格，并且把闽南乡土热烈华美的视觉氛围带入画中，以浓墨重彩渲染出如梦如幻的神韵。这种化戏剧题材为生活兴味的创作特点，反映出他不染尘俗的精神取向，也在根本上体现出乡土文化对他的影响。"

是的，综观吕超然先生作品，在立意上，每一幅都追求一种空灵、随意、自在的感觉，就像罗汉生活在比人间更高一层的境界中。在笔墨运用上，色调素雅、澄澈又不失厚重感。在线条上，随意、率真、简朴是最大特点，看似随意涂画，其实是深思熟虑后的佳构。在构图上，十八个罗汉，有十八个不同造型、姿态、神态，可以看出，画家在罗汉的眼睛和手的描绘上，是用了很大工夫的。

对于吕超然先生的作品与现在泉州古城的关系，泉州师院美术与设计学院副院长蔡永辉教授说："吕老师的作品，放在很接地气的泉州古城来呈现，特别自然，也是一种充满灵性的展现方式。当艺术作品与闽南文化相遇时，产生了奇妙反应。"

在千年古城，一场关于佛教题材的罗汉水墨画展，让泉州西街1915艺术空间再次成为人们关注的焦点。穿越千年时空，吕超然先生用笔墨为泉州"此地古称佛国"做了一次很好的诠释。同时，吕超然先生以自由的技艺恰当地呈现了阅尽人生后的感悟；而道行与技法统一于自由书写中，他又独得率真之气，独得超然之意趣。

洪世川的国画作品 "墨龙" 谈

2017 年 2 月，洪世清、洪世川昆仲书画作品展在晋江市博物馆举行。我得以一次近距离观赏画家的原作真迹。画展中，一幅关于中国龙的水墨画吸引了我。这是洪世川先生的大作。

展览过程中，洪世川先生每天都会出现在展览现场。通过介绍、交谈，我们方知洪老先生的一些关于书画艺术创作之事。展览恰逢元宵佳节，又恰逢洪世川老先生 80 岁生日，真是双喜临门。而对于我来说，能面对面聆听洪老先生的教诲，更是三生有幸！

洪世川先生擅国画，主攻花鸟画，兼及人物，尤善墨龙。1999 年底《洪世川画龙》专题片在中央电视台播出，后译成英文版对外播出。

一、洪世川 "墨龙" 的时代意义。

在中华，龙文化、龙的传说蕴涵着中国人所重视的天人合一的宇宙观、仁者爱人的主体观、阴阳交合的发展观、兼容并包的多元文化观。

艺术龙就是以艺术的形式表现对龙的敬仰和崇拜，即以雕刻、塑造、绘画、舞蹈、神话传说、竞技活动等方式表现龙。

洪世川先生画墨龙，源于他对传统文化的热爱，他是晋江安海镇人。安海，古称安平，是一个大港口。一直以来，洪世川受海洋文化和闽南文化的影响，他在书画创作中，经常画这些他自己熟悉的题材。龙，在闽南随处可见——寺庙的屋顶装饰、寺庙的石刻图腾、闽南高甲戏的金苍绣龙袍、舞龙活动等等。

习近平总书记提出："要加强对中华优秀传统文化的挖掘和阐发，使中华民族最基本的文化基因与当代文化相适应、与现代社会相协调，把跨越时空、超越国界、富有永恒魅力、具有当代价值的文化精神弘扬起来。要推动中华文明创造性转化、创新性发展，激活其生命力，让中华文明同各国人民创造的多彩文明一道，为人类提供正确精神指引。"这为我们认识传统文化的当代价值提供了理论指南。对于中华传统文化，我们一方面要善于继承和弘扬其精华，另一方面要挖掘和阐发其当代文化价值。

一个民族的文化是这个民族精神的载体，从多姿多彩的龙文化中，也可看出古代中国人的人文精神。中国龙的艺术形象是独一无二的，与龙有关的种种文化现象也自成一体，让人回味。

洪世川先生画的墨龙作品，龙的活动空间广阔，姿态变化多端，能上九天，能潜深渊，或飞龙，或腾龙，或奔龙，或游龙，或吐火，或喷水，或双龙戏珠，或群龙共舞，一式的朝气蓬勃，一式的奋发向上，一式的活灵活现，这些充分体现了作者的创新精神、包容精神、进取精神、独立精神。

于此相对浮躁的世风，洪世川先生画的墨龙作品，具有很强的时代意义，它象征着一种奋发向上、勇往直前的精神。

二、洪世川的篆书笔意，融合在墨龙作品创作中。

洪世川，早年从厦门鹭潮美术学校、浙江美术学院求学出来后，从事美术教育工作，客居金华。洪世川性格趋于含蓄内敛，但做什么事都有条不紊。在篆刻方面，转益多师，博采众长，取法秦汉，苍劲古雅。在篆法上，熟谙六书，并自创一种草篆风格，既合古法，又出新意。钱君匋先生对洪世川的篆书持肯定看法，曾褒奖说："世川研弟作篆书，颇有法度，得石如遗意，可喜。"

要画好龙，就必须对龙有全面的了解，特别是它的身体结构特点，比如长角、长牙、爪、褶边、鳞片、尾巴、钩刺、须毛以及皮毛等；从独特的细节着手创作独一无二的龙，探索如何在掌握画龙的技巧的基础上，运用想象力和创造力来创作活灵活现的墨龙。

洪世川深知"书画同源"的道理，他在篆书和篆刻方面下的功夫非常大，这对水墨国画来书是非常重要的。书法和国画，都是线条的艺术。洪世川在墨龙创作中，很多时候将篆书的笔法运用其上，大大增强了龙躯体、龙鳞、龙爪的柔嫩度和柔韧性，画面效果好。

陈梦麟曾为世川篆书《千字文》写了一篇《求古寻论，劳谦中庸》，赞许世川所书，"充满活泼泼的生机，秀润劲拔，笔意潇洒，气韵连绵，朴茂华滋"，而且还提到"世川先生本职是一个画家，按古代绘画分科，龙虎、仙佛、花鸟虫鱼，无一不精，均得墨韵神情，尤以画龙著称于世"，还誉其是"学力深厚、学识广博的全方位的艺术家，当今真寥若晨星"。

洪世川的篆书——在墨龙作品中的落款，为其画作增加了不少分数。或长文，或短跋，或补白，或点缀，因白布局，因地制宜，落落大方，洋洋洒洒，蔚为大观。《世纪腾龙》系列墨龙作品，龙的形象各异，篆书的款识不同，近观远看，帧帧精品，令人拍案叫绝。

三、洪世川"墨龙"的艺术价值。

有人评价洪世川的墨龙，堪跻身古今龙坛而无愧色。

龙，本是虚构的，它是人们脑海中的想象之物。云，是水气变成的，它时有时无，缥缈无定。把两者通过笔墨来表现，又没有设色，这样的绘画难度是非常高的。

为了画好龙，洪世川先生从传统入手，继承前人已发之秘，不仅对历代绘画做了孜孜研习、临摹，而且对石雕、石柱、壁画，甚至钱币、青铜器、秦汉瓦当、仰韶彩陶等所涉各种古龙饰纹图案等，都做了研究、临摹。洪世川先生沉浸在了长期的观察和收集素材工作之中，练就了一双发现美、捕捉美的锐眼和一双表现美的快手，从而为艺术创作打下了坚实的基础。

洪世川的哥哥洪世清，是著名画家，在国画、版画、指墨画等方面有较大成就。受洪世清笔下严谨的造型、精湛的笔墨技巧及独具一格的画风影响启迪，洪世川在创作之余进行了理性而审慎的思考，苦苦寻找属于自己艺术语言的突破口，他也从历代大师最简单的线条、章法等入手，一遍遍地进行技法剖析，对传统经典的法式予以梳理和整合，并从中体味情感、禀赋、性格等与各类笔墨程式之间的内在因缘。由此，他开始了自我风格的构建和追求，反复探索多种表现手法，勇敢地突破传统的程式化的构图，根据画作需要，用水墨铺排叠加，反复皴染。他深深懂得，只有多方借鉴，并积极消化，为我所用，新的创造才有深度。

宋代陈郁有云："盖写其形，必传其神，传其神，必写其心。"中国历代画家，所以有巨大成就者，皆能放下一切世俗的妄念，焕发其"心"的本性，才能获得"静观皆自得"的灵气。

洪世川先生说，画龙容易画云难。师古人，求心源。为了画龙，他可没少花工夫，对墨的浓淡、水的枯湿进行了不知多少次尝试。有时在一种纸上是得到了理想的效果，换一种纸又得重新适应。他画的龙威而不凶，武而不躁，其情侣龙、母子龙、合家龙特别具有人情味，画面虚实相宜，把"神龙见首不见尾"的特性表现得很充分。

面对纷繁喧嚣、不断追逐的画坛，洪世川先生一直秉持"平常心"的处世心态，用心在"画画"这条道路上进行着"自我"的跋涉，并努力创造着更高、更新、更美的艺术作品。

陈立德的漆画艺术

一、关于展览

丹漆问道——陈立德漆画作品展，于 2018 年 5 月 1 日在泉州西街 1915 艺术空间正式对公众开放，展览为期一个月。

1915 艺术空间原是一座经历百年风雨洗礼的洋楼建筑，可谓中西合璧建筑艺术的典范。

如今，在这个焕发新生的艺术空间集中展示陈立德的漆画作品，仿佛在进行一场多维度的时空对话：漆的时间、人的时间、文化的时间与 1915 艺术空间的时间交织在一起，从形而下的"技"引向形而上的"道"的探索，从有限的生命指向无限的艺术价值的追求。

此次集中展出的二十余幅漆画作品，是从陈立德先生 30 多年创作中选出的各个时期的代表作品，涵盖了他整个艺术生涯中所有的精品佳作。虽然这些作品经常会出现在各大出版物和主流艺术媒体上，但是集中展示却是头一次。

二、关于漆画家陈立德

陈立德，1948 年生，福建泉州人，国家一级美术师职称，享受国务院颁发的政府特殊贡献津贴，十一届全国政协委员、中国美术家协会两届漆画艺委会委员、中国美术家协会全国漆画高研班导师、多届全国美展漆画展区和全国漆画展评委。

1989 年，他的漆画作品《皓月红烛》荣获当代中国美术史上第一枚全国美展漆画金牌，为中国美术馆收藏。

陈立德的作品曾参加中国美术 60 年、20 世纪中国美术、中华人民共和国全国美术作品展览、全国漆画展、湖北国际漆艺三年展、厦门漆画双年展、福州漆艺双年展等艺术展事。

作品入编《中国现代美术史》《中国现代美术全集》《20 世纪中国美术》《中国美术 60 年》等国家重要的美术典籍。

1972 年至 2013 年陈立德先后任职于泉州工艺美术研究所和泉州画院，是福建省文史馆馆员、福建师大美术学院特聘硕导、华侨大学客座教授。

205

三、关于陈立德的漆画艺术

"丹漆随梦，步趋麟趾"的美谈，源于南朝梁刘勰在《文心雕龙·序志》中提及："齿在逾立，则尝梦执丹漆之礼器，随仲尼而南行。"泉州漆艺，可追根溯源到中国古代的漆器、漆画。中国漆画，之前大多作为装饰纹样依附于漆器中，很多时候，被看作中国屏风。20 世纪上半叶，国际的漆艺运动对于中国现代漆画的诞生，起了催化作用。

陈立德先生从事漆画研究、创作数十年，经历了无数的艰辛、困惑、挣扎，也经历了突破、飞跃、成功。1989 年，陈立德先生的漆画作品《皓月红烛》荣获当代中国美术史上第一枚全国美展漆画金牌，为中国美术馆收藏。对于陈立德先生，或者说对整个漆画界来说，这幅作品的获奖，相当于国家已承认漆画属于美术界当中的一个独特画种或画类，漆画将作为一种纯粹的艺术表达方式，记入史册。对广大漆画作者来说，这是值得欢欣鼓舞的，也是对这门艺术的肯定。漆画的获奖，打破了之前很多人提的漆画是工艺装饰作品的看法。这是陈立德先生一直以来对现代主义艺术思潮前瞻性思考、实践的结果。

陈立德先生非常明白，自己的作品获奖了，但自身的压力却越来越大——如何让漆画艺术发扬光大，让漆画艺术被更多人接受。陈立德冷静地思考、勤奋地实践，建立了一套独特的漆画语言，为漆画领域的绘画性语言逻辑的探索和建构做出了重要贡献。随着时间的推移、对艺术的独立思考以及在学术品质上的不懈追求，陈立德先生游刃有余地穿梭在写实、写意甚至是抽象构成的表达之间，不断地拓宽自己的创作边界。他的漆画作品呈现出丰富且成熟的个人样式，并且始终保持在艺术创作的最前沿。现代漆画的蓬勃发展，让陈立德先生感到万分的欣慰。

此次展出的作品，题材比较广泛，有"一带一路"方面的描绘，涉及泉州作为海丝起点城市的对外贸易、民族交流的情景；有闽南风情建筑——红砖厝、番仔楼；有花卉写意；有抽象画人物；有写实惠安女、蟳埔女；有外国建筑等异域风景；也有山水画作，真是琳琅满目，满室生辉。

陈立德先生的作品，可以说是立足泉州本土，融贯中西，广泛吸收营养，努力形成自身独特的漆画语言，在展现闽南风土人情、山海特色上取得比较大的成效。他扎根泉州，对闽南这片土地一往情深。他心灵笃定，甚至是甘于寂寞地把自己的情感志向融入画中。他从日常生活出发，在相对沉静的东方经验中，找到了大漆与西方绘画语言巧妙的契合点，建立起独特的漆画语汇，让他可以游刃有余地穿梭在写实、写意甚至是抽象构成的表达之间。这种包容、融合、创新的举动，正是泉州人的特质表现，在其作品中，也经常不经意间流露、显现出来。

综观陈立德先生的作品，我们可以感受到他一丝不苟的严谨，也可以感受到他对艺术执着追求的情怀。画面上的每一个线条、每一块颜色与每一个造型，都倾注了他许多的心血、智慧，而在画面结构经营和肌理质感的处理方面更是融入了他对于中西文化和历史的思考，特别是对闽南文化和历史的思考。

李祖旺国画"游梦"的艺术特点

李祖旺国画小品展于 2015 年 12 月 16 日至 31 日在晋江图书馆展出。该展览共展出来自北京的艺术家李祖旺先生新近创作的 42 幅小品作品，主要以花卉画、人物画、山水画为主。

李祖旺，北京服装学院副教授，中国新文人画代表画家之一，擅长人物、花鸟等题材。"中国新文人画"，指的是 20 世纪 80 年代末 90 年代初中国艺术界出现的一种文化现象，1986 年由边平山组织发起。

李祖旺说："我这次展出的作品大部分都是小品作品。我对于花卉作品的创作得自于像宋人、元人、明人等一些传统的作品意趣，受到传统绘画的影响。自己也把花卉作品的用笔方式和书写方式用到人物中去，人物主要是以传统的笔法与现代的人物作为研究的主题。"

请李祖旺老师到晋江办展的目的，还是比较明确的。我当时想，晋江具有深厚的文化底蕴，也出了不少文化名人。在经济发展的同时，晋江同样需要提升文化审美水平。除了通过"走出去"参观、办展、交流、采风、创作……也需要"引进来"外面较好的艺术形式、艺术作品和开拓性、创新性比较强的艺术名家，为广大文艺爱好者提供平台，让文艺爱好者从中学到新的理念、思想与创新意识。李祖旺老师的作品具有新文人画风格，朴实清新，可雅俗共赏，又可启迪、影响人。

"游梦"系列国画小品，是李祖旺比较常画的一个题材，也是这次展览内容的一个重点。个人认为"游梦"系列国画作品具有以下几个艺术特点。

一、"游梦"作品重视墨色的运用

　　在中国画里，"墨"并不是只被看成一种黑色，一幅水墨画里，即使只用单一的墨色，也可使画面产生色彩的变化，完美地表现物象。"墨分五色"，有"干、湿、浓、淡、焦"五种，如果加上"白"，就是"六彩"。其中"干"与"湿"是水分多少的比较；"浓"与"淡"是色度深浅的比较；"焦"，在色度上深于"浓"；"白"，指纸上的空白，二者形成对比。墨色浓重繁复处就是实，即指有笔墨处，而浅淡疏密处就是虚，即指无笔墨处。

　　在"游梦"作品中，李祖旺很注重笔墨的运用，通过立意、图式、技法等来营造画面，营造主题意趣气韵。"游梦"系列新作，画图中的男男女女，以表现现代人的面貌和生活状态为主，服饰比较现代派，甚至一些是流行款、时髦款的，可谓姿态万千，风情无限。笔墨从传统中来，虽画俗士美女，却不落俗套。他的美人图、俗家士人图，都在他的笔、墨、色掌控之下，而又归一于他"游梦"画理之中，故画趣生于当下，画格见与古人。

二、"游梦"作品重视笔法的运用

　　"游梦"系列画作，不以酷似论高低，但求以吾心与画同的"人文"精神，打动人们。李祖旺通过笔触勾勒人物的服饰，比较充分展现服饰的质感，或轻盈，或厚重，或明亮，或粗糙，可见笔法功力之深。

国画创作注重虚实相生，一般是虚中有实，实中见虚，从而使得用笔刚中带柔，柔中见刚，虚实得当。用笔沉着老道时，相对产生浓重感，这是比较实；如果用笔处于松动状态，就会出现轻淡感，就会比较虚。

李祖旺说："好在有梦，虚实变换之间还可把控自省，可赏玩，可游戏，可倨傲，放纵闲散。末了，还真应验了西方学者弗洛伊德先生的潜意识学说，只能让物性、象性、色性、仁性、爱性……来圆满自己。""游梦"作品通过色彩的变化、描绘，产生比较好的形象意韵，这些，得益于笔法的娴熟运用。

三、"游梦"作品重视意境的营造

李祖旺说："常有游梦之境，梦中时常把当下之景象与梦境交融，亦真亦幻不能甄别。"他认为，画画是不可以用真实性与可信度的认识来判断和衡量的，特别是绘画的价值与审美精神方面。如果那样的话，总觉得艺术的认知多少有些肤浅。所以画画中的"写实"与"非梦"可以有关联，"写虚"与"游梦"可以并叙。

"游梦"作品的背景，或叫辅景，一般着墨不多，但效果很好，给人以诸多想象。想象，也可以说是联想，在艺术欣赏中又叫"再创造"，是艺术欣赏的基本方法、基本规律之一。正是有了联想的因素，决定了中国绘画中的"无"具有特殊的意义。通过联想去补充"无"，实现符合欣赏者审美需要的有，"无"留给欣赏者再创造的机会是无限的。

其实，每个人对画画的认识、观点不同，作画的方式、方法也不一样。当用笔墨来感知物象时，落笔有时就在实处，就在那此时此物的语境之中。有时又飘忽不以为然，不被眼见之物象所控制，笔草墨逸，这种状态，或叫画境。有时作品会出现极致状态，可以说若有神助，乃神来之笔！

百印乾坤大　形神方寸间

——洪志雄肖形风狮百印展观后

　　2013 年 6 月 15 日至 18 日，由福建省、泉州市两级美术家协会、书法家协会与泉州晚报社联合主办的"洪志雄风狮带百印展"在泉州历史华侨博物馆展出。

　　洪志雄，晋江人，先后毕业于福建工艺美术学校和福建师范大学，师承多位画坛名家，艺术创作涉及中国画、篆刻、水粉画、油画等领域，在中国山水画的探索中尤有心得。其绘画注重传统，注重生活，讲究传统技法并重视作品中的笔墨修养，力求别具一格。其现为《泉州晚报》美术编辑、泉州美术家协会副秘书长、泉州画院画师、福建省美术家协会会员。

　　这 100 枚肖形风狮印由《泉州晚报》首席美术编辑洪志雄先生创作，他首次采用肖形印的形式，艺术再现了风狮爷的风采。

　　风狮爷又称风狮、石狮爷、石狮公，是闽南一带设立在建筑物的门或屋顶、村落的高台等处的狮子像，造型主要有立姿和蹲姿两种。

　　洪志雄注重从浓厚的地方文化中挖掘美、表现美，他曾创作过表现南音艺术的人物画系列和闽南慈善家李五线描画传等。他涉猎面较广，有山水画、花鸟画、人物画；而闽南文化的一些题材，始终成为他创作的动力。

　　此次展出的 100 枚肖形印风狮爷作品，倾注了洪志雄先生的诸多心力。综观他的作品，可以说是古朴简练、趣味生动、造型独具、形神兼备。石头的外形很多是不规则的，作者随形赋义，因材施刻，灵活有致。作品形态各具，有的重在表现慈眉善目，有的重在突出憨态可掬，有的展示威武庄严，有的分明洞察世事，甚至有的展现俏皮、表示可爱。金石的洗练刀法、简洁造型、明快格调，和溢着浓浓闽南风情的百态风狮，充分体现了创作者的美术功底和不凡的创作水平。

学识与修养是历来被中国画家所强调的，画家在驾驭线条挥写性灵之时，学识底蕴自然流露笔端。洪志雄很注意在这方面下功夫。他对古典诗词很感兴趣，收藏很多有关古典诗词的书，业余时常把卷细品，深受滋养。

每一项工作的成功，都要付出汗水和努力。风狮爷石刻，是一种创新，很多技术，都是靠自己"摸着石头过河"一步一步实践出来的。

"使用哪一种艺术手法来再现风狮爷？我一直在苦苦思索。"洪志雄表示，2008年当北京奥运会会徽"中国印——舞动的北京"公开亮相时，他便决定用肖形印来刻风狮爷。美术作品表面是一种安静而简单的形态，却可以承载最恢宏的人生百态和文化内涵，可以传递最悠远的情怀。

洪志雄说，传统的风狮爷只是手持"令"或"帅"旗。他在创作风狮爷肖形印时，则别出心裁地吸收汉瓦当中的吉祥语，诸如"福""禅""延福""吉祥""平安第一"等，使表现的题材更具内涵。这些作品因寓以深深的祝福而深受社会各界人士喜爱。

风狮爷崇拜，体现了民众对它的无限景仰和敬畏。"百印风狮爷"这种秉承传统的创新形式，是对文化传承的再认识，有其独特的历史意义和现代价值。

洪志雄在"百印风狮爷"这方面做出的努力和取得的成绩，是有目共睹的。相信，在洪志雄的继续努力下，风狮爷这方面的题材、内容、形式，能取得更大的突破，也寄望洪志雄的艺术创作蒸蒸日上。

醉心青绿养大气

——画家王立国印象

与立国君相识，乃缘分是也。数次接触，方知立国君醉心丹青已数十载，且成绩熠熠，尤以青绿山水为最。古人云"智者乐水，仁者乐山"。大凡崇尚山水者，多为旷达之士或才情洋溢者。立国君仁智兼备，故能自得其义、自得其乐哉！

予观之画作，如临其境，犹驾云览山，清气满满。或层峦叠嶂、连绵起伏，或幽壑纵横、恣意横行，或劲峰逶迤、直指云天，或飞泉垂练、轻悬飘荡，或青松翠柏、昂然挺立，或轻舟长橹、悠然摇弋。云涌处，常见暮鸟群归；草青处，细看红花点点。于此，当见立国君山水画事，功底扎实，汲取传统养分，又融入己见，以线为骨，笔墨厚重，静美中见伟俊清新之气韵。

余自揣摩，立国君独辟蹊径，并有所经营，常画常新，有今日之绩，缘由有三。一则得益名师指导。其师王文芳、李小可诸君乃画坛巨擘，所谓"近朱者赤，近墨者黑"，于大京城之氛围，耳濡目染，久浸成精。师法传承，且师教方式独特，非满堂灌之式，而是启发、诱导、引导、指导、说教诸式兼施，并重个人修行领悟，此乃得师之益也。二则自身勤学善悟。立国君年少从戎，满腔热情，多有功立。然秉性乐艺，痴心如一，有志于艺事，乃兼戎又艺，二者并行。立国君注重自学，以"工夫在画外"激励自己，常以读书写诗，辅以艺事，达到体悟、了悟之境。"外师造化，中得心源"，其数载学画经历，遍临古画名作，边临边思，多画多悟，已然有自身风格也。三则以大自然为师。立国君自视学识局限，乃处处提升自我，表现为常出门深入大山写生，一写月余之久，此非意志坚定者，难能所为。枯燥、单调且危险写生之旅，于立国君而言乃佳致也，于此之中，深受自然启迪，始觉现实之山与古人之画谱，差距明显。诸多写生实践，予立国君造化顿悟，厘清尊崇传统又不囿于传统等诸困扰。立国君在自然山水景致中善于取舍，去粗取精，去繁就简，重在形意相融。由此，立国君对青绿山水更情有独钟，倾力有加，画境意韵亦随之大进，此乃坚定立国君走青绿山水一路也。其人言，中国画家致力青绿山水者不多，其有志于此也。

立国君不喜言语。若言之，乃句句在理，足见其深思熟虑，经纶满腹。其访学游历武夷，探寻武夷山水，深感山之美，水之秀，曾作丈八之《乾坤清气，大美武夷》图，真乃鸿篇巨制，气势恢宏。观其作画，乃知其善运筹帷幄、谋篇布局、胆大心细、不急不躁、胸有丘壑、收放自如！其有志再入武夷，再创巨幅，展武夷山水之韵、之气、之魂。此志难得，然立国君矢志不移，必可马到功成。

谈李兵雪山画的创新价值

认识李兵，是在一场全国性艺术活动中。李兵为人随和、低调，做事却非常认真、执着。那次的笔会中，我亲眼见证了李兵在现场画雪山画。

时间过得很快，转眼两年过去了，如今，在微信或报纸，经常可以看到李兵在画展、写生活动中忙碌的身影。作为一位美术爱好者，我一直关注着李兵，关注着李兵的雪山画，同时，也对李兵雪山画在时下的影响和意义，进行了一些思考。我认为，李兵是中国水墨画坛的一枝新秀，在中国山水画领域开创了西域雪山画的新境界。

一、善以宏观视角，展现正大气象。

崇尚自然、追求自然神韵之美是中华民族审美观中最重要的特征。

李兵水墨雪山画的一个显著特征就是崇尚自然山水之美，在艺术表现自然景象中，通过情景交融、虚实结合展示山风雪韵，把西域雪山的冷逸之美转化成富于情致的艺术之美，让人透过笔墨表现的自然物象看到生动的意境，透过有限之景引发无限之思，给人以丰富的艺术想象空间。

中国美协理论委员会委员、时任四川大学艺术学院院长黄宗贤认为，宏大正象是时代的吁求，当代艺术到处充斥着割裂文脉、不讲文理的做法，李兵作品中所追求的渺远宏阔、以天合天、天地浑然的气象是艺术应该存在的一种品味。

雪山作品《水墨勾山川》，通过皴擦而成的大片的黑白块面，以及山峦的连绵不绝，以大视野的镜头构建营造，表现了巍峨、圣洁的雪山胜景。这是李兵的雪山绘画特点。一般情况下，李兵在物象取舍上，取大舍小；在造景规模上以大场面、大轮廓呈现，不以一山、一石、一水为目的，而是选取整座山脉为创作的对象。这样，不仅能生动地呈现物象的轮廓和结构，而且还展示出了高远的意境和博大的内涵，表现出了高原雪山的自然形态和雄伟气质，让观者通过感受水墨雪山画的神秘震撼和纯净清高，深切体会到雪域高原的不屈灵魂和圣洁精神。

四川大学艺术学院教授吴永强说："李兵笔下的山水以俯瞰的角度构图，无论是全景还是中景，都异于古人，他所画的是代表我们时代的山水。此外，他将宏阔大气的构图和局部的肌理集合得非常好，既不失整体的大气，又兼顾到细部的质感，可谓胸中有丘壑。他在光影的处理上也有独到之处，画面中不仅有自然直观的天光，而且部分作品中还给光赋予了某种神性，使得画面更富张力。"

近年来，李兵的水墨雪山画在中国山水画坛刮起了一阵刚劲雄健之风，他被评论家称为中国新时代民族复兴、国力昌盛的艺术代言，其作品的恢宏气势彰显着繁荣、雄强、自信、豪迈的时代气象。李兵的水墨雪山画作品充满国粹特色、富有中国气派，是继承传统和自主创新相结合的典范。他的用墨、用色超凡脱俗、恣情挥洒，把传统笔墨与自然物象以及自身感悟都鲜明地展现在了宣纸上。这种表现手法既随意写景，又以景造意，法自然而不刻意雕饰，创作出的作品不仅力量雄健、气势恢宏，而且清爽淳朴、境界高远。

二、注重笔墨技法，独创画面语言。

画雪，古人多以胶矾水点染宣纸，笔墨后，自然就出现雪的姿态。今人也有先用粉，后染墨，再用粉，幻化为雪。

李兵水墨雪山画所展示的探索求新的思想内涵和超然画外的笔墨语境，以其开辟山水画崭新境界的艺术创新实践，深度解析了中国画的写意传统和笔墨精神。

为了解决雪山题材问题与笔墨技法这一矛盾，画家历经十余载的钻研，反复地进行笔墨皴法试验，终于成功实践出了"多笔触共生、多色彩复合的侧逆锋块状用笔。以'块斧劈'形式表现雪山岩石或冰川结构，在堆雪的位置留下空白，然后通过积墨、积色、积水和环境烘托'挤'出雪的质感、'衬'出雪山色泽"的笔墨语言。

"实则虚之，虚则实之"的艺术手法是李兵表现雪山的独到之处，他并没有使用笔墨去画雪，其笔下的白雪，实际上是白纸的本色；而雪的厚度和质感则是通过传统中国画的勾、皴、点、染等写意技法来完成，写意性、书写性特征非常明显。

李兵注重笔墨技法，独创画面语言，这是一种创新。时任中央美院原院长靳尚谊在带领中国书画家代表团赴泰国参加中泰建交三十周年艺术交流活动和参加"锦绣澳门中国书画名家作品展"时评价李兵作品："李兵的雪山画作品面貌独特、笔法新颖，是具有创新意义的作品。"时任中国美术家协会副主席冯远在观看李兵画作时点评："这种雪山画法与雪域高原有融入式的交流，作品恢宏大气，有创新精神。"

李兵画雪山，根本没有画雪，不着一笔一墨，却让观者真真切切地感觉到了雪的存在。这种绘画手法可以说是达到了中国画写意精神的上乘境界。李兵独立探索提炼出的新皴法——"块斧劈皴"（也有人称之为"李兵冰雪皴"）和独特的"挤白""衬白"染雪法、冷暖对比烘雪法等，填补了中国水墨高原雪山画法的空白，开创了冰雪山水画的新境界，成为中国水墨雪山画体系的创立者和领军人物。

三、重视意象营造，抒写雪山圣灵。

潘天寿在《论画残稿》中说："落笔须有刚正之骨，浩然之气。

辅以广博之学养，高远之神思，方可具正法眼，入上乘禅。若少气骨，欠修养，虽特技巧思，偏才捷劲而成新格，终非大家气象。"艺术及艺术家的本质意义在于其守护并推动的人文精神，这种精神不仅是社会历史的存在，同时还是一种心理的存在，一种情感的永驻。李兵的西域雪山画为我们打开一扇走进圣洁、宁静、和美世界，回归到生命本真的门。

在生活的实践和艺术的探索中，李兵逐步认识到，创作西域雪山画与画其他山水画一样，需要正确解决"形与意""形与情""形与笔墨"的关系问题。笔墨及色彩的"意"和"情"要通过"形"来表现，而并非为形造"形"。但"意"和"情"是抽象的，"形"却是具象的。中国传统水墨画十分追求意象美，所以多具抽象性，不仅讲求笔墨语言单纯、简练，而且更加注重整体和意境。

在构图方式上，李兵一般采用传统的近浓远淡、近实远虚的透视技巧，使整个画面自然、丰富、和谐、统一，既展示立意精神，又营造直观效果，体现了画由心生、境由心造的艺术魂魄。西域高原集空旷、雄奇、神秘于一体，在画面表现上就需要兼具清爽、浑厚、大气，无论尺幅大小，都应充满力量和气势。

李兵以宽广的大视野，将雪域圣境的高洁、巍峨，通过水墨的灵动跃然表现纸上。他以纪实的笔法将西域雪山的冷峻美融入富有情趣的艺术美。他在雪山与莽林山石之间，强调云雾的流动，借着墨色的渲染或简笔拖移，在黑白的对比中，光影的旋律中，让雪山立体、真实地扑面而来；而身心之外，我们感觉到的是一股浩然之气、圣灵之魂升腾而起，久久不离。

四、注重款识题写，扩充文本内涵。

对于诗家来说，"工夫在诗外"，套用这句话，作为画家，工夫当然是在画外了。是的，李兵不仅画画得好，还在诗词、书法上下了很大工夫。我看他快画完一幅画时，在画面细节收拾时，对画的题目、题款内容已是了然在胸了，真是"腹有诗书气自华"。落款时，只见李兵用眼睛一瞥，再用手掌一比画，就大致框出题款位置、范围。题写时，不紧不慢，从从容容。不一会儿，一首诗赫然其上，与画面的意境相符，甚至很多时候更是点睛之笔、神来之笔，起到了锦上添花作用，让人看了更有想象的空间。

对诗歌的热爱，使李兵的雪山作品充满诗意。李兵笔下的雪山，是人格化、神性化的圣山，他用真诚的赤子之心，倾情讴歌和赞美雪山精神。他说："我崇拜雪的高洁、山的博大。我喜欢雪山春风化雨、昂首挺胸的性格。"因此，注入了他生命探索的西域雪山画，那磅礴的气势、庄严的雄姿，传递出了画家的胸怀和追求。

雪山作品《天光雪岭共从容》描绘的是高大雪山的静态之美与云雾飘逸、溪流奔涌的动态之美，林与石的灰黑凝重和草与幡的勃勃生机，顿时给人一种超尘脱俗的娴静之美。在作品的左上方，李兵题写一首诗："一泻千里辞寒峰，滋养万山草木葱。风马轻吟歌壮志，天光雪岭共从容。"短短四句，更是将一种恬淡、清幽、活力的艺术情调描绘得淋漓尽致。

李兵题画诗中的雪山与他画笔下的雪山一样，里面几乎看不到寒风怒号、大雪纷飞的凄凉景象，倒是那冷峻、清凉的雪岭给人一种坦荡皎洁、正义凛然的雄伟之感。雪山画《春满神山》题画诗云："一夜清风换朝阳，万山残雪映霞光。神巅溢彩生图画，绿树吟涛蕴沧桑。"充满哲理的诗句，与雪山内在的独特韵味，使画面的文本内涵随之扩展……

李兵对雪山情有独钟，他知雪山、爱雪山、懂雪山，不仅沉醉于用自己的笔墨语言画雪山，而且充分发挥自己在文学上的特长以诗歌咏雪山，并将其诗用于题写画款，使画作锦上添花，大大提升了其水墨雪山画作品的表现力和品位。诗书画，浑然一体，满足不同的审美诉求，给人以颇多玩味。其实，这便是李兵水墨雪山画的独特魅力所在！

艺海多游历　妙笔写性情

——《洪伟辟油画选》读后

　　2017 年 9 月，洪伟辟油画作品展暨《洪伟辟油画选》画册首发式在晋江市文化中心举行。当日，我因故无法前往参加首发式，至今引以为憾。但拜读了《洪伟辟油画选》一书后，我的心情久久不能平静。一位长者，晋江画界的长者，坚持绘画数十年，《洪伟辟油画选》的出版，凝聚了洪伟辟先生太多的心血。

　　认识洪伟辟先生，最早是源于他的散文集《寻找高湖》。画家所写的散文朴实又灵动，有哲理又能激发人思考、想象，文笔细腻绵长，犹如一杯清香醇厚的铁观音，直沁人心脾。

　　文如其人，画如其人。洪伟辟先生曾任福建省美术家协会常务理事、泉州市美术家协会主席等职，是晋江政协之友书画院常务副院长、晋江市文联顾问。近几年，我几次去拜访洪伟辟先生时，都看他在专注作画。为了出版这本画册，洪伟辟先生用了大量时间和努力，潜心油画艺术创作。

　　《洪伟辟油画选》一书收录了画家 70 多幅作品，作品题材广泛、独具特色，既有晋江的自然山水和名胜古迹，又有与众不同的人物肖像和静物展现。洪伟辟先生在跋中写到"画册中的作品，新旧参半，艺术一般，更可惜的是当年很多尺幅比较大的主题画由于种种原因没能保留下来，没将这些作品收进画册，是我最大的遗憾。"

　　综观《洪伟辟油画选》所有作品，个人认为具有几个亮点。

一、立足闽南，展现地方人文精神。

在当前，中国油画多元化发展时期，各种不同风格取向的艺术追求百花竞放，而洪伟辟先生与某些现代流派不同，长期坚持以写实主义绘画风格为主，坚持创作人民喜闻乐见的作品。他重视自然美和真实美，风景油画以写实手法描绘大自然的美好和现实生活的真情，以客观性和典型性为基本特征。

洪伟辟先生说："作为一个本土画家，我热爱自己的故乡，画了很多故乡的人物和山水，这次展览的作品有一半是近几年新创作的，有一半是大学生时代、20世纪80年代创作的作品。希望通过此次展览，作为对故乡人的一种回报。"

生长生活在闽南，洪伟辟先生画的风景，大部分以闽南题材为主。比如《故乡的湖》《草庵寺》《闽南村巷》《青阳旧景》《姑嫂塔》《灰窑》《丹心石》《山村》《千年老桧》等。这些作品，充满了画家对家乡的热爱，通过丰富的笔触、色彩、技法，表现了闽南的特色建筑、人文、风俗等，突出闽南区域的审美情调，富有闽南区域的诗情画意，形成了自己独特的风格。

洪伟辟先生是晋江英林镇高湖村人，故乡的湖，名字叫虺湖。这座故乡的湖——虺湖，与洪伟辟先生还有一段故事。2008年，洪伟辟先生回乡，看到多年未见的虺湖变得模样不堪，十分痛心，写下《受伤的虺湖》一文，当时在很多报刊都发表了，引起社会各界的重视。对于虺湖的整治，一直在进行着，如今，大家期待的那个如诗如画的虺湖已经回来了。油画作品《故乡的湖》作于2016年，画面开阔，视野宽远，大面积描绘湖面，天光潋滟，波澜不兴，渲染了一种静谧、神秘、圣洁之境。

作品《草庵寺》，色彩明丽淡雅，富有生机活力，也是展现闽南建筑特色的一件精品。因弘一法师曾经驻锡草庵，所以创作这幅作品时，洪伟辟先生揣摩良久，几易其稿，煞费苦心。

洪伟辟先生的风景油画，色彩优美艳丽，景色朴实无华、流畅大方，具有感染人心的艺术效果，笔触轻松细腻，层次鲜明，艺术个性突出。在整体画面表现上，细致精美，画面充满动态活力与生趣，呈现出舒适恬静的感人的艺术效果。

二、面向海洋，展现"海之子"性格特质。

在 19 世纪中叶，俄罗斯出现了一位海景画家艾瓦佐夫斯基。艾瓦佐夫斯基善于表达海上夜景，特别善于描绘海上夜晚的风暴，那无边宽阔的海面，晚霞落日的水气，狂涛骇浪的云烟，月光下波浪在嬉戏，在暴风雨袭击中的船只。这一切都在表现大自然的力量，并借以表现人民的大无畏精神。

晋江，枕山濒海。晋江人，有着海一样的性格，他们勇于开拓，敢于创新。正像人们所说的"敢为天下先"。晋江人能坚忍，富有宽容之心。长期与海洋打交道的晋江人，经历海洋的磨炼，形成了宽容坦荡的胸怀，他们具有能兼容、善兼济、爱拼敢赢的性格特质。

泉州画院郭宁院长说："洪伟辟的作品充满激情，包含对故乡的深情，作品主题鲜明，基本功扎实，画风奔放，富有张力，和他的性格一样，体现出他的直爽和大气，表现出画家对生活的无限热爱，同时给人以心灵上的感动。"

洪伟辟先生对海也是情有独钟，骨子里最爱的依然是原创油画。海洋题材的作品有《漩涡》《激浪》《渔船》《绮霞听晚潮》《十级浪》《浪拍孤屿》《乌石角》《金沙湾》《滩涂》《海礁浴日》等。风光迤逦的金沙湾，奔腾咆哮的东海浪，与海有关的渔船、滩涂、礁石……都融入他的笔下。

洪伟辟说："单单只有手上功夫，就叫师傅；既有手上功夫，又有艺术思想，才是画家。"他是这样说，也是这样做的。海水的质感和光的效果画得是如此的好；太阳突然从海平面升起，在海面上发出美丽的光芒；月光在波浪里跳跃，像一首优美的钢琴曲。海洋题材作品，或展示惊涛，或展示骇浪，或展示险恶场面，或展示美好海景，极富浪漫主义，像一首首情绪高昂、低缓、温情、热烈的诗，也像似人与大自然在搏斗、抗争，给人以震撼的力量，传达了"海之子民"特有的性格本质。

三、描绘人物，抒写不同人性之美。

人物画，占了画册的一半，有37幅之多。可分为人物头像、人体写生、古代文人、劳作场景等。《开山汉子》《深沪印象》《余音》等数十幅美术作品参加了全国性展览和福建省展。其中《深沪印象》获省文化界美展一等奖，这是一幅三联画，画中的妇人手中提着漆篮和雨伞，眺望蓝蓝的深沪湾，对面的男人则拎着大鱼正高高兴兴地朝她走来。美术评论家称，洪伟辟先生的每一幅画，都体现着晋江这方热土的活力和生机。

"他的每一幅画，不但追求意境，而且还注入深深的情感，这种情感是真实而直白的。特别是他后期的油画，直如中国画的写意手法，外行人有点看不懂，然而内行人都很欣赏"。有一段时间，他醉心于中国古代大诗人的系列创作。比如李白、苏东坡、范仲淹、杜甫、杜牧等大文豪都已一一走进他的画中。《举杯邀明月》，画中的李白右手举杯，左手提壶，酣然醉态地斜身踩在飞扬的云端，面对头顶那轮硕大的月亮，饮酒当歌，好一幅浪漫风景！《大江东去》画面以白色浪涛为主，占据三分之二版面，一代词人苏东坡站在礁石上，面对滔滔江水，似乎在发出的人生感叹。《先天下之忧而忧》以胭脂红为大背景，身着白衣的范仲淹举笔挥毫"先天下之忧而忧，后天下之乐而乐"，一幅忧国忧民景象。

齐白石说过"绘画妙在似与不似之间"。完成了一件油画写生作品时，很多时候我们会听到最直接的评价就是画得"像与不像"，我们有时会不自觉的以为"像"就是画得好，"不像"就是画得不好。评价一幅画的好坏，有一定的标准，当然，也可是"仁者见仁，智者见智"。

在人物画创作上，洪伟辟先生经常是在缜密的构思、严谨的写实中表现人物的神韵。他的创作态度严肃、认真，他的作品都是以自己的生活体验为基础，是有感而发。人物头像写生作品《老归侨》《画友》《渔民》《渔村会计员》《作家李灿煌》《老支书》《女教师》《演员》《舞者》等，大部分以写实为主，充分展示了人物的性格、身份等特征。特别是作品《作家李灿煌》，通过一些生活细节，比如书房、墙壁的国画、抽烟等，生动诠释一位文人学者的沉稳、睿智、儒雅。

洪伟辟先生的《余音》作品，我很是喜欢。这幅画很有画家林风眠的遗韵。画中描绘一琵琶女刚弹完一曲后，脸部依靠琵琶，似在小憩，似在沉思，似在回味……真是余音绕梁，挥之不去。此幅作品不仅展示了人之美，展示了画之美，境之美，更展示了韵之美。

当代艺术

"邂逅西街" 当代艺术展随想

一种文化需要外来文化的冲击，才能有所提升。泉州古代的文化那么繁荣，正是因为它是海上丝绸之路的起点，融合了许多外来文化。文化也如水，没有外来水，就会成死水。

——吴达新

百年前的 "中西合璧" 洋楼

临海的地缘优势，赋予了泉州向外延伸的文化属性。泉州作为古代海上丝绸之路的起点，开放包容是其自古有之的文化属性。这种文化基因深深烙在泉州人的精神深处。

近代以来，泉州人远渡海外，经商生活，同时又把不同的文明种子带回故土。西街116号宋宅后座洋楼的主人宋文圃就是一个典型代表。

洋楼，是一座中西合璧的二层建筑，已历经百年风雨。

建造这样一座楼，宋文圃先生是基于什么样的想法，谁都无法猜测到。难道是作为地地道道泉州人受西方艺术熏陶而产生的建筑情结吗？

也许，100年前的西街，还比较破落，建造一幢有特色的房子，融入自身的艺术思想，把它作为精品，作为艺术品，展现出来，能更好彰显自身的艺术素养和视野。1915 年，洋楼终于落成。宋文圃实现了将西方建筑艺术带到泉州，并与传统闽南民居建筑特色合二为一的愿望，可谓是一项创新、一项壮举。

有人说，这是西式巴洛克建筑闯入了中国传统文化的固有领地，在异地重构出了中西结合的别样建筑，给世人留下了解读文明交融的典型范本。

洋楼化身 "1915 艺术空间"

保护发展古城，日趋形成共识。经过政府和宋宅主人的一起努力，曾经破败的洋楼得到修缮，如今重见天日。我们可以从细处、从深处去聆听这座百年建筑，去感受建筑与历史、传统与西方、艺术与传承的伟大融合。

修缮好的洋楼，一度作为古城项目规划设计模型的展览中心。2017 年，为提升古城文化艺术特质，打造艺术新高地，政府邀请当代艺术家吴达新回家乡主持，把洋楼作为古城当代艺术活动和文化沙龙的基地，并重新命名为 "1915 艺术空间"。

1915 艺术空间，既是承载艺术行为的物质文明空间，又是生发艺术观念的精神文化空间。历史纬度上，这里是泉州引进西式建筑与艺术形式的一个代表；地理纬度上，泉州兼收并蓄、开放包容的地域特征为当代艺术的传播发展提供了地缘基础。

从传播当代艺术的愿景来说，在超越了建筑层面的这一物质空间之后，我们更渴望的是通过对此空间过去的想象，完成此空间现实意义的对话，最终达到空间的当代艺术建构。

当代艺术展览，对古城来说有何意义呢？这是我们要探寻的目标。至少在文化底蕴深厚的西街，我们需要外来文化的融入，我们希望碰撞出艺术的火花。

毋庸讳言，我们要珍惜我们的文化，我们要把我们的文化发扬光大。借助当代艺术展览，我们可以了解很多古城没有的文化内容，甄别我们需要的东西。通过引进当代艺术展览，可以开阔市民的视野，让更多的年轻人喜欢上艺术，从而带领自己的团队在古城创作，在古城发展，在古城壮大。这样一来，我们就为城市建设注入一些新鲜的血液，这对古城的发展是极为重要的。

邂逅当代艺术展

2017 年 12 月 10 日，"邂逅西街"当代艺术展在 1915 艺术空间举行。这是一场古城文化和当代艺术相互融合的展览。

百年洋楼，历经沧桑，此时已是枯木逢春，旧貌换新颜。当代艺术在古城文脉延续上得到了传承、弘扬。"邂逅西街"当代艺术展，秉承了开放、包容、敢于创新的精神，展出了以吴达新为主的当代艺术家 20 多件当代艺术作品。

展出作品的布置，都是根据洋楼固有的条件，因地制宜，很有艺术氛围。在一楼一间不到 20 平方米的屋中，可以看到三座塔。一幅是打开西窗，远远的可见实景东塔的塔尖；一幅是艺术家李家顺用综合材料绘就的《塔》，画面灰蒙蒙的，与吴达新的《塔》有些接近。吴达新的《塔》，是在西面斑驳墙体之上，再挂上玻璃画板，上部勾出塔尖，下方画上前景，远远看，看似涂鸦，却是一座抽象的"塔"。

一楼正大厅的木质墙体，一侧是本来就有的供奉着本地土地爷的小神龛，而另一侧悬挂着一幅艺术家邬建安创作的《山海经》神话小人物形象剪纸，再拼出一尊持械的西方神话人物刻纸作品《赤兔，赤兔！》。富有西方韵味的艺术作品与东方的小神龛摆放在一起，看起来并不让人别扭，但更感和谐。

中央美院院长范迪安先生说，"泉州是一种很有艺术特征的城市，是一座多元文化交融的城市"。2017 年 12 月 11 日晚上，范迪安先生走进泉州西街 1915 艺术空间，参观了"邂逅西街"当代艺术展，与部分参展艺术家座谈交流，共话艺术发展。

这是一次泉州中西式建筑与国内当代艺术展览交流、互衬、融合的尝试，是一个良好的学习机会和平台。当代艺术爱好者可以近距离欣赏当代艺术精品，感受当代艺术的独特魅力。

关于艺术家和作品

"邂逅西街"当代艺术展，展出了包括水墨、油画、漆画、装置、影像及综合材料等艺术形式，参展艺术家有吴达新、邬建安、陈鸿志、刘玉姗、刘亚洲、张旭东、何杰、吕山川、苏上舟、李家顺、王国建、沈沁等。

何杰认为，这次的展览空间充满了历史与记忆。对应这样的空间，他带来了两张具有回忆性的作品《历史塑造——牧马少年》《历史塑造——狮子和球和春天的花朵》。一边是当代绘画语言表达的回忆性，一边是百年历史的空间所展现的回忆性。何杰的作品更多是从个人情感及思想探索出发，来表现画面。

作为从福建走出的一位艺术家，陈鸿志参与"邂逅西街"当代艺术展，可以说是一场艺术的回归旅程。他是用亚克力板来创作的，透过《花园》的迷墙，我们猝不及防地跌进了画家建构的幻境之中。如陈鸿志所言，"森林给了我一种未知性"，同森林所代表的奇幻与未知性一样，意象表现的背后，我们依稀可以感受到漂浮、灵动乃至幻灭的气息。

出生于泉州的吕山川，身上带有一种原乡回归的姿态。《雪山》系列中的两幅作品，体现出的是一种自然题材的创作。这实际是吕山川对自身的一个内省，是他自身和内心的一个感受，他想通过这些自然神性的存在，与自然完成一个对话。

洋楼正门前方，摆放的是当代艺术家吴达新的《巨浪》。吴达新说，《巨浪》对"海"的表达，契合国家"一带一路"的倡议。

出生于1969年的吴达新，是泉州人，他就在泉州中山中路长大，大学也没离开家乡，直到大学毕业后，才东渡日本，西进美国，进修并实践当代艺术。

吴达新对泉州有着深厚感情，对文化有着深刻的思考。他认为"泉州那么丰富的传统文化，真的需要这样一个空间来承载，不仅让其他艺术家来了有地方可以去，也让来开元寺游玩的人，可以看到这座古城的另一种文化发展的方向"。能回到家乡办展，交流当代艺术，吴达新很高兴，也很感慨。他希望年轻艺术家能更多地从自身（家族、国家）的文化出发，寻找艺术创作的源泉。

古城需要当代艺术的融入

文化，是一座城市的灵魂和生生不息的动力，没有文化支撑的城市，肯定缺乏厚重感、立体感。

当代艺术，在泉州是有深厚基础的。独具匠心的瓷器、石雕、木雕等作品，代表着泉州当代艺术的荣光，展示了泉州独特的艺术魅力。一代又一代的泉州本土艺术家，用他们的智慧，创造了无比丰富的艺术作品。每一件艺术作品，无不从一个侧面反映泉州人心中的美好愿景，通过艺术图腾、艺术的符号，真切地把日常生活的状态展现出来。

泉州古城被列为"城市双修"试点城市，这是历史文化名城保护的一大机会。古城保护以"低冲击"式的有机更新，活化古城文化和业态，激发古城活力，实现古城"见人、见物、见生活"，做到"留形、留人、留乡愁"之最大愿景。引进当代艺术展，就是要带动人气，形成气场。

　　泉州古城举办当代艺术展，促进古城文化与现代艺术互相碰撞、交融，是一种很好的尝试。期望有更多的当代艺术展览，走进古城，走进古城人的心里。

蔡国强和他的《艺术怎么样，
来自中国的当代艺术》

为营造古城浓厚的艺术氛围，2018 年春节期间，1915 艺术空间策划邀请泉籍当代艺术家蔡国强先生到古城开展两场艺术活动，一场是 2 月 19 日（农历正月初四）在泉州影剧院的《艺术怎么样，来自中国的当代艺术》观影会；另一场是 2 月 20 日（农历正月初五）在1915 艺术空间的"蔡国强艺术讲演专场"。

古城泉州与中国当代艺术将会迎来怎样的碰撞？

一、关于纪录片《艺术怎么样，来自中国的当代艺术》。

农历正月初四下午，纪录片在泉州影剧院首映，吸引了上千名观众前来赏鉴。首映结束后，蔡国强和该片导演夏姗姗登台，与观众交流分享历时三年、聚焦中国当代艺术的一些鲜为人知的情况。

纪录片《艺术怎么样，来自中国的当代艺术》记录了蔡国强受卡塔尔博物馆局委托，策划"艺术怎么样"大型群展过程中与 15 位参展艺术家的对话与思考。这 15 位参展的中国当代艺术家中，不仅有艺术界的大咖、已展露天赋的青年艺术家，还有农民身份的艺术家，其艺术创造涉及绘画、陶艺、舞台、影视、建材装置等多种形式。影片中，蔡国强阐发了"你是否将中国绘画中的'意境'运用于影片当中""你要为自己的独创性和艺术语言负责任，你在艺术语言上到底在探索什么""中国当代艺术需要靠传统艺术来支撑，因为没什么创意"等一系列对艺术的思考，揭示了中国当代艺术的挫折与焦虑。

纪录片中有蔡国强对策展目标的自述，亦萃取他与艺术家和专家直击人心的问答，以及利用摄影机聚焦中国当代艺术迟迟未被正视的挫折与焦虑。在影片中步步紧逼的悲观的后面，看到的却是希望。

"我扮演的是剥下皇帝新衣的那个人。"蔡国强说。他到全世界各地举办展览时，发现很多人不大愿意谈中国当代艺术，这给他带来很大刺激。于是，他对话中国顶尖的艺术家，希望探讨中国当代艺术发展最基本，也是最核心的问题。

面对独具风格的艺术家，摄制团队无同类成片经验可借鉴，无法预测现场对话的气氛。他们与蔡国强的讨论中，没有相互妥协甚至吹捧，而是正面交锋。这样碰撞出的火花，使影片具有可看性。夏姗姗希望通过这部纪录片，警醒中国当代艺术创作，同时，也呼吁国际艺术界能平等看待中国艺术，从作品本身出发，发现中国艺术家在创造力上的努力和成果。

夏姗姗表示，影片捕捉蔡国强提出的中国当代艺术核心问题——"艺术怎么样"，即艺术家的创造力如何，旨在激发中国艺术家对当代艺术的思考。

此次当代艺术活动，展现中国当代艺术家在面对市场诱惑与社会限制时，仍能在其艺术作品中表现出他们关于艺术本身的创作观念、方法论与创造力，真正关心艺术家的实践与艺术本身，从而体现中国当代艺术家对艺术的态度及求索。

二、关于蔡国强《谈谈我的艺术怎么样》演讲。

蔡国强在泉州 1915 艺术空间，以《谈谈我的艺术怎么样》为主题，讲述艺术历程。

蔡国强说："小时候我坐在父亲的腿上，看他在一个个火柴盒上绘画山水。小小的火柴盒，却饱含着父亲对世界很深的情感。这是我的创作根源。"

蔡国强在分享会上展示了自己的艺术创作历程。

234

从 1984 年第一次在画布上用火药做实验，到 1995 年创作《马可波罗遗忘的东西》参与第四十六届威尼斯双年展，到 2008 年北京奥运开幕艺术设计"大脚印"《历史的足迹》、美国休斯敦火药草图制作、2014 年为北京 APEC 所做的大型景观焰火《自然颂》……

分享会上，蔡国强以一张图解说自己，图中心的小人代表他，上方写着"宇宙"，下方写着"艺术史"。蔡国强表示目前正在进行"西方艺术史之旅"，和西班牙、意大利、俄罗斯等博物馆交流，用火药重塑西方艺术史上的著名作品。

数十年来，蔡国强不断行走在世界不同国度，穿梭在多元文化之间，但是，家乡泉州对他来说，是一方福地，是艺术创作的源泉。蔡国强说："泉州一直影响着我。这座特别的城市里，不同的宗教、文化、矛盾共存，与此同时，泉州人仍然坚守着自己的信仰、风格。""西街凝聚了自己太多的文化记忆，小时候常在东西塔前写生，得到了泉州开放文化精神的哺育。"

"在自己的村庄就可以仰望星空，胸怀宇宙。"蔡国强说，他少年时代就经常在家乡仰望星空，广大艺术青年播撒艺术种子不一定要到北京和上海等大城市，在泉州也可以胸怀宇宙。

蔡国强在与艺术青年对话时表示，他的艺术创作强调宇宙视角，是站在一个宏观的角度看待事物、抒发情感。在艺术创作中，我们永远都不能忘记宇宙，它大得使你谦卑。

蔡国强鼓励艺术青年时说，艺术家就是要有点"坏"，这"坏"指的是面对事物要有很多想法和激情。艺术创作时要保持兴奋、紧张及自我的情绪。

对于蔡国强来说，家乡是他艺术的起点，奶奶是他人生第一个粉丝和收藏家，父亲是他最好的启蒙老师。他则是从泉州这一"东方第一大港"驶出的一艘船——从泉州的港口出发，在世界港口漂泊。

当代艺术之于泉州古城

2018 年第七届深港城市建筑双城双年展，以"城市共生"为主题，以"城中村"为出发点，探讨中国在全球化背景下的城市发展模式，呼唤多元、包容、有活力的城市生态系统。来自 25 个国家的200 多位参展人透过融合建筑、艺术和设计的作品，探讨和反思中国在全球化背景下的城市发展模式，并尝试描绘未来城市的愿景。

236

一场艺术盛宴

建筑是一座城市靓丽的存在，它用特殊的方式记录着城市发展的进程、城市的变迁。这 30 多年间，我们欣喜地看到深圳，从原早区区几十万人的"小渔村"，飞速增长到现在 2000 多万人的国际大都市。这如此快的"深圳速度"背后，竟还保留如此人性与草根的一处历史古城——南头。

这不仅是一场展览、一种艺术的植入，它更是一场行动，代表一种观念、理念的改变，呈现给大家对城市文化、社会、空间不同层面的思考。

在策展人孟岩老师的讲解下，我们考察了"信息亭"，感受着作者运用"砖"这种沉重的建筑材料塑造轻盈的建筑体态；探访了草地上的"街道美术馆"，则是一场艺术介入城市的直接行动，旨在利用艺术的创造性和活力，来激发人们多元的探索；随处可见的艺术壁画也给这座"城中村"带来一场外来文化的视觉盛宴；而此次活动的"主展馆"是处于原生状态的旧厂房，在这里，大量影像艺术以及其他装置作品以某种特定的形式陈列着，表达出设计师"人需要自己去感受艺术，而不是等艺术告诉你"的思想理念。

双年展主展场外墙的壁画作品出自西班牙"壁画天团"的鲍尔·米斯图拉之手，先画上黄颜色的"发展"，然后用红颜色写上"传统"。这两种颜色叠加产生新的颜色，形成"和谐"两个字——传统与发展这对矛盾最终给"和谐"掉了，所以这个壁画作品取名叫《平衡·理解中国》。

艺术创造和现实生活相结合。艺术回归"以人为本"，注重将公共空间使用功能多样化，赢得了居民的广泛认可，比如在篮球场两侧将看台和图书馆相结合，使功能和空间形态完美统一；将原有杂乱无章的斜坡改为社区舞台，既展示历史文化，又丰富居民文化生活。

237

艺术之于泉州古城

"如果不能和人的生活很好地融合在一起，就是不好的风景""各种各样的事物和谐共处的时候，才是美，才有生命力"。——安藤中雄《建筑属于自己的世界》。

泉州作为首批中国历史文化名城，其"历史文化圈"的核心就是古城。在 6.41 平方公里的泉州古城区中，保留着中西合璧建筑、棋盘式街巷、古井、古树、古庙，还保存着南音、木偶、梨园戏、高甲戏等古老艺术，构成了丰富的、珍贵的历史文化遗产。

与深圳南头古城相比，泉州古城主动地融入了城市建设，更具有积极性和主动性。我认为他们的理念有值得借鉴之处，我们在进行泉州古城保护时，应该在保持古城格局风貌和完整性的基础上，对有历史价值的古建筑及成片的民宅坚持修旧如旧，对部分没有历史价值及新的建筑进行适当改造，有选择性在部分节点进行拆除，将其打造成公共空间或邀请知名艺术家重新设计建设成与泉州古城可相融合、有创意的艺术建筑。

在泉州古城策展活动过程中，可以借鉴"城市即为展馆，展览即为实践"的模式，布置具有古城意义并兼具实用性的展品，让展品能够更好地融入古城的日常生活里和居民形成有效互动，这也是展品和古城环境的共生。在部分古大厝、古街巷的修缮过程中，可以尝试保留整体传统建筑风格的同时，对其局部进行个性化、现代化装饰，引入时尚的元素，例如墙面涂鸦等，这是传统与时尚交相辉映、历史与现代和谐共生。

艺术造城，这个提法，我觉得比较新鲜，也有其可操作性，而且效果还不错。

就如泉州古城这两年的做法，其实就有同一层面的东西，就是在艺术造城。通过每年的五一、十一、春节三大节假日，开展"润物无声"系列展览活动，特别是"80后""90后"非遗传承人的引入，注入新鲜血液的古城一下子焕发了青春的气息、青春的活力。一些年轻的文创团队介入、参与、孵化、成熟，他们自发开展的创意、创新活动，同样给古城带来了全新的理念、举措，甚至引领了古城诸如民宿、文创产品开发的发展壮大。

此外，1915艺术空间的成功运作，让艺术与古城的交融、碰撞更加明显，特别是一些艺术名家的参与，大大提升了古城的艺术品位，扩大了对外影响，让更多喜爱艺术的人投入到古城空间中来。

另外一个值得期许的是，正在筹建的中国美术学院泉州研究院，若能成功地进驻，其影响力是不言而喻，其丰富的艺术资源将在古城遍布，开花结果。

于此局面，我们已欣喜地看到了艺术造城的可能和必然。

艺术源自真实生活

——毕加索、达利艺术展观后感

毕加索、达利艺术展在厦门举行，展期接近尾声时，我得个闲日，邂逅了一场传奇巨匠艺术魅力的盛宴。

毕加索和达利，这两位艺术巨匠，其名早已家喻户晓。当然，对中国人来说，认识毕加索的人会更多一些。他们的作品，影响力巨大，在艺术史上堪称"重量级"。此次展览，是真迹重现，所以说，是一次与世界级大师面对面对话交流的机会。

关于毕加索

展厅资料介绍说："毕加索堪称整个 20 世纪最具有影响力的艺术家。他的创作从 19 世纪末持续到 20 世纪 70 年代，对现代西方艺术流派有着很大影响。毕加索是位不断变化艺术手法的探索者，印象派、后期印象派、野兽派的艺术手法都被他汲取为自己的风格。他的才能在于在各种风格的探索中都保持自己粗犷刚劲的个性，在各种手法的运用中都能达到内部的统一与和谐。"

是的，此次展览囊括了毕加索生前最后 10 年的精品，是他在定居法国南部度过安宁晚年生活期间的创作，包括了他的亲笔手绘陶艺、立体主义代表作、自画像系列以及灵感来自齐白石水墨画的东方情韵作品系列。

在现场讲解员的介绍下，我们知道每一件作品背后的故事。我很欣赏艺术家们这种从书本故事里提炼出、概括出的艺术形象。比如，罗密欧与朱丽叶的人物设置，很多人知道，就像中国版的梁山伯与祝英台。毕加索笔下的罗密欧与朱丽叶形象，是用几个大色块涂出，并勾勒完成的，造型夸张、诙谐，色彩和谐，笔触干净利落。虽然是石印和水彩画二者的结合，但整幅图给人一种强烈的美感。再仔细观察，色块的深浅、纹理等都有不同变化。可见，大师在创作过程中也是很注重细节处理的。

在展厅的一边角处，我发现毕加索的一些作品，有较深的中国画的墨韵痕迹。讲解员说："毕加索与中国画界也有交流，他认识国画大师张大千，从张大千处了解到齐白石等画家名流。这些画作，可以说是灵感来自齐白石水墨画的东方情韵作品系列。"

看来，艺术是没有国界的。艺术又是相通的，相互交流、相互借鉴是很重要的。

毕加索眼中的世界是多重的，他完全打破了西方艺术中传统的空间观念和美感。他的作品不论是油画、版画、陶瓷、雕塑，都流露着如同童稚般的游戏。

此次展出的毕加索的雕塑、瓷器制作，从另一个角度展示毕加索独特的艺术才华和艺术创造力。线条、图案、色彩，处理得和谐得当，可见，一位大师在回归艺术本源后，内心的平静、表达的稳重、张力的无限可能，是令人景仰的。当然，这些是毕加索从古代艺术，尤其是非洲艺术中吸取灵感，创造出的戏剧化、夸张甚至荒诞的美。

最近，网上盛传一个农民画家，叫熊庆华。浮夸的色彩、立体的构图……在许多美术爱好者看来，熊庆华的画与毕加索有几分相似，因此他的外号——"中国毕加索"，也由此诞生。

是的，我看过熊庆华的画作，作为一个农民，因为坚持，能取得这样的成绩，着实不容易。熊庆华说："在网上搜索'中国毕加索'，都是有关我的新闻。网友叫我'中国毕加索'，我很高兴，可我还是想做我自己，形成我自己独一无二的风格。"这说明熊庆华还很清醒，艺术之心依然很纯洁、向上。艺术源于生活。乡村生活和快乐的童年游戏成为熊庆华创作的源泉，熊庆华接触到油画后，更是着了迷，一发不可收拾。"毕加索的抽象立体主义让我着迷，从早到晚就想着怎么把平面的图案变成几何形，形成抽象的组合。"熊庆华当过放牛娃，于是牛就频频出现在他的画作里，儿时生活、游戏的场景也常常成为他画作的主题。

中国的岩画，可谓是原始图腾，其艺术价值逐渐受世人认可。不经意的一次狩猎成果，本是纪事功能的图形，让硬物与石头发生不可预见的美，一次天然的流露，成就一幅原始的生命，一幅原始的艺术。展出的毕加索陶瓷作品《骑马斗牛士》《公牛和树叶》《马夫和马》《在沙滩》《树枝上的鸟》《脸》等，线条简单，构图也简单，很有一种古拙、简朴之美。这些图腾从一个侧面反映作者生活的影子，或者说是作者生活的一部分。

241

关于达利

作为世界上最著名的超现实主义艺术家，达利所描绘的梦境以一种稀奇古怪、超乎情理的方式，将普通物象并列、扭曲或者变形。

此次展览中，达利的《伊索寓言》《日本童话故事》《七宗罪》等主题版画，深受我的青睐。

我一直觉得，讲好一个地方的故事很难，因为它故事太多，有些无厘头。就拿泉州古城来讲，故事、传说太多了，涉及寺庙、宫观、街巷、故居、民宅以及人情世故、民俗风情等等，每次陪客人逛古城，总感觉讲不好。

达利围绕《伊索寓言》《日本童话故事》等图书，抓住故事中的主要人物，通过不同色调、笔力，展示不同的人物性格和命运。这种表现，是画家在对人物故事情节掌握基础上，进行构思而诉诸笔端的佳作。如果没有对人物性格等情况的熟悉掌握，在作品的创作中是很难达到让读者产生共鸣的效果的。《人类的邪恶》组画，黑白线条勾勒，大块彩色铺底，由此形成强烈对比。内容富有想象力，造型夸张至极，当然寓意还是比较明显。《日本童话故事》系列作品，风格素雅清淡，线条轻柔，色调有些轻描淡写之状，似中国淡彩水墨画。

在达利最著名的那些画中，你能轻松看出每个物象是什么，但它们的存在或是组合方式总是不符合一般逻辑。他喜欢用一些符号，如软绵绵的机械钟表、外硬内软的面包、蚂蚁等，去表达情欲、幻想和潜意识中的爱憎。

达利是打破艺术边界、重新定义艺术的那少有的几位大师之一。他的贡献不仅仅在于超现实主义，更在于他把超现实主义带到了艺术以外的领域。同样重要的还有达利所展现的自由自在的创作状态。他的作品如此令人惊叹，并像一扇大门，让人们有机会通向这位 20 世纪伟大艺术家充满奇思妙想的世界。

达利的著名雕塑作品《时间的轮廓》《独角兽》《凯旋的大象》，寓意深刻，想象力超凡。我最爱《时间的轮廓》那类雕塑。我认为，《时间的轮廓》是流动的艺术、变形的艺术，或叫做液体的时间形态。这种创作，给人以新鲜、前卫感，同时又有真实感。《向牛顿致敬》体现人与自然的关系，重要的是，人在劳动过程中发现世界发展的一些规律——重心引力，值得致敬！《独角兽》为了爱情，可以用独特方式表达。

英国现代美学家鲍桑葵在论述到艺术审美创造的奇迹时认为："人的心灵，既不具有实在世界的沉重的物质，也不具有它的全部自然的过程，但却拥有一种魔力，能用以提炼实际事物的灵魂，并把这种灵魂授给它认为方便的媒介。"

变形是艺术对对象客体的显现，从主体的审美观念需要与艺术表现的必要性与可能性出发，改变对象的原本形式与性质，脱离自然形成的标准或通常印象中的状貌，成为具有人为表现力和审美感染力的一种创造方式。

艺术家正是靠着这种方式，把现实实在的对象，加以人为的改变，剥去外部世界的外部性，变成完全合乎人的感觉需要的具有艺术审美价值的对象。

针对农民画家熊庆华，个别网文有些激进或偏颇："变形，扭曲，奇幻，这就是熊庆华吗？变形，来自他的生活；扭曲，就是他的生存环境；奇幻，来自他的内心。他抑制不住对现代生活的向往，他恐惧成为现代流水线上的螺丝钉。他抑制不住对于绘画的热爱，但社会回馈他的是颠憨、是蠢材、是无用。"是的，熊庆华的作品有"变形、扭曲、奇幻"等元素，但明白人却说，熊庆华是模仿俄罗斯画家哈米德·萨甫库耶夫的造型语言和图式，谈不上原创。

画家哈米德·萨甫库耶夫对现实主义和古典主义的完美结合，神秘，富有冲击力，造型独特而又朴实。更可贵的是画面元素的丰富性、内容的寓言性和从绘画角度上的用笔、构成、线与面，以及这些元素结合在一起，组织在画面上给人的冲击力，都是非比寻常的。

举以上两个画家为例，是因为他们都有超现实主义绘画方面的倾向。每个时期，不同国度，画家们对超现实主义绘画的看法是不一样的。

而谈超现实主义绘画，绕不开萨尔瓦多·达利。超现实主义绘画是西方现代文艺中影响最为广泛的运动之一。以萨尔瓦多·达利等为代表的第二代超现实主义画家，专以精致入微的细部写实描绘和可以认识的物体局部为准则，来表现一个完全违反自然组织与结构的生活环境，把幻想结合在奇特的环境中，以展示画家心中的梦幻。

达利说："我同疯子的唯一区别，在于我不是疯子。""每天早晨醒来，我都在体验一次极度的快乐，那就是成为达利的快乐……"达利的奇思怪想源自于生命中难以捕捉的素材，如性、死亡、变态。他惯用不合逻辑地并列事物的方法，将受情感激发产生的灵感转变为创作过程，将自己内心的荒诞、怪异加入外在的客观世界，将人们熟悉的东西扭曲变形，再以精细的写真技术加以肯定，使幻想具有真实性。

读达利的画，人们既看懂所有细节，从整体上，又感到荒谬可怖，违反逻辑，怪诞而神秘。这种"潜意识"的景物，其实都是画家主观地"构思"出来的，根本不是什么潜意识或下意识的感情表达。《花》系列作品，表象看都是花的形态，但却寓意深刻。比如，《花·危险剧院》作品，画面内容有倒立的人，有斗牛士斗牛场景，有双人杂技……作品《花·花瓣蝴蝶》中，花的叶子是不同蝴蝶绘就的，蜜蜂在花中翩翩起舞，而画面右下方却是一组黑白线描，人骑着马，一手托举一朵花，一手顶着一只蝴蝶，总体有些"文不对题"、画面乱乱之感。但我们退远观之，仔细揣摩，却感觉是独特又合理！

此次展出的作品，以版画、水彩画为主，每一幅画都有编号，都是限量版的。大多数作品是彩拓，彩拓好后，再以水彩添加、点缀些色调，感觉大多数起到丰富作品内容，当然也有画龙点睛作用。《天使》系列画作，点线结合，色彩斑斓和谐，装饰性强。

情感，通过笔端流露、表达、展示。艺术通过真实生活的经历、发酵、升华，转为线条，转为图案，转为色彩，转为不同的形体。面对大师的作品，我似乎可以看到大师作画时的情景，能体会大师看似随意涂鸦背后的意念传达和色块把控！

244

在古城邂逅一场当代艺术展

冬日的暖阳，照在泉州古城西街 116 号宋宅后座中西合璧的洋楼上，我站在洋楼的下面，享受着温情。

这里，正举办"邂逅西街"当代艺术展。

一

"邂逅西街"当代艺术展，秉承了开放、包容、敢于创新的精神，展出了以吴达新为主的当代艺术家的 20 多件当代艺术作品，涵盖了水墨、油画、漆画、装置、影像及综合材料等艺术形式，参展艺术家还有邬建安、陈鸿志、刘玉姗、刘亚洲、张旭东、何杰、吕山川、苏上舟、李家顺、王国建、沈沁等。

中央美院院长范迪安先生说："泉州是一座很有艺术特征的城市，是一座多元文化交融的城市。""邂逅西街"当代艺术展开幕后的第二天晚上，范迪安先生走进泉州西街，参观了"邂逅西街"当代艺术展，与部分参展艺术家进行现场交流，共话艺术发展。

邬建安的《赤兔，赤兔》《彩色云——紫云》，取材于《山海经》，择取书中的种种艺术原型，选用汉民族剪纸创作的艺术形式来表达，展现了奇特的远古图腾，凸显了艺术家的独具思维和艺术构建。中国民间剪纸，是邬建安艺术创作惯用的一种语言。通过中国民间剪纸这一形式，表现《山海经》里面的怪兽，是一种突破，也是一大创新。邬建安在创作中重新赋予作品的解读视角是很现代、先锋的。

何杰认为，这次的展览空间充满了历史与记忆。对应这样的空间，他带来了两张具有回忆性的作品《历史塑造——牧马少年》《历史塑造——狮子和球和春天的花朵》。一边是当代绘画语言表达的回忆性，一边是沉淀着百年历史的空间所展现的回忆性。何杰的作品更多的是从个人情感及思想探索为主线的画面表现。

作为从福建走出的一位艺术家，陈鸿志此次参与"邂逅西街"当代艺术展，可以说是一场艺术的回归旅程。他是用亚克力板来创作的，透过《花园》的迷墙，我们猝不及防地跌进了画家建构的幻境之中。如陈鸿志所言，"森林给了我一种未知性"，同森林所代表的奇幻与未知性一样，意象表现的背后，我们依稀可以感觉到漂浮、灵动乃至幻灭的气息。

246

出生于泉州的吕山川，带有一种原乡回归的姿态。《雪山》系列中的两幅作品，体现出一种自然题材的创作。这实际是吕山川对自身的一个内省，是他自身和内心的一个感受，他想通过这些自然神性的存在，与自然完成一个对话。

洋楼正门前方，摆放的是当代艺术家吴达新的《巨浪》。吴达新说，《巨浪》对"海"的表达，契合国家"一带一路"的倡议。

出生于1969年的吴达新，是泉州人，他就在泉州市区长大，大学也没离开家乡，直到大学毕业后，才东渡日本，西进美国进修，并实践当代艺术。

吴达新对泉州有着深厚感情，对文化有着深刻的思考。他认为："一种文化需要外来文化的冲击，才能有所提升。泉州古代的文化那么繁荣。正是因为它是海上丝绸之路的起点，融合了许多外来文化。文化也如水，没有外来水，就会成死水。"

二

利用古城"中西合璧"风格洋楼作为当代艺术展展览空间，是机缘巧合。政府和居民采用"以修代租"形式，换得一度破败的洋楼重见天日，曾经一阶段作为古城项目规划设计模型展览中心，却发现人气不足……终于，一桩好事降临，为提升古城文化艺术特质，引进当代泉籍艺术家吴达新主持，他把洋楼作为古城开展当代艺术活动和文化沙龙的基地，并重新命名为"1915 艺术空间"。

1915 艺术空间，既是艺术行为的物质文明空间，又是生发艺术观念的精神文化空间。历史纬度上，这里是泉州引进西式建筑与艺术形式的一个代表；地理纬度上，泉州兼收并蓄、开放包容的地域特征为当代艺术的传播发展提供了地缘基础。

其实，中西文化的结合，在百年前的泉州西街就有了，这座洋楼就是一个典范。也许是临海的地缘优势，赋予了泉州向外延伸的文化属性。泉州作为古代海上丝绸之路的起点，开放包容是其自古有之的文化属性。这种文化基因深深烙在泉州人的精神深处。近代以来，泉州人远渡海外，经商生活，同时又把不同的文明种子带回故土，这座楼的主人宋文圃先生就是其中一个代表。

百年洋楼，百年风雨，百年沧桑。

我不知道宋文圃当时是基于什么样的想法，要建一座中西合璧的洋楼。难道是作为地地道道泉州人受西方艺术熏陶而产生的建筑情结吗？

也许，100 年前的西街，还比较破落，建造一幢有特色的房子，融入自身的艺术思想，把它作为精品，作为艺术品，展现出来，能更好彰显自身的艺术素养和视野。1915 年，洋楼终于落成。宋文圃实现了将西方建筑艺术带到泉州与传统闽南民居建筑特色合二为一的愿望，可谓是一项创新、一项壮举。

有人说，这是西式巴洛克建筑闯入了中国传统文化的固有领地，在异地重构出了中西结合的别样建筑，给世人留下了解读文明交融的典型范本。

三

西街，是一条泉州人都向往的古老街道。一副"此地古称佛国，满街都是圣人"的楹联，道出了西街丰厚的人文历史底蕴。千百年来，在临近西街的东西塔在刺桐花映衬下，人们过着"半城烟火半城仙"的生活，古城基本保持着原生态、原真性面貌。

泉州古城被列为"城市双修"试点城市，这是历史文化名城保护发展的一大机会。古城保护以"低冲击"式的有机更新，活化古城文化和业态，激发古城活力，实现古城"见人、见物、见生活"，做到"留形、留人、留魂"为最大愿景。

文化，是一座城市的灵魂和生生不息的动力，没有文化支撑的城市，肯定缺乏厚重感、立体感。当代艺术，在泉州是有深厚基础的。独具匠心的瓷器、石雕、木雕等作品，代表着泉州当代艺术的荣光，展示泉州独特的艺术魅力。一代又一代的泉州本土艺术家，用他们的智慧，创造了无比丰富的艺术作品。每一件艺术作品，无不从一个侧面反映泉州人心中的美好愿景，通过艺术图腾、艺术的符号，真切地把日常生活的状态展现出来。

泉州是"海上丝绸之路"起点城市，是古代中国和东南亚、中东及欧洲的一条相互交换器皿、交流文化的通道。宋元时期，泉州是"东方第一大港"。在这条没有斑马线的航道上，中国瓷器可谓是一大重要元素。一方瓷器的繁荣，带来的是文化经济的繁荣。在巨大经济利益驱使下，在宋代的泉州、广州、杭州等著名对外贸易港口附近出现了不少瓷窑，如"南海一号"沉船上发现的福建德化窑、磁灶窑瓷器等，都是当年著名的外销瓷。考古学家曾在磁灶窑发现过一些瓷雕塑，人物形象高鼻深目，生动地再现了当年贸易口岸"市井十洲人""涨海声中万国商"的景象。

吴达新说："泉州那么丰富的传统文化，真的需要这样一个空间来承载，不仅让其他艺术家来了有地方可以去，也让来开元寺游玩的人，可以看到这座古城的另一种文化发展的方向。"引进当代艺术展，就是要带动人气，形成气场。

从传播当代艺术的愿景来说，在超越了建筑层面的这一物质空间之后，我们更渴望的是通过对此空间过去的想象，完成此空间现实意义的对话，最终达到空间的当代艺术建构。

当代艺术展览，对古城来说有何意义呢？这是一个值得古城深入探讨的重大课题，至少在文化底蕴深厚的西街，我们需要外来文化的融入，我们希望碰撞出艺术的火花。

文脉，对一座城市来说，它就是灵魂延绵。我们每个文化人所肩负的责任和义务，骨子里面的基因，特别是文化基因，跟我们生活的城市是息息相关的。

毋庸讳言，我们要珍惜我们的文化，我们要把我们的文化发扬光大。借助当代艺术展览，我们可以了解很多古城没有的文化内容，甄别我们需要的东西。通过引进当代艺术展览，可以开阔市民的视野，让更多的年轻人喜欢上艺术，从而带领自己的团队在古城创作，在古城发展，在古城壮大。这样一来，我们就为城市建设注入了一些新鲜的血液，这对古城的发展是极为重要的。

艺术，其实并不是高高在上的，有时它就藏在我们的身边。

刺桐花开红艳艳。泉州古城举办当代艺术展，促进古城文化与现代艺术碰撞，互相交融，是一种很好的尝试。期望有更多的当代艺术展览，走进古城，走进古城人的心里。

关于吴达新当代艺术作品《巨浪》
的现实意义

2017 年，蜚声国际的当代艺术家吴达新创作了一系列装置艺术作品《巨浪》，均由不锈钢材质创作的，分为大小件，大的一件，小的好几件。大的《巨浪》高达 6.5 米，底座宽 7 米，于 2017 艺术厦门博览会上展示，摆放在博览会的大门前，俨然一座庞然大物。小的《巨浪》，规格几十厘米，有的摆放在厦门金砖会议国家礼仪空间展示，有的摆放在泉州 1915 艺术空间一楼入口处展示，还有的已被收藏。《巨浪》是模拟海浪翻卷、瞬间凝固的巨大雕塑，亦有"惊涛拍岸，卷起千堆雪"意象，极具视觉冲击力，让人感受到大海的气魄与情怀。

本文就吴达新当代艺术作品《巨浪》的现实意义进行一些探讨。

一、《巨浪》的创作，契合"一带一路"倡议，有着较强的时代意义。

文化是一个国家、一个民族的灵魂。党的十九大将中国特色社会主义文化同中国特色社会主义道路、理论、制度一道，作为中国特色社会主义的重要组成部分，强调要增强"四个自信"，充分体现了我们党高度的文化自觉和文化担当。习近平总书记指出："文化自信，是更基础、更广泛的、更深厚的自信，是更基本、更深沉、更持久的力量。坚定文化自信，是事关国运兴衰、事关文化安全、事关民族精神独立性的大问题。"这深刻揭示了文化自信的定位和增强文化自信的重要性。

从大的方面讲，《巨浪》的创作，围绕"海""海洋"主题，采用不锈钢材质，重点塑造"惊涛拍岸，卷起千堆雪"的正大意象，也是对"海洋文化"的表达，契合国家"一带一路"的倡议。

泉州是中国历史上对外通商的重要港口，有着上千年的海外交通史，是一座历史悠久、风光秀丽的港口城市。自唐代开始，即为中国南方四大对外通商口岸之一。宋元时期，泉州港跃居为四大港之首，以"刺桐港"之名驰誉世界，成为与埃及亚历山大港媲美的"东方第一大港"，呈现"市井十洲人""涨海声中万国商"的繁荣景象。泉州作为古代"海上丝绸之路"的起点城市，海洋文化、多元宗教文化等在泉州广泛传播，留下大量遗迹，使泉州成为多元文化融洽交汇、和平共荣的载体。

吴达新说："我出生于泉州海边，对大海有着独特的情感，从小喜欢大海，投身艺术创作后大海的情怀始终萦绕在心头，不管是留学日本，还是移居美国，以及后来返回祖国这种情结一直影响着艺术创作，总想创作一件关于海的作品，却苦于没有好的想法。"

这次创作的《巨浪》，是吴达新当代艺术创作的一个关键点。吴达新希望这件自己一直期待的作品，能触动每一位"海之子"的心灵。

二、《巨浪》的创作，展现了"爱拼敢赢"的闽南文化精神。

闽南文化是闽南人共同创造、共同拥有的区域文化，它以闽南方言为载体、以海洋文化为主要特征，是中华文化的重要组成部分。

泉州是闽南文化生态保护区核心区，是闽南文化主要发祥地和闽南文化遗产的富集区，在闽南文化发展中占有重要地位。

在漫长的历史长河中，源远流长的闽南文化融合了闽越、中原、海外等诸多文化的精髓，以其丰富的积淀、深厚的根基、独特的魅力，存续于海峡两岸以及世界闽南人的生活方式中。历史上，**闽南人**

开创了"海上丝绸之路""闽南海上帝国"的辉煌；今天，承载着丰厚历史底蕴的闽南人，以爱拼敢赢的魄力在经济、政治、文化等领域创造了无数奇迹，为人类社会做出了重要贡献。

《巨浪》，定格于海浪翻卷的瞬间，这瞬间，展现了浪的力量，展现了浪的气势，体现了挑战自我、征服海洋的胆识，体现了搏击沧海、驰骋天际的气魄，体现了一种冒险精神、一种拼搏精神。她，是一种精神的象征，就是闽南人干事创业应有的"爱拼敢赢"精神的象征。

在闽南，歌曲《爱拼才会赢》几乎家喻户晓。从某种意义上说，这首歌正是闽南人"爱拼敢赢"的性格写照。

海明威小说《老人与海》的主人公——桑提亚哥老人，用自己与大海的故事写出了生命的强度，告诉我们如海一般拼搏的深沉力量。"人不是生来要给打败的。"他曾这样高喊着激励着自己："你尽可把他消灭掉，可就是打不败他。"这就是拼的文化。

"海也者，能发人进取雄心者也。"梁启超先生的灼见，在泉州人身上体现得淋漓尽致。大海铸就了泉州人"敢拼、爱拼、善拼"的性格特质。

三、《巨浪》的创作，折射老一辈华侨艰苦奋斗、爱国爱乡的人性光辉。

至少在宋元时期，闽南男儿就视出洋为正途。明清之际，郑氏海商集团又建立起纵横东亚、东南亚的海上商业王国。如今，在遍布全球的5000多万海外华侨华人中，闽籍人士占五分之一，达1100多万人，分布在世界170多个国家和地区。

吴达新表示，《巨浪》的创作初衷源于华侨精神，其创意与自己未曾谋面的爷爷有关。"我爷爷是一名华侨，早年去了菲律宾就没再回来过。"

此前，吴达新的哥哥远赴菲律宾寻找爷爷生前的足迹和安息的墓地，通过他叔公的后代找到了爷爷的墓和曾住过的小屋。在交谈中，发现爷爷生前有三大爱好：喝茶、种花草和看海，这与他父亲的喜好是一模一样的。

看海。这位老人在海边，除了思乡，还能做什么呢？

吴达新听哥哥说后，特别心酸。"我知道那种感觉。当年我在美国读书，想家时，就开车去海边，一待大半天，也是看海。"但吴达新还能回来，下南洋那个年代，很多人去了可能一辈子就回不来了。

我想，这就是冥冥当中一种生命的延续和传承。爷爷对海的情感与寄托，吴达新感同身受。这让他对《巨浪》的构思愈加清晰——创作一件能够展现华侨为家庭幸福敢于闯荡、背井离乡去奋斗的精神的作品。

吴达新说，爷爷和父亲与侨乡一代代海外讨生活的男儿们一样，带着闽南人爱拼敢赢的精神劈波斩浪，尽管漂泊海外，但对故乡的思念之情始终不变。从那时起，他就想为爷爷的大海立个丰碑，同时自己更是处于一个前所未有的好时代，刺桐古港作为"海上丝绸之路"的起点城市将再度出发。无数的海浪凝聚成为一个巨浪，聚集了大海所有的能量，瞬时矗在自己的生命中。这件作品的构想就这么诞生了。

四、《巨浪》的创作，是装置艺术的一次创新之举。

当代艺术，在中国的发展仅仅20多年，理论体系、市场体系、收藏制度的不够完善是难免的事。

装置艺术在中国的产生、发展更是偏晚。装置艺术是指艺术家在特定的时空环境里，将人类日常生活中的已消费或未消费过的物质文化实体，进行艺术性地有效选择、利用、改造、组合，以令其演绎出新的展示个体或群体丰富的精神文化意蕴的艺术形态。简单地讲，装置艺术，就是"场地+材料+情感"的综合展示艺术。

常年旅居海外的丰富生活体验以及中西方的文化差异，给吴达新的创作带来了独特的全球化视角。而家乡泉州，也给了吴达新无尽的创作灵感。比如他的作品《斜塔》，是从泉州著名的开元寺东西塔构思的；《飞天》是为祝贺泉州获选"东亚文化之都"而参照开元寺"飞天乐伎"创作的。

吴达新认为，艺术创作在技巧方面要善与生活、与时代、与技术结合，融入自己的思想；在态度方面要放低姿态，用诚心去创作，感动自己才能感动他人。在吴达新的当代作品里，我们可以看到他对艺术创作的热忱、诚恳、独到见解——既传承了东方含蓄内敛的精神理念，又能看到西方创作的反叛和自省。

吴达新 2017 年创作的《巨浪》，承载了吴达新太多心潮、艺术设想、创新和努力：在构件上，考虑设立底座，便于户外或室外展示。在造型设计上，以"简"为本，就是一个动作"翻卷"，就是一个符号"弧状"，简单明了，好记又易记。在材质上，选用不锈钢，通过锻造、打磨、上色等工序，外观看，以银白显示水的柔性、柔度、柔质；内质看，以不锈钢显示体现意象的硬度、力量、向上等。规格上，大的可数米，适于户外展示，体现"海纳百川，有容乃大"之气魄；小的可几十厘米，适宜室内外摆设，体现"小巧玲珑，不失气度"之境界。

关于当代艺术，吴达新认为，当代艺术就是当代人做的艺术，传统艺术像油画，会限制在画框里，要用油画布、油画颜料，当代艺术则打破了这种传统的材料和方法的限制。当代艺术的表达可以用火烧，材料可以用亚克力板，可以用剪纸做《山海经》等。

现在，吴达新常年频繁地奔走于海外与中国各地，主要从事摄影和装置作品创作。"要几百张机票才能造就一个吴达新"是对他日常生活的真实描述。

虽然在装置艺术设计、绘画、摄像、电影创作等方面已取得不俗成绩，但他的艺术之心，就像那不平静的"海浪"悄然翻卷、涌动着。

我们期待在当代艺术的海洋里，吴达新能创作出更多的“巨浪”，掀起更大的艺术“巨浪”。

陈文令当代艺术作品《猪》系列的艺术特征简析

《猪》系列当代艺术作品，是陈文令创作于 2003 年前后的作品。个人觉得《猪》系列作品具有以下几个艺术特征。

一、作品具有荒诞性与幽默感相结合的特征。

《猪》系列作品，使用庞大体量的作品或单个形象的重复构成一种种令人迷幻的景观，把人与物、植物与动物、物的整体与细节粘连在一起，形成一种弥漫和延绵的氛境，折射出现实的斑斓光彩，有强烈的虚幻性、荒诞性。作品《物神》占地 49 平方米，中间一头 2 米多高的大猪，四周环列 300 只仰望的红色小猪，再外面一圈垒猪栏的砖块，全部用 24K 金箔包；猪栏地板上，散落着从义乌买来的 3 吨珠宝，据说还洒了 3 瓶香奈儿 5 号香水。如此豪华的现代猪栏，充满荒诞，又那么真实。

作品的幽默感，体现在对造型的夸张和拟人化上。在作品形象的精神状态上，人的表情如动物般的简单和痴迷，而动物则有着拟人式的心境和欲望。《幸福生活 21 号》，一位穿着绿色迷你裙、肩挎红色小包、颈戴粗大珍珠项链的丰满"猪小姐"昂首阔步，搔首弄姿。立姿时尚的"猪小姐"，最可爱的就是嘴边那只猪蹄和看人的眼神，看起来既土气，又洋气，让人忍俊不禁。这是一种"拟人化"和"拟物化"并置的方法，陈文令在探索的过程中获得了这样一种方法，也按照这种方法在不断的作品系列中使语言获得增值与繁衍，由此形成一种自足的具有内在驱动力的发展态势。

二、作品具有寓言性与批判性相结合的特征。

陈文令的作品看上去有很强的寓言性，作品中的人和物都是被放大的"欲望"体现，但是这种欲望所萌生的土壤不仅来自经济社会发展的都市土壤，也包括来自乡土的生活习俗。《猪》系列作品中的《幸福生活》的主角，是一位用针管全神贯注为自己丰乳的性感"猪女士"，而她的胳膊上、身上、腿上有多处刺青。这是反映一种社会现实，通过猪的拟人形象，折射人性的不按事物发展规律办事、不满足、不知足的特点的作品，寓意深远。

陈文令《猪》系列作品，猪的能量很大，是一个个物质性的象征体，可以展现个人的喜怒哀乐，更有社会象征，普遍的象征。中国经过几十年改革开放，物质急速叠加，并不断膨胀发达，史无前例。而人心，在物质欲的熏陶下，世人多了一些"膨胀"的思想意识。《香车美女》中，猪身变成了一部造型可爱的卡通车，身穿红色迷你短裙的性感美女趴在车顶，双眼迷离，陶醉其中。这件作品，可以说写实成分多一些，与我们生活中的状态有很多相同之处，令人深思。

当代艺术

257

《猪》系列作品，在陈文令眼中，这些形象符号的知识渊源以及隐喻、象征系统，都可上溯至中国文明推崇"天人合一""万物有灵"理念的文化原乡及其人文传统。通过某种艺术形式，作者能衍变出很多外延性的作品，并寄予这些作品比较大的象征性和一个外部的扩张性和外延性。

三、作品具有写实性和抽象性相结合的特征。

陈文令说，猪，在他看来，是很富有生产力的，他以前在厦门就见过一个母猪，一口气生 28 只小猪。可以说，现实中，猪作为一种动物，它是贪婪的，它们也很快乐，甚至也很聪明。猪在陈文令看来，就是一个演员，或者是一个丑角，一个反面角色，扮演不同的主题题目，成为不同的艺术作品。《失重》是个"猪人"，躺在倾斜的不锈钢底座上，给人一种紧张感，仿佛随时要滑落下来。

当代艺术作品中，艺术家们很喜欢通过作品的变形、夸张，来表现艺术的抽象性。《猪车》作品，造型奇异、抽象，猪造型的车外观是红色，朱红色；而猪的眼球、牙齿是白色的，翻起的白眼球，让人见了，心里恍惚有一丝恐惧。猪型车有车牌号，车顶上趴着一位美丽的物质女郎，整个构思，动静搭配，很吸人眼球！

《猪》系列作品，从一个侧面展示艺术家陈文令凭借自身作品形象符号的一种超常规的精进、转换，聚焦着他对当今人类的生存状况的深度洞察和分析，同时释放着他对未来人类的进化方式的无尽想象和焦虑。

中央美院范迪安院长说："如果说到他（指陈文令）的艺术作品中一般的特征，大家也能看得到，就是具有想象的，幻想的，超现实的，但又是和他本人人生的经历，甚至很多痛楚的生命历程密切相关的。所以他的作品有幽默，有想象，也有很多想象的杂糅的因素，但是这种因素又和他自己生长生活的闽南地区民俗的特征相联系。"

没有艺术家能够凭空创造。《猪》系列作品的创作源头，可从陈文令家乡的闽南文化、当地民俗文化中找到影子，闽南大厝的脊饰趋于华丽、张扬，闽南民俗活动的色彩趋于热烈、艳丽，闽南的祭典中，有一桌桌的猪头、全猪和其他牲果。这些印记，深深烙在陈文令头脑中，对其创作的影响是很大的。

序跋荟萃

写在《大慈善家李五画传》出版之际

　　李五，是明代闽南大商人、大慈善家，一生富有传奇色彩并留下许多逸闻趣事，成为闽南商业文化、慈善文化的重要组成部分，也是晋江人爱拼敢赢和乐善好施的一个生动缩影。在时下，宣传和弘扬李五的慈善精神，对践行社会主义核心价值观更具有深远意义。

　　习近平在 2014 年 10 月 15 日文艺座谈会上指出，"要通过文艺作品传递真善美，传递向上向善的价值观，引导人们增强道德判断力和道德荣誉感，向往和追求讲道德、尊道德、守道德的生活……"

　　"爱国爱乡、海纳百川、乐善好施、敢拼会赢"的福建精神，是福建人民共同创造、传承、实践的精神财富，体现了社会主义核心价值体系的要求，体现了福建人民的精神文化追求，具有强烈的时代感。福建干部群众认为，这种福建精神的提炼，是源于闽商精神，但要更高于闽商精神。历史上，福建无论是先富起来的闽商大腕，还是生活仅能自给的普通百姓，他们都把"乐善好施"精神付诸实际行动中。

　　泉州是古代"海上丝绸之路"的起点，宋元时期泉州刺桐港被誉为"世界第一大港"，"涨海声中万国商"生动地体现了宋元时期泉州区域商业贸易的繁华与兴盛。李五生活在明代，从事"南糖北销""北棉南运"，可以说是当时"海上丝绸之路"的开拓者和实践者。李五虽商业有成，富甲泉郡，但致富不忘行善。他慷慨解囊，贡献巨资，造桥筑路，建庙修祠，创办书院，增修洛阳桥，重修六里陂，赈灾济困，因而获明英宗钦赐"乐善好施"金匾。

乐善好施可以说是闽南文化中最典型，也最具感染力的精神追求和价值取向，也最能体现出闽南人重情重义的人生态度。晋江池店人李五堪称历史上对"乐善好施"的闽南文化性格影响最大的慈善人物之一。在李五等历史人物的慈善精神影响下，闽南人乐善好施蔚然成风，不管是否富裕，很多人都能对有难者伸出援手，甚至倾囊相助。截至2014年，晋江市慈善总会所募集的善款超过20亿元。慈善之风，在泉州、晋江成为一道亮丽的风景。

《大慈善家李五画传》是"泉州东亚文化之都丛书"项目之一，以连环画形式，图文并茂地完整展现李五不平凡的一生，诗、书、画三者相辅相成，相映成趣。画传采用"左图右书"的编辑手法，采用宣纸线装形式出版，古色古香。出版形式既秉承传统又有创新，在泉州市文化宣传上是先例。

《大慈善家李五画传》的出版，对闽南商业文化和慈善文化精神的弘扬和传承，对彰显闽南人的优秀文化性格、构建闽南和谐发展的现代文明社会、建设繁荣富强的东亚文化之都具有十分积极的意义。

《大慈善家李五画传》诞生记

"富不过李五""善不过李五",李五的传奇和善举妇孺皆知,闻名于世。李五是闽南人,特别是池店人和晋江人的骄傲。人们喜欢讲李五的故事,孩子们爱听李五的故事。富有传奇色彩的李五的种种逸闻趣事成为闽南文化的重要组成部分。

2012年底,因本人在晋江池店镇工作,对李五有关故事传说比较熟悉。时任《泉州晚报》首席美术编辑洪志雄发来电子邮件"关于创作出版连环画册《李五》的构想(初稿)",拟和我一起策划编著出版事宜。此时,志雄兄已创作有关李五传说画稿二三十幅,在《泉州商报》(海外版)上连载。我觉得此创意好,但与志雄兄一番努力后,终因诸多缘故,暂时搁浅。

2013年下半年,志雄兄连环画《泉州少林寺群英谱》问世,且社会各界反响好。由此,创作出版连环画册《李五》一事又提上日程,我们考虑《李五》与《群英谱》应有不同之处,应创新内容形式。经合议,我们将此书定位于"诗、书、画"三绝,遂与晋江著名书法家龚子猛商议,达成"诗、书、画"三者相映成趣共识〔即诗者我,书者子猛,画者志雄,各100首(幅)〕。于是,有关前期工作开始运行。

2014年6月,100首写李五一生的七言古体诗(新韵)历时两年多,创作成形;绘画方面志雄兄废寝忘食、加班加点,于2014年11

月中旬创作完毕。一番诗文、图稿对应后，书者子猛兄依诗稿创作一百幅隶书作品，始圆满，即交稿。最后，书名定为《大慈善家李五画传》。

《晋江美术作品丛书》序

濒海者，所见乃阔，善包容，亦大度。善泳者，水性熟识，能深潜，身可控。衣冠南渡之晋民，沿江海而居，耕沃土而食，繁衍生息，钟灵毓秀，人才辈出。

值此新阳高照，四时景明，十一善画者，潜心积虑，披星戴月，勤于艺事。或泼水墨显洒脱，或染丹青以传情，或涂油彩以写实。山水海景尽收眼底，人物状物全入画框。

265

风格各异，画风迥然，帧帧幅幅，洋洋大观，尽显才子佳人本色，尽展晋江画坛风采。丹青萃聚，结集成书，实乃幸事。艺无涯，艺无界，各具特色，各具风采。

大道至简，大朴无华，若能求同存异，取长补短，相与借鉴，起到相得益彰、共促发展之效，乃最大意愿也！

是为序。

《蔡碧珍剪纸作品集》序

剪纸，是中华民族最古老的民间艺术之一，源远流长，经久不衰，是中国民间艺术中的瑰宝，已成为世界艺术宝库中的一种珍藏。那些质朴、生动、有趣的艺术造型，有着独特的艺术魅力。

蔡碧珍，是晋江深沪镇的一位剪纸艺人。90 多岁高龄的蔡碧珍阿婆，自学剪纸 60 多年，只要一把剪刀、一张红纸，无须草稿，就能剪出各种各样生动有趣的图案。蔡碧珍阿婆自己能设计的花样达600 多种。她是从 30 岁左右才开始自己琢磨学习剪纸的，无师自通。最初，她是帮人剪"喜"字或"福"字，后来，慢慢地喜欢上剪纸。剪着剪着，作品越来越多。一些融入自己设计理念的剪纸作品，她也会送给亲戚朋友。渐渐地，邻里都知道她会剪纸，谁家有喜事，都会买来红纸找她帮忙剪，她每次都欣然接受，无偿帮忙。

方寸之间尽显创意，巧手折剪一纸千金。蔡碧珍的剪纸线条简朴，构图别致，形象独特，寓意明显，古致典雅，灵动耐思量，富有地方特色。为保护这一剪纸文化，晋江市文学艺术界联合会和晋江剪纸协会认真开展了抢救性挖掘保护工作，特编辑出版此书，希望剪纸艺术在晋江遍地开花结果。

《晋江剪纸》 创刊语

　　剪纸，是中华民族最古老的民间艺术之一，源远流长，经久不衰，是中国民间艺术中的瑰宝，已成为世界艺术宝库中的一种珍藏。那些质朴、生动、有趣的艺术造型，有着独特的艺术魅力。其以广泛的题材、巧妙的构思、独特的创意、秀美的图案、吉祥的寓意，成为我国优秀传统文化的重要组成部分。

　　在这秋风送爽、丹桂飘香的时节，《晋江剪纸》正式创刊了。《晋江剪纸》的创刊，旨在为广大剪纸艺术爱好者提供相互学习、相互交流的机会，搭建一个剪纸艺术文化传播、剪纸艺术活动信息发布、剪纸艺术作品发表的平台，促进剪纸文化艺术的普及和提高。作为晋江市剪纸协会的一个文化活动阵地，相信《晋江剪纸》能成为剪纸艺术爱好者交流感情、传递友谊的园地，能起到抒发情感、启迪心智、传播正能量的教化功能。

　　相信，《晋江剪纸》编辑人员在各级领导、有识之士和各位剪纸艺术爱好者的关心厚爱、扶持助力下，能辛勤耕耘，乐于创新，团结协作，努力开辟一番新天地，为晋江打造"人文之城"作出积极贡献。

《灵水乡愁——晋江市"灵水古村落" 全国剪纸大赛获奖作品集》前言

为继承和弘扬中华民族优秀民间剪纸艺术，发挥优秀民间剪纸艺术在"一带一路"倡议的积极作用，创作一批以"闽南建筑"为主题的剪纸艺术精品，创设民间剪纸艺术交流平台，用剪纸精品彰显古老悠久的"闽南古大厝"特色，为践行社会主义核心价值观和宣传"乡愁晋江"做出努力，晋江市文联、晋江市灵源街道办事处共同举办了灵水乡愁——晋江市"灵水古村落"全国剪纸大赛。

大赛取得圆满成功。此次大赛，有三个亮点：一是参赛范围广，参赛者来自陕西、甘肃、河北、安徽、四川、山东、广西、浙江、山西、广东等12个省份及省内漳浦、厦门、明溪、南安等地；二是参赛者年龄跨度大，上至74岁老人，下至14岁孩童，男女老少，皆有参与；三是作品水平高，围绕一个古民居主题，参赛者真是殚精竭虑，花样百出，或以独帧精雕细剪，或以二帧、四帧组成一个系列；或以圆形构图，或以方框描绘；或者红黄喜庆，或者蓝黑稳重；或取材独特并致匠心，或钩沉史材创意独具；或以线条连贯有致取胜，或以排剪细腻致赢……

此书在编辑时，除选登获奖作品外，同时收录了部分入展作品，为增特色与厚重，特设评委作品与特邀部作品。为突出"灵水古村落"主旨，我们特请名家创作手剪作品，置于封三插袋，更具直观性，便于研究收藏。当然，这对挖掘、宣传灵水古村落的文化内涵和乡愁味道，也是可以起到较大的促进作用。

因时间仓促，编辑过程中还存在诸多纰漏、错误，恳请读者批评指正。

269

《桑榆霞影——晋江老年大学
摄影学会优秀作品集》序

晋江，枕山面海，地灵人杰，享"海滨邹鲁"之誉。

恰改革开放四十载，犹记晋江乘时代东风，扬创业之帆，秉承"爱拼敢赢、敢为人先"精神，一路劈波斩浪，勇往直前，开拓进取而富庶一方。而今"晋江经验"，众人瞩目，声名远播。

先富之晋江，文教昌盛，艺术繁荣。于今，更有一批老年摄影者，秉持"老有所学、老有所为、老有所乐"之心态，集聚晋江老年大学摄影学会一方天空下，时而静坐课堂聆听，时而出门采风创作，时而共磋摄影技艺，时而畅谈摄影艺术，颇成气候，已多建树。五十八员摄影者，最年长八十六，最幼者亦五十有三，其均龄几近六五也。

老年者摄影，因共同爱好而聚在一起，旨在追求快乐、追求健康、追求知识。老年者拿起相机，走出家门，融入自然，于领略美好风光之际，既涵养阳光心态，又提升个人摄影水平，乃是一项双赢、多赢之好事，值得鼓励倡导！

此次结集出版，是一次交流，亦是一次展示，选40多位作者近200件作品。于色彩之分，有黑白、彩色两种，以彩色为多。于类别之分，包含人物、风景、静物、活动、展赛，涉及农业、生态、体育、建筑、艺术、商业等。于题材内容之分，或海滨帆影、潮汐月色，或山村暮色、溪边小景，或民俗风情、歌舞小戏，或赛事会展、节庆婚娶，或洋楼古厝、车间厂房，或宫殿桥梁、舟楫车马，或雪山瀑布，或戈壁沙漠，林林总总，风光无限。于区域之分，近则晋江内外，熟悉处亦有新风景；远达云南、西藏、新疆，广袤辽远；抑或异域他乡，风情独特，景致佳美。

美丽缘于发现，感悟源自心灵。摄影者用摄影语言和摄影技艺表述对真善美之感悟，对幸福生活之追求，对新时代中华民族伟大复兴美好未来之期盼。一帧帧，一幅幅，尽展摄影者创作之灵感才华，亦凝聚摄影者诸多心血艰辛。予观之作品集，深受老年摄影者执着追求、勤奋吃苦之精神及"活到老，学到老"信念感动。

"桑榆霞影"书名题字，乃是泉州文化界老领导庄老宴成先生玉作。庄老深情寄望秉承晋江老年摄影者"莫道桑榆晚，为霞尚满天"之豁达乐观、积极进取的人生态度。于我等后辈，乃是受教匪浅矣。

踏遍青山人未老，风景这边独好。嘻嘻！晋江老年摄影者之脚步，已行远，亦行深。值此付梓之际，我预祝晋江老年摄影者诸贤达生活、艺术双丰收。

谨为序。

271

《透视与绘画》成书小记

壬申秋月，余在晋江文联任上，徐松来访，直入茶室，直陈己见，拟出版美术理论专著。因之前接触不多，又少闻晋江有美术理论研究者，既惊又喜。

一番交谈，方知徐松。徐松者，执教晋江数十年一师者，字云涛，号濡须听雨斋主。诗词、书画、摄影均涉猎，以中国画见长，又专研绘画之透视原理。

见其专著样稿，细翻阅，乃知书中乾坤大。过数月，徐松捧抱新书于我处。余见之，甚喜，徐松亦是欢心于颜。

余尝细读全书，乃知有三大亮点。一则厚重感。图文并茂，洋洋洒洒，百二十余页，厚重感十足。二则实力派。书中语言浅显易懂、文字表述朴实晓畅，宜雅俗共赏；采用插图包括油画、水彩画、素描、速写、国画，均出自徐松之手，所绘之图、表，亦是徐松手笔。三则独特性。以实际案例解析绘画基本知识，解析数学之透视原理，学者，易接受，当知受益匪浅也。

绘画之透视，近于中国古代山水画之远近法。宋画家宗炳于《画山水序》言："且乎昆仑之大，瞳子之小，迫目以寸，则其莫睹迥以数里，则可围于寸眸。诚由之稍阔，则其见弥小。今张绢素以远映，则昆阆之形，可围于方寸之内。竖划三寸，当千仞之高；横墨数尽，体百里之迥。"晋代顾恺之《画云台山记》云："山有面则背有影。……

下有涧，物影皆倒。"徐松者，早岁师从郑震、郑若泉等诸前辈，数十年笔耕不辍，硕果颇多。潜心研究探索绘画透视理论，之于他画者，乃是另辟蹊径，另通艺途，独具慧智。

此书之出版，乃为徐松画事阶段总结，而于美术界之言，乃是填补理论空白，于晋江艺坛之言，亦是一大创新之举，将为一方美谈。期冀徐松发挥余力，思接千载，意念四方，吐纳心智，再出成果。

学 画 记

生于乡下，长于山村。田野稻花香，茶园乌龙长。一水环绕门前，四时面对青山。与杂草野花共舞，同鸡鸭猫狗嬉戏。山泉水自汲，书声伴油灯。于此环境下生活成长，天然山水画卷伴随，阳光雨露滋润着一颗崇尚艺术之心。

童年时节，于农村可接触文化艺术之事，乃为春节之际，家父书写春联时，余帮衬拉纸、编号、晾晒、张贴诸杂役。得闲时亦会研墨挥毫于废纸上，所受感染熏陶，当是书法启蒙不为过。美术之启蒙，应是缘于农村床铺、家具之油漆绘画。犹记得漆画内容丰富多彩，或花草繁华，或山水清秀，或鸟语花香，或鹤寿延年，真是应接不暇，美不胜收。之外，喜好连环画小人书，亦似是有伏笔之嫌也！

及至十一二岁，某日见茶树根当柴火烧，堆积屋后。翻找半日，得形似鹿、鸭、龙、鸟等数件，乃用以锯、斧、凿、刮、刨诸具稍加修饰，几件根雕雏形初展。后置于房中茶室，乡人始知，皆言乃具艺材之禀赋，日后当大成。

初中学业为上，偶有美术课业，必是专心致志。稍展绘画之兴趣，偶为班校黑板报急就补白，亦是欣然而为。中考之前数月，牛刀小试，赴考美术专业。无奈，画法不得，时间仓促，终究与之擦肩而过。

中师时，稍展天赋，练得些许美术基础，亦二度代表学校赴市美术赛事，均得好名次。课余，侧重国画临写，也参加多种展赛，亦有收获。

宝剑锋从磨砺出，梅花香自苦寒来。因一技之长，工作分配似有照顾，此乃幸事，感恩至极。工作之余，于画事，乃临池不辍，亦稍得皮毛。近十年，于游艺之外，坚持楹联撰写、古体诗词创作、毛笔书法练习，践行"功夫在画外"之理念。其间，国画作品数次参展，始加入安溪美协组织。

俗语道：人贵有自知之明。非科班出身，无专业师者引导，仅凭一腔热情，费尽全力临摹、创作，终难成事。于是乎，重心转移，故一度搁置，偃旗息鼓，刀枪入库，马放南山。

世事难料，日月轮回。时值乙未岁初，余于晋江文联任职，于文于艺皆关联。于是，旧笔重拾，以速写、插图为主，聊慰黑白诱惑。被聘《晋江经济报》副刊专栏插画创作者，于斯刊古韵之栏刊登插图近百个。曾为《海丝茶魂》等多本正式出版书籍创作插图。期间，亦有多幅国画参与泉州公益义拍，所得之款均捐予公益事业。于丁酉春月挂职于泉州古城办至今，多涉及文化艺术之事，得以观摩展赛佳作，开阔视野，增长见识，得以接触业界大家，聆听教诲，受益匪浅。日积月累，青灯黄卷，方有诸多于今之美术作品、美术评论。

面朝大海，春暖花开。诗心如洗，画事可凭。艺评之作偶见报端，载于《人民日报》《福建日报》《书城》《天风阁画刊》诸报刊。国画之作刊于《海丝茶韵》《安溪县文化丛书续编（美术卷）》等诸上。

著名闽籍画家徐里有言："游历于山水之间，借物抒情，情与景汇，山人合一，物我两忘，是绘画的最高境界。"绘画之事，之于我，或是"剪不断，理还乱"。或是"一万年太久，只争朝夕"。真个是"雾里看花，水中望月"。迷失自我。转眼间，一晃二十余载过去，一路来，走走停停，停停走走，心有不甘，却也无可奈何。画事如此，人生亦如此也！

"绘画与文化——讲泉州古城故事" 全国美术名家泉州古城采风写生作品展前言

泉州，一座历史悠久、文化底蕴丰厚之城。于此热土上，人文历史景观及多元文化遗产积淀丰富，海上丝绸之路促进此地文明交融及文化交汇，铸就泉州独特之文化景观，亦塑造出泉州包容、宽阔之文化精神。

宣传弘扬泉州古城独特文化魅力，乃为当前重要之事。戊戌夏月，由中国美术家协会连环画艺委会、市古城办、市旅发委、华侨大学美术学院主办、泓瀚美术馆承办之"绘画与文化—讲泉州古城故事"全国美术名家泉州古城采风写生活动于古城隆重进行，来自中国美术家协会连环画艺委会、中国人民大学、鲁迅美术学院、四川美术学院、天津美术学院、厦门大学艺术学院等十三位国内画家齐聚泉州，用手中之画笔讲述泉州故事。

为期两天之采风写生创作活动以"讲泉州古城故事"为主题，旨在通过回望历史、关注当下之创作视角，讲述泉州人之奋斗历程，展现历史文化名城之历史文化，赞颂美好生活之和谐安宁。十三位画家走访西街、开元寺、金鱼巷、清净寺等特色景点，挥毫写生创作。

此次展览作品，涵盖国画、油画、线描、水彩画等画种，内容丰富，质量为佳。或西街市集，或钟楼遗韵，或石塔凌霄，或榕阴寺影，或古寺余晖，或街巷小景，或古厝风情，或石桥飞虹。工者，笔触细腻，描绘深入，得其逼真又呈大气象；写者，气韵生动，酣畅淋漓，于抽象处见真性情。帧帧幅幅，尽展古城风貌，尽释古城风韵，真可谓"蔚为大观"也。

古城故事多，西街艺术浓。此次展览置于西街1915艺术空间，当为好作品与好空间相得益彰。以绘画语言讲述泉州古城故事，让泉州古城故事以艺术之形式展现于中西合璧之艺术空间中。此种妙境，值得诸君期许。

图书在版编目(CIP)数据

茶香艺长/李伟才著. －福州:海峡文艺出版社,
2023.8
(潮汐散文丛书)
ISBN 978-7-5550-3384-4

Ⅰ.①茶… Ⅱ.①李… Ⅲ.①散文集－中国－当
代 Ⅳ.①I267

中国国家版本馆 CIP 数据核字(2023)第 136503 号

茶香艺长

李伟才 著

出 版 人	林　滨
责任编辑	林　颖
出版发行	海峡文艺出版社
经　　销	福建新华发行(集团)有限责任公司
社　　址	福州市东水路 76 号 14 层
发 行 部	0591－87536797
印　　刷	福建新华联合印务集团有限公司
厂　　址	福州市晋安区福兴大道 42 号
开　　本	720 毫米×1010 毫米　1/16
字　　数	245 千字
印　　张	18
版　　次	2023 年 8 月第 1 版
印　　次	2023 年 8 月第 1 次印刷
书　　号	ISBN 978-7-5550-3384-4
定　　价	79.00 元